KB054593

중국 원시예술 부호의 문화해석

중국 원시예술 부호의 문화해석

孫新周 著

임진호 역

문현
MUN HYUN

한국의 초당대학교 국제교류교육원 원장 임진호 교수가 예전에 출간되었던 나의『중국 원시예술 부호의 문화 해석』을 한국어로 번역하여 한국의 독자들에게 소개한다고 하니 기쁜 마음 한량없다. 이는 나의 책이 한국 학술계의 관심을 받게 되었다는 점 이외에도 암각화와 같이 문자 이전의 원시예술 부호가 점점 더 많은 사람들의 관심과 사랑을 받기 시작했다는 사실을 의미하는 것이기 때문이다. 이 책은 지난 세기 90년대에 완성되어 1998년 중앙민족대학출판사에서 출판되었으니 이미 근 20여 년의 세월이 흘렀다. 이 기간 동안 원시예술 부호, 즉 암각화에 대한 연구는 시종 끊이지 않고 심화 발전되어 왔는데, 특히 중국암각화연구센터에서 맡아 수행한 각종 과제의 성과 및 해외 암각화연구기관과의 합작 추진에 따라 중국 암각화의 비밀과 매력은 점점 더 국제적인 주목을 받게 되었다.

사실상 역사시대 이전의 문화예술을 논할 때마다 우선적으로 제기되는 것이 바로 암각화이다. 이는 아마 어쩌면 암각화가 갖추고 있는 매혹적인 매력과 신비성에 기인하는 것인지도 모르겠다. 암각화는 보기에 간단한 기하학적 선으로 이루어져 간단한 구성을 이루면서도 또한 신비한 문화적 요소가 가득한 도안을 만들어낸다. 문자 이전에 출현한 암각화는 마치 문자의 기록처럼 인류 역사에 있어서 귀중한 자료가 되고 있다. 여기서 언급하고 있는 암각화는 사람의 손이 전혀 닿지 않은 자연동굴이나 절벽, 혹은 바위 그늘이나 거석巨石 위에 그리거나 새겨 완성한 예술품으로 이른바 암석예술이라고도 한다. 암각화는 원시인들의 뛰어난 예술적 지혜를 한데 응집시켜 놓은 것일 뿐만 아니라 부호문화의 천재적 창조력을 드러내 보인 것이라고 하겠다. 지금까지 암각화는 원시문화와 예술 연구에 있어서 항상 홀시 받아 왔지만 사실상 커다란 문화적 가치를 지니고 있는 귀중한 보물이다.

중국의 흑룡강黑龍江, 내몽고內蒙古, 감숙甘肅, 청해靑海, 신강新疆, 서장西藏, 광서廣西, 운남雲南, 귀주貴州, 사천四川, 강소江蘇 등의 지역에서 모두 고대 암각화가 발견되었다. 그 내용을 가지고 볼 때, 중국의 암각화는 남방과 북방 두 개의 계통으로 나눌 수 있다. 북방 지역의 암각화는 대부분 동물, 인물, 사냥, 그리고 각종 부호를 표현하고 있다. 그 가운데 대표적인 내몽고의 음산陰山 암각화는 중앙아시아와 시베리아 등지의 암각화와 매우 유사한 형태를 가지고 있다. 남방 지역의 암각화는 동물과 사냥 이외에도 채집採集, 방옥房屋, 촌락村落, 종교의식 등의 그림이 등장한다. 강소성 연운항連雲港 장군애將軍崖 암각화에는 농작물도 함께 그려져 있다. 중국 경내 암각화의 연대는 아직까지 확실하게 밝혀진 것이 없어 앞으로 이에 관한 연구를 기대해 본다.

  암각화는 절벽과 바위 위에 새겨 놓은 역사서이다. 중국의 역대 서적은 주로 각 왕조의 제왕帝王에 관한 생활모습을 기록하고 있는 반면, 당시 일반 백성들의 일상생활에 관한 기록은 대부분 간단하게 반영되어 있다. 그렇지만 암각화에서는 오히려 이와 반대로 사회의 생산적인 측면의 사냥, 방목, 농업 등의 내용을 찾아 볼 수 있으며, 또한 종교적인 측면에서 조상숭배, 제사의식 등을 살펴 볼 수 있다. 그리고 일상생활 측면에서 촌락, 무도舞蹈 등의 내용을 반영하고 있는데, 특히 이 중에서도 일상생활의 모습을 그린 작품 속에는 그들만의 독특한 예술형식을 통해 천문역법과 물후物後역법이 표현되어 있을 뿐만 아니라, 무생명無生命의 자연신을 당시 사람들은 생동적인 표현 형식을 통해 생명력을 불어 넣어 주었다. 그렇기 때문에 인면상人面像 암각화는 진귀하면서도 복잡한 양상을 띠고 있다. 왜냐하면 이는 당시 사람들의 신격화된 각종 사물에 대한 가장 적당한 표현형식이기 때문이다. 우리는 이미 자세한 연구를 통해 놀라운 사실을 발견할 수 있는데, 그것은 바로 각종 부호와 도형으로 구성된 인면상 가운데 태양신 숭배, 생식신 숭배, 그리고 토템 숭배 관념이 표현되고 있다는 사실이다. 더욱이 이 인면상은 후대에 사용되고 있는 의식용 가면의 기원이 되었다.

인면상 암각화는 전 세계의 여러 지역에서 발견되고 있지만 중국의 암각화는 수량이 풍부하고, 풍격이 다양하여 세계 여러 지역에서 발견되는 암각화 중에서도 우위를 점하고 있으며, 내지 혹은 변경 오지에서 이러한 풍격의 예술품이 대량으로 발견되었다. 중국의 암각화 중에 인면상 제재는 옛사람들의 종교의식을 보여주는 것이다. 그러한 기이한 형상은 우리가 이해할 수 없는 정신세계를 반영한 것이다. 중국 각 지역의 암각화는 모두 기하학적 형상으로 이루어진 추상적 부호로 이루어져 있는데, 이러한 부호는 추상적 형식으로 모종의 사상을 표현하거나 혹은 어떤 사건을 기록한 것이다. 수많은 부호 도형 가운데 어떤 도형은 비교적 쉽게 이해가 된다. 예를 들어, 태양부호, 수인手印부호, 각인脚印부호 등이다. 이러한 암각화는 한 순간에 긴 역사적 시간과 공간을 뛰어 넘어 우리를 아득히 먼 저 고대의 세계로 이끈다.

암각화의 신비를 해결하기 위해서는 어쩔 수 없이 원시적 사유와 지혜에 의지할 수밖에 없다. 그러므로 무술巫術과 상징적 사유 규칙을 잘 파악해야 비로소 은유적인 표현을 이해할 수 있을 뿐만 아니라 그 안에 가려진 원형을 규명할 수 있다. 그래야 비로소 우리 현대인들로 하여금 당시 상고시대 선인들에 의해 도상圖像 뒷면에 숨겨진 신비한 심령을 느끼게 할 수 있다.

본서는 예술조각가의 특정한 시각으로 암각화에 대한 연상과 분석을 진행하였다. 미흡한 점에 대해 독자 여러분의 질정과 비평을 바란다.

2015년 가을 북경에서

손 신 주 孫新周

　암각화와 기타 원시예술 가운데 가장 모종의 유혹과 신비성을 갖추고 있는 것은 기하학적 선으로 이루어진 여러 가지 부호 도식일 것이다. 이러한 부호 도식은 마치 영원한 신비를 품고 있는 것 같아 이러한 부호 도식을 완전히 해석한다는 것은 결코 쉽지 않은 일로 보인다.

　추상적인 부호 도식은 갖가지 암각화를 장식하고 있는데, 귀주성의 개양開陽 화마애畵馬崖 암각화를 가지고 본다면, 부호는 그다지 많지 않은 십여 종에 불과하지만 이러한 부호 도식이 대표하는 것이 무엇이며, 무엇을 상징하는지 이에 대해 지금까지 여전히 아무도 만족할만한 답안을 내놓지 못하고 있다. 동그라미와 억새풀 형상이 달린 동그라미에 대해서 천체태양, 별, 달를 대표하는 것으로 보여 지기도 하며, 또한 동고銅鼓를 표현한 것으로 여겨지기도 하며, 혹은 기타 다른 물건으로 여겨지기도 하는데, 오직 그 부호가 어떤 위치 위에 그려져 있는가와 주위의 사물 형상이 어떻게 조합되어 있는가 하는 상황에 따라 달라진다.

　내몽고, 신강新疆, 사천四川, 운남雲南, 광서廣西 등의 지역에 보이는 암각화 가운데 十자형의 도형이 보이는데, 화마애畵馬崖 역시 일종의 十자형의 부호가 보인다. 이러한 도형은 중국 고대 유물 가운데서도 흔하게 보이는데, 예를 들어, 신석기시대 청해靑海의 마창형馬廠型과 반산형半山型 도기 장식, 은상殷商의 동경銅鏡과 한대漢代의 일광동경日光銅鏡 문양, 진한대秦漢代의 와당瓦當 도안 중에서 찾아 볼 수 있는데, 학자들의 고증에 의하면 이 것은 태양신의 상징이라고 한다. 그러므로 이러한 태양신 부호로부터 중국민족의 선조가 태양을 숭배한 민족이었다는 사실을 추측해 볼 수 있다.

암각화의 부호 도식은 원시시대에 결코 가볍고 간단하게 선으로 그린 것이 아니고 그 가운데는 심오한 함축적 의미가 숨겨져 있는데, 이는 어 떤 측면에서 우리가 사용하는 오늘날의 언어와 같은 것으로 볼 수 있다. 이러한 부호는 혹은 원시시대의 사건을 기록하거나, 혹은 어떠한 사건을 설명하기 위한 것이나, 혹은 어떤 도형에 기탁하거나, 혹은 당시 어떤 관 념을 은유하거나 하는 등등을 표현하고 있다.

어쩌면 사람은 본질적으로 "부호의 동물"이라고 말할 수 있는데, 그것 은 사람이 동물과 구별되기 때문이다. 그 첫 번째는 바로 부호를 창조할 수 있을 뿐만 아니라 부호를 통해서 교제활동을 할 수 있기 때문이다. 사람과 사람 간의 여러 가지 기분, 정감, 사상, 관념 등등을 소통할 수 있다. 동물에게 있어서는 오직 하나의 세계, 바로 실제세계만이 존재한다. 그러나 사람에게는 실제세계 이외에도 또한 부호의 세계가 존재한다. 원시인에게 있어서 부호세계는 때때로 하나의 예술왕국이기도 하다. 암각화와 기타 원시예술 가운데 출현하는 여러 가지 추상적 부호와 도안은 단지 꼬불꼬불한 간단한 곡선에 지나지 않거나, 혹은 어떤 것은 정방형, 혹은 별모양 같은 것이 있으며, 조금 복잡한 것은 예를 들어, 둥근 나선형, 네모진 나선형, 동심원, 마름모 형태의 문양, 나선형 문양, 곡선 문양 등의 도안이 있다. 또한 일종의 동물의 형상, 혹은 신인동형神人同形 형상으로 변화 구성된 도안이 있으나 이 역시 우리가 지금 이 도안들의 현실적 기원을 밝혀내기에는 이미 많은 어려움이 있다. 이러한 도안은 단지 도형에 맞추어 어떤 의미를 설명한 것만은 결코 아니기 때문이다.

　현재 중국에서 거의 모든 암각화는 항상 추상적인 부호와 구체적인 형상의 도형이 혼합된 형태로 나타나고 있는데, 외국에서도 역시 이와 같은 상황이다. 스페인의 피레타La Pileta 동굴의 암각화 가운데 동물의 형상과 추상적인 점선을 교차시키고 중첩해 사실적으로 묘사한 그림이 있는데, 이로 인해 이 그림 위에 보이는 그러한 불규칙한 선들이 무엇을 의미하는지 이해하기 어렵게 만들고 있다. 동물의 형상과 꼬불꼬불한 파도형 부호가 함께 혼합되어 있는가 하면, 부호와 부호가 서로 중첩되어 있기도 하고, 또 어떤 것은 상당히 질서정연하게 배열되어 있는 것을 보면, 아무런 목적 없이 그려 놓은 것 같지는 않다고 보인다.

중국 각 지역에서 출토되는 신석기시대의 도기 위에서도 이미 여러 가지 부호들이 발견되었는데, 예를 들면, 서안西安 반파半坡지역의 앙소문화仰韶文化 유적지에서 발견된 채도彩陶, 산동 대문구문화大汶口文化 유적지에서 발견된 채도彩陶 등에서 발견되는 부호가 무엇을 의미하는지 아직까지 명확하게 밝혀진 것은 없다. 다만 암각화 부호는 도기에 보이는 부호보다 풍부한 까닭에 그것이 상징하는 의미 역시 특히 풍부하다고 볼 수 있다.

암각화와 이러한 원시예술 가운데 보이는 부호의 상징적 의미를 해석하기 위해 학자들은 일찍부터 골머리를 앓아왔는데, 이는 대단히 까다롭고 쉽지 않은 문제였기 때문이다. 그러나 본서의 작자는 이러한 어려움을 알면서도 대담하게 작업에 착수해 암각화와 원시예술 중에 보이는 도식에 대한 해석을 시도하였다. 비록 이러한 시도가 초보적이기는 하지만 오히려 창조적인 성격을 지니고 있다고 볼 수 있다. 그러나 문제는 이에 그치는 것만이 아니다. 추상적인 도식 이외에 구체적인 도형에서도 종종 심오한 부호적 의미를 찾아볼 수 있는데, 연구를 진행하는 과정에서 사람들은 이와 같은 구체적인 형상에 담겨있는 부호적 의미나, 혹은 은유하고 있는 모종의 신비한 관념에 대해 소홀히 다루는 경우가 있다. 예를 들어, 암각화예술 가운데 등장하는 동물과 인물의 도형을 예로 들 수 있는데, 혹여 일상생활을 묘사한 장면이라도 그 안에 보이는 동물이나 혹은 하나의 장면이 단순히 그 대상만을 그린 것이 아니라 본서에서 제기한 바와같이 동물도형을 통해 수렵과 관계된 무술巫術을 은유한다던지, 혹은 사람의 얼굴 도형을 통해 생식숭배의 의미를 나타내기도 한다는 점이다. 그래서 암각화를 비롯한 기타 원시예술 가운데 표현된 추상적 부호와 구체적인 도형 모두 역사시대 이전의 문화 연구에 중요한 정보를 제공해 주고 있다. 이는 인류의 사유를 반영하는 일종의 수단이라는 점에서 오늘날 우리가 암각화 예술과 원시문화를 이해하는 데 중요한 실마리가 되고 있다.

본서의 작자 손신주 선생은 60년대 초 중앙미술학원 조소학과를 졸업하였으며, 영향력 있는 많은 작품을 창작한 저명한 조소가로서 근래에 들어 중국의 암각화연구와 기타 원시예술에 깊은 관심을 가지고 연구에 몰두하고 있다. 학술 연구에 있어서도 그는 예술가로서의 날카로운 관찰력과 풍부한 상상력으로 전인들이 미처 발견하지 못했거나, 혹은 전인들이 깨닫지 못했던 새로운 관점들을 제기하였다. 특히 암각화와 기타 원시예술 가운데 보이는 부호도식에 대한 해석과 암각화와 기타 원시예술 가운데 내포된 무술巫術적 의미, 생식숭배, 조상숭배, 그리고 고대 민족의 이주와 문화 융합 등과 관련해 자신의 생각과 견해를 명확하게 제시하였다.

필자가 생각하기에 본서를 읽은 사람이라면 모두 적지 않은 깨달음을 얻었을 것이라 여겨진다. 다시 한 번 더 설명하자면, 암각화는 주변적 성향을 지닌 학문분야로써 상고시대 사람들이 자신들의 생존을 위해 표출한 감정을 일종의 예술부호로서 나타냈기 때문에 그 안에 함축된 정보와 문화의 오묘함, 그리고 그 신비함을 탐구하기 위해서는 다양한 학문분야의 도움이 뒷받침되어야 할 것이다.

진조복陳兆復

 이 책은 손신주孫新周 선생이 오랫동안 연구와 자료 수집을 진행하며 심혈을 기울여 축적한 자신의 연구 성과를 토대로 체계적인 분석과 설명을 덧붙여 암각화의 부호에 내재된 문화적 의미를 규명하였다.

 이 책은 저자가 서문에서 밝혀 놓은 바와 같이 암각화를 비롯한 기타 원시예술 가운데 표현된 추상적 부호와 구체적인 도형 모두 역사시대 이전의 문화연구에 중요한 정보를 제공해 주고 있다. 이는 인류의 사유를 반영하는 일종의 수단이라는 점에서 오늘날 우리가 암각화 예술과 원시문화를 이해하는데 중요한 단초가 되고 있다. 특히 저자는 예술가로서의 날카로운 관찰력과 풍부한 상상력으로 암각화에 투영된 무술巫術적 의미, 생식숭배, 조상숭배, 토템, 그리고 고대 민족의 이주와 문화 교류 등의 광범위한 영역에 걸쳐 이전의 연구자들이 미처 발견하지 못했거나, 혹은 깨닫지 못했던 새로운 관점을 대담한 추리와 논증을 통해 보다 명확하게 제기하였다.

 이 책은 1990년대 완성되어 1998년 중앙민족대학출판사에서 출판되었으니 이미 30여 년의 세월이 흘렀다. 이 기간 동안 암각화에 대한 연구는 지속적으로 심화 발전되어 왔으며, 그 성과 또한 괄목할 만한 성취를 거두었다. 예를 들어 그 대표적인 저서로 개산림蓋山林의 『음산암화陰山岩畫』와 『중국암화학中國岩畫學』을 비롯해 개산림과 개지호蓋志浩의 『내몽암화의 문화해독內蒙古岩畫的文化解讀』, 진조복陳兆復의 『고대암화古代岩畫』와 『중국암화 발견사中國岩畫發現史』, 송요량宋耀良의 『중국사전신격인면암화中國史前神格人面岩畫』, 양진화梁振華의 『탁자산암화卓子山岩畫』 등이 있으며, 이에 관한 연구논문으로는 고예쌍高禮雙의 「대중국암화시대 상한에 관한 초보연구對中國岩畫時代上限的初步探討」, 엄문명嚴文明의 「관어석부도關於石斧圖」, 구종륜邱鍾侖의 「좌강 암화무술문화산물左江岩畫巫術文化産物」, 왕녕생汪寧生의 「운남창원애화의 발견과 연구雲南滄源崖畫的發現與研究」, 양진남梁振南의 「좌강애벽화중 장족선민의 심미연구 초탐左江崖壁畫中壯族先民審美意識初探」, 반란班瀾의 「논중국암화조형의 상징성論中國岩畫造型的象徵性」 등을 예로 들 수 있다.

현재 중국 경내에서 발견된 암각화는 대략 510여 폭이며, 그 내용은 고대 유목생활과 관련된 사냥, 유목, 채집 등이 주류를 이루고 있다. 특히 1,000여 킬로미터에 이르는 알타이어 산맥을 따라 형성된 암각화는 그 규모가 방대하고 내용 또한 풍부해 전 세계적으로도 보기 드문 경우라 하겠다. 이러한 암각화에 나타나는 부호가 비록 간단한 기하학적 선으로 구성되어 있으나, 그 안에 오묘하고 신비한 문화적 요소가 가득 들어있어 마치 문자의 기록처럼 인류 역사에 귀중한 자료를 제공해 주고 있다. 그래서 사실상 역사시대 이전의 문화와 예술을 논할 때마다 우선적으로 제기되는 것이 바로 암각화이다. 일찍이 요코야마 유지는 『선사예술 기행』에서 암각화가 이미 구석기시대부터 출현했다고 밝혔는데, 이러한 암각화가 신석기시대, 청동기시대를 거치면서도 그 형태상의 변화가 거의 없는 점으로 미루어볼 때, 암각화 부호가 형태적인 계승성을 지니고 있음을 보여주고 있으며, 더욱이 중국의 소수민족이 거주하고 있는 지역과 같이 비교적 원시적인 형태의 경제체제를 유지하고 있는 경우에는 이러한 특징이 더욱 더 두드러지게 나타난다. 우리는 이처럼 암각화에 나타나는 문화적 부호는 형태상에서 거의 변화 없이 후대에 계승되어 오고 있다는 사실에 주목할 필요가 있다. 즉 당시 사람들은 암각화에 새겨진 다양한 이미지를 통해서 동일한 경험을 공유하게 되었고, 그 이미

지가 구체적인 형상으로 고착되어 다른 사람과의 의사소통이 가능해짐
으로써 유지성이 『문화문자학』에서 언급한 바와 같이 중국의 초기 문자
탄생에도 어느 정도 영향을 끼쳤으리라는 추론을 해볼 수 있다.

따라서 암각화에 새겨진 부호에 대한 연구는 원시 인류가 어떻게 물질
계의 현상을 인지하고 형상화해 내었는지, 또한 이렇게 고착화된 이미지
들이 그 집단의 삶에 어떤 역할을 끼쳤는지를 살펴볼 수 있는 중요한 실
마리가 되는 동시에, 또한 어떠한 변화를 거쳐 후대 문화와 문자에 반영
되어 오늘에 이르렀는지 등을 살피는데 커다란 도움이 된다는 점에서 이
책의 진정한 가치와 의미를 되새겨 볼 수 있을 것이다.

이 책의 저자 손신주 선생은 1937년 요녕성 금주錦州에서 태어났다.
1962년 중앙미술학원 조소학과를 졸업하고 중앙민족대학의 교수와 연구
원, 그리고 연구생 지도교수를 역임하였다. 그의 주요 작품으로는 모주석
흉상毛主席胸像과 장사상壯士像, 그리고 동방욕효東方欲曉 등이 있으며, 주요 논
문으로는 『북국암화수상3편北國岩畵隨想三篇』, 『내몽암화소견동이문화유존변
석內蒙岩畵所見東夷文化遺存辯析』, 『내몽인면암화예술부호의 문화파역內蒙人面像岩畵

藝術符號的文化破譯』,『암화와 이민족심근岩畵與彝民族尋根』,『천마와 중서문화天馬與中西文化』 등 20여 편의 문장이 있다.

　이 책을 번역하는 과정에서 저자의 의도를 충분히 밝히지 못하고 오류를 범하지 않을까 하는 염려스러운 마음과 매번 번역서를 출간할 때마다 느끼는 바이지만 역자 능력의 한계와 시간에 쫓겨 서둘러 번역을 끝내다 보니 항상 부족하다는 아쉬움을 가지게 된다. 이 역서를 보시는 모든 분들의 따뜻한 충고와 매서운 질타를 기다리며 향후 보완과 개정에 힘쓸 것을 약속드린다.

　끝으로 이 책의 번역을 흔쾌히 허락해 주신 손신주 선생께 진심으로 감사의 말씀을 드리며, 아울러 이 책의 출판을 맡아 수고해 주신 문헌출판사의 한신규 사장께 감사를 드린다.

2019년 11월
동학골에서
임진호

제1장

원시예술과 무술

1. 무술巫術 ― 하나의 다문화적 문화현상

"어찌 되었든 모든 원시민족은 종교와 무술을 가지고 있다."

― 말리노프스키|Malinowski(1884-1942)

무술은 하나의 거대한 음영처럼 무겁게 세계 각 민족의 영혼 깊숙한 곳까지 투사되었으며, 또한 열매가 가득 달린 큰 나무처럼 자신의 과실에 깊은 정을 담아 자신의 문화를 창조하는 민족에게 바쳐 왔던 까닭에 우리가 반드시 인정해야 할 점은 원시시대 무지몽매한 인류의 정신문화가 무사巫史를 통해 지속적으로 계승 발전되어 왔다는 사실일 것이다.

비록 아직까지 독단적으로 "예술은 무술에서 기원한다."고 말하기는 어렵지만, 적어도 이미 발견된 수많은 원시예술품의 출현이 무술巫術에 기인하거나, 혹은 무술적 색채가 스며들어 있으며, 혹은 무술의 영향에 의해 탄생되었다는 점을 고려해 볼 때, 예술이 무술과 관련되지 않은 것이 거의 없다는 사실을 짐작해 볼 수 있다.

그렇다면 무술이란 무엇을 의미하는 것인가?

"무술은 귀신을 믿는 것으로, 사람들이 샤만무당을 통해 귀신과 서로 소통할 수 있다는 믿음에서 나온 일종의 숭배사상이다."(클레블레프, 『종교사宗教史』 상, 중국사회과학출판사, 1982년 p.34) 하지만 또 다른 측면에서 "환상을 가진 사람이 모종의 어떤 방식을 통해 자연을 비롯한 타인에게 영향을 미치게 할 목적으로 생겨난 것이 무술이다."고 말할 수도 있을 것이다.(양콘楊堃, 『민족학개론民族學槪論』, 중국사회과학출판사, 1984년, p.264)

그래서 무술을 모방한 기능적 측면에서 볼 때, 원시예술은 바로 이 "모종의 어떤 방식"의 범주에 속하는 까닭에, 초기의 인류는 원시예술을 무술적 수단으로 삼아 "자연을 비롯한 타인에게 영향을 미칠 목적"에 도달하고자 하는 환상을 가지고 있었다. 그래서 우리가 만일 원시예술에 대한 연구를 진행하고자 한다면, 반드시 무술이 처음 창조되었을 당시의 본래의미에서 벗어나 생각해서는 안 된다. 그래야만 비로소 예술부호로 표현된 무술적 진의를 올바르게 이해할 수 있기 때문이다. 다시 말해서 우리는 반드시 그들의 눈을 통해서 그들이 남긴 예술작품을 바라보아야 한다는 말이다.

중고中古시대 이전의 인류가 무술을 행한 주요 목적은 사람보다 자연의 힘을 통제하는데 있었다. 그 시기는 무술이 크게 유행하였는데, 지금의 우리 관념과는 다른 초기 인류의 관념에 지배를 받았다. 그들에게는 지금의 우리보다 더 많은 세계가 존재하고 있었다. 즉 눈앞에 펼쳐져 있는 실제 세계 이외에도 가공의 비현실적 세계가 그들에게 존재하고 있었다는 의미이다. 다시 말해서 그들의 눈에 보이는 세계 이외에 눈에 보이지 않는 또 하나의 세계가 존재하고 있었다는 말이다. 더욱이 그들에게 있어 "눈에 보이는 세계와 눈에 보이지 않는 세계가 서로 하나로 통일되어 있어 어떠한 순간에도 눈에 보이는 세계의 사건은 모두 눈에 보이지 않는 세계의 힘에 의해 결정된다."고 생각하였다.(레비·브릴, 『원시사유原始思維』, 상무인서관, 1987년, p.418)

그렇기 때문에 『설문說文』에서 "무巫"자를 해석 할 때, 일찍이 "무巫는 축祝이다. 여자는 능히 무형無形을 섬겨 춤으로써 신이 강림하도록 한다."고 하였는데, "무형無形"은 당연히 보이지 않는 세계를 말하는 것으로, 보이지 않는 세계의 신령과 소통할 수 있는 것이 바로 "무巫"의 신통함이다. "무巫"는 무당의 춤巫舞을 통해 신과 통하는 것 이외에도 또한 구체적인 신통력을 지닌 도형圖形의 힘을 빌려 도움을 받기도 하였는데, 사실상 수많은 원시예술품들이 이들과 같이 화가를 겸한 무사巫師의 손에서 탄생하였다. 그래서 그들은 무형의 존재도깨비, 꿈, 신 등를 유형의 현실적 존재로 바꾸어 자연계와 초자연계를 서로 소통시키는 중재자 역할을 담당하였던 것이다.

현재 고고학에서 발견된 문화, 예술, 역사 등의 다양한 측면의 연구를 근거로 해 볼 때, "무巫"와 무술이라는 문화현상 가운데 구체적인 세계성이 존재한다는 사실이 증명되고 있다. 확실한 점은 "어찌 되었든 원시적인 민족은 모두 종교와 무술"을 가지고 있으며, 또한 그들 서로 간에 서로 유사성이 존재하고 있으며, 더욱이 우리로 하여금 무술의 깊은 의미를 되새겨 보게 한다는 점이다.

만일 우리가 구체적인 무술적 의미를 지니고 있는 예술적 부호를 대략적으로나마 구분한다고 할 때, 대략 아래와 같이 몇 가지로 나누어 볼 수 있다. 여기서 한 걸음 더 나아가 중국과 서양을 비교해 본다. 그들 간에 존재하는 공통점 가운데서 재미있는 문화적 현상을 발견할 수 있을 것이다.

수렵에 관련된 무술적 의미를 지닌 예술적 부호는 대부분 암각화 중에서 발견되고 있는데, 특히 선사시대의 중국 이외지역에서 발견되는 암각화 중에서도 이와 유사한 예들을 찾아 볼 수 있다.

수렵은 초기 인류의 주요 생계 수단이었다. 그래서 수렵 과정 중에서 무술 활동은 없어서는 안 되는 "도구"이자 "단계-의식"이었다. 무술을 유사하게 모방할 수 있는 대상이 필요했던 인류는 예술적 부호를 통해 들을 수 없거나 볼 수 없는 대상을 들을 수 있고, 볼 수 있는 형식으로 바꾸어 주는 일종의 수단으로 활용하였다.

선사시대 수렵 암각화 중에서 우리가 반드시 유의해야 될 상황이 하나 있는데, 그것은 바로 표현된 동물이 한편으로 초기 인류에게 있어서 죽여야 할 사냥감인 동시에 또한 경외의 대상으로 작용했다는 점이다. 따라서 이러한 모순되고 복잡한 심리 상태는 그림을 그릴 때 자연스럽게 당시 사람들에게 영향을 주었을 것이다. 그러므로 우리가 암각화를 연구할 때, 심미적 측면에서 암각화가 갖추고 있는 상징적 의미가리키는 것가 원래의 대상가리킬 수 있는 것에 비해 직관적 느낌을 더 강하게 준다는 사실을 알 수 있다.

우리는 서유럽의 니오Niaux동굴에 보이는 들소 암각화와 중국의 음산陰山 암각화에 보이는 사슴사냥 그림을 통해 문화적 층면에서 시공을 초월한 무술巫術의 유사성을 엿볼 수 있는데, 이는 무술이 개별적 문화를 초월하여 다문화적 문화 현상으로 발전되어 왔다는 사실을 보여주는 사례로, 이에 관한 논의는 본 장 제2절에서 구체적으로 분석해 보고자 한다. 여기서 우리가 강조하고자 하는 점은 이 두 폭의 암각화에서 드러나는 샤만무당식 정감의 유사적 경향이다.(<그림 5, 6> 참조)

현재로서는 구석기시대에 이미 샤만식의 신앙이 존재했었는지에 대해

감히 쉽게 단정할 수는 없지만, 학자들의 연구에서는 이미 수렵민족의 원시적 사유의 유사성에 대해서 지적하고 있다.

수렵민족은 중국이나 외국을 막론하고 수렵활동 가운데 모두 유사한 무술의식을 보여주고 있다. 즉 사냥을 나가기 전에 사냥을 모방한 의식을 치루고, 사냥을 다녀와서는 사냥감의 영혼을 위로하는 위령제를 지낸다. 이로써 사냥감의 화를 풀어주는 동시에 그들의 사냥 행위에 대한 관용과 용서를 구한다. 이는 사냥감이 자신의 운명을 받아들이게 함으로써 사냥하는 사람들이 심리적으로 마음의 안정을 찾고자 하는 행위에서 출발했다고 볼 수 있다.

필자가 생각하기에 니오Niaux동굴에 보이는 들소 암각화나 내몽고 음산의 사슴 사냥 암각화 중에서도 이러한 샤만식의 정감 표현과 무술적 심리상태가 강렬하게 나타나 보인다. 이 두 폭의 암각화에서 표현하고 있는 공통점은 바로 사냥감이 모두 평온한 표정으로 분노한 표정이나 혹은 최후의 저항을 하며 발버둥치는 형상은 보이지 않고, 오히려 이들의 행위를 용인하거나 혹은 서로 협력하는 듯한 형상처럼 보인다. 설마 이와 같은 정경이 사냥하는 사람들이 마음속으로 바라는 바가 아닐까? 또한 이것이야말로 수렵민족의 무술의식에 필요한 것이 아닐까? 암각화에 나타나는 이러한 유사성은 암각화를 그린 사람들의 무술적 심리상태에 따라 결정된다고 볼 수 있기 때문이다. 이러한 것들이 모두 암각화의 상징적 의미 속에 포함되어 나타나고 있는 것이다. 즉 이것은 사냥하는 사람과 사냥을 당하는 동물과의 상호 이해를 바탕으로 양자가 서로 조화를 이루며 다툼 없이 평화롭게 살아가는 모습을 상징한 것이다. 비록 이러한 상황이 우리에게 슬프고 처량한 느낌을 주지만, 원시시대의 사람들에게는 오히려 복잡한 심정보다 편안함을 가져다주었다고 볼 수 있다.

농경민족의 기우祈雨에 관한 무술적 예술부호는 수렵채집을 통한 생산방식 이후에 등장하였는데, 이는 농경사회의 민족이 무술의 힘을 빌려 비·바람 같은 자연의 힘을 통제함으로써 농작물의 풍요를 기원하는 목적에서 비롯되었다. 그래서 수렵민족의 예술부호가 대부분 암각화에서 나타나는 반면에 농경민족의 예술적 부호는 대부분 채도彩陶에 나타나고 있다.

비를 구하는 기우무술과 관련된 예술적 부호에 관한 검토는 본장 제3절에서 비교적 많은 편폭을 할애해 다룰 예정이기 때문에 여기서는 다만 이와 관련된 중국과 외국의 몇 가지 공통성에 대해서만 언급하고자 한다.

중국에서 "신神"의 개념은 최초 기후 현상 가운데 하나인 번갯불에서 그 기원을 찾아볼 수 있다. 『설문說文』에서 "신申은 신神이다."고 하였고, 갑골문 중에서 신申과 전電은 한 글자로 쓰인다. 그래서 갑골문에서 "전電"은 𝕰으로 쓰이고, 금문에서는 𝕱으로 쓰이는데, 이는 번갯불의 구불구불한 형상을 표시한 것이다. 이를 통해 "신神"의 원형이 번갯불이라는 것을 알 수 있다.

또 하나 주목할 만한 글자는 바로 "영靈"자이다. 즉 "영靈"자는 우雨자와 무巫자가 조합된 형태를 보이고 있는데, 이는 바로 무巫로써 비를 구하는 제례祭禮 활동을 표현하는 의미를 나타낸다.

번개가 치는 모양의 무늬는 대체로 중국 마가요馬家窯 문화에서 발견되는 채도에 많이 보인다. 번개가 친다는 것은 바로 천둥과 비를 의미하는 것으로, 번개는 천신을 의미하기 때문에 비를 통제하는 절대자로써 번개무늬의 채도는 비를 기원하는 무술적 의미를 매우 선명하게 보여주고 있다.

〈그림 1〉 고저이관(高低耳罐), 마가요문화(馬家窯文化) 마창유형(馬廠類型) 감숙성(甘肅省) 동향족(東鄉族) 자치현(自治縣) 출토

천둥과 번개를 모방한 도형은 무술의식 중에서 비를 기원하는 의미로 사용되는데, 북아메리카의 인디안과 오스트레일리아의 토착민들 중에서 이러한 도형이 많이 사용되었다. "땅 위에 그린 한 줄기 선은 당연히 무지개의 곡선 형태를 대표(이것은 중국 갑골문 중의 "홍虹"자와 모양이 같다. ― 작자)한다고 할 수 있는데, …… 이와 유사한 형태를 지니고 있는 도형이 의식에 등장하는 인물의 몸 위쪽, 즉 손에 들고 있는 방패 위에 그려져 있다. 또한 이 방패 위에는 흰색 점토를 칠해 번개가 치는 모양을 Z자형으로 그린 곡선이 장식되어 있다."(Spencer and Gillen: 『The Native Tribes of Central Australia』, p.170)

번개 치는 도형을 이용해 비를 구하고자 하는 감응적 기능을 지닌 무술巫術은 중국이나 외국 모두 같은 양상을 보이는데, 다만 다르다고 할 수 있는 점은 하나는 채도 위에 그려져 있다는 점이고, 다른 하나는 비를 구하는 의식이 방패 위에 그려져 있다는 점이다. 분명 양자가 모두 예술적 도형을 이용해 무술적인 의미를 지닌 부호로 삼고 있지만, 그 가운데 투영된 관념이나 의식은 서로 다르지 않다. 이 점은 다시 한 번 자세히 읊

미해 볼 만한 가치를 지닌 문화적 현상이라고 할 수 있다.

생육을 기원하는 무술과 풍작을 기원하는 무술의 예술적 부호는 국가 간에 그 유사성이 더욱 더 두드러지게 나타난다.

서유럽의 유명한 선사시대 생식의 여신인 "비너스상"과 유사한 조각 상이 중국에서도 발견되었다.

80년대에 들어와 하북성 북부, 내몽고 동남부 지역에서 신석기 초기의 나체 임산부 석조石雕 조각상이 발견되었는데, 현재 이 조각상은 중국에서 발견된 가장 완전하고 전형적인 선사시대의 "비너스"로 인정받고 있다. 하북성 난평현灤平縣 후대자後臺子 유적에서도 여섯 종류의 여성 조각상이 출토되었는데, 가장 큰 것은 높이가 34cm로 두 다리가 서로 연결되어 있으며, 발바닥이 원추형이라 흙 속에 세우기에 편리하게 만들어졌다. 제작된 시기는 지금으로부터 약 7000년 전으로 추정된다. 내몽고 임서현林西縣 경내에서 출토된 백음장간白音長汗 여신상은 더욱 오래 되었는데, 이 여신상은 흑회색의 경질 기암基巖을 이용해 조각한 원추형이며, 그 높이는 35.5cm이다. 비록 조각이 거칠고 유치하지만 임산부의 특징을 어렴풋하게나마 찾아볼 수 있다. 이 여신상은 원래 반지혈식半地穴式의 집터 중앙에 매장되어 있었으며, 얼굴이 부엌 아궁이 입구를 향하고 있어 생육여신生育女神과 화신火神이라는 이중적 신격을 지니고 있었던 것으로 보인다. 이 여신상은 상반신이 지면위에 나와 있고, 하반신은 흙속에 묻혀 있어 "지모신地母神"의 형상을 보이고 있다. 이 조각상은 지금으로부터 8000년 전에 흥성했던 와蛙문화 유형에 속하는데, 요서遼西 우하량牛河梁의 홍산紅山 문화 여신묘女神廟와 비교해 볼 때 2000년이나 더 앞선다(『북경만보北京晚報』, 1994년 5월 8일).

여기서 주목할 만한 것은 두 가지 유사한 특징을 살펴볼 수 있다. 우선

이 역시 서유럽의 "비너스"와 비교해 볼 때, 양자가 모두 나체의 임산부 조각상이라는 유사점을 가지고 있다는 점과 또한 양자 모두 두 다리가 서로 연결된 원추형이거나, 혹은 땅에 꽂거나 묻을 수 있도록 편리하게 만들어졌다는 점이다.

주적朱狄 선생은 서유럽에서 발견되는 "비너스" 여신상을 평론할 때 일찍이 "선사시대 조형예술 가운데 가장 성숙한 원형을 지닌 조형 예술 작품이 바로 여성의 나체상이다. ⋯⋯ 두 팔이 풍만한 유방 위에 올려져 있으며, 넓고 비대한 둔부臀部, 요부腰部, 복부腹部를 가지고 있다. 두 다리는 항상 하나의 곤봉 형상처럼 간략하게 처리되어 있다. 필자가 생각하기에 이렇게 간략하게 처리한 것은 분명 특수한 기능을 가지고 있다고 보인다. 그것은 바로 이러한 조각상의 지면 접촉을 편리하도록 한 것으로, 직접 이러한 조각상을 땅 속에 꽂을 수 있다."(주적朱狄, 『원시문화연구原始文化硏究』, 삼련서국, p.287)고 지적하였다.

여기에서 이제 선사시대 중국과 서유럽의 비너스 여신상이 유사하다는 사실은 더 이상 설명하지 않아도 쉽게 이해할 수 있을 것이다. 또한 그들의 무술적 기능 역시 서로 공통점을 보여주고 있는데, 즉 땅 속에 묻는 행위를 통해 강력한 생식력을 갖춘 생명력을 불어 넣는 동시에, 또 한편으로 대지 위 작물의 풍작을 기원하는 무술적 기능을 촉진시키고자 하는데 주안점을 두었다는 점이다.

여기서 우리가 하나 더 주목할 점은 지금까지 그다지 주목받지 못하고 있는 성性의 무술적 부호, 즉 화살의 상징적 의미 역시 세계성을 갖추고 있다는 사실이다.

화살로 보이는 도형이 암각화 중에서 자주 보이지만, 유감스럽게 이러한 화살 도형은 수렵이라는 문화적 의미 속에 쉽게 매몰되어 그 상징적

〈그림 2〉 생식숭배 암각화. 신강(新疆) 호도벽(呼圖壁).

의미를 잃어버리고 마는 경우가 종종 있다. 물론 구체적 도형에 근거해 볼 때, 실제로 수많은 화살이 사냥에 사용되고 있는 까닭에 당연히 수렵과 관련이 깊다고 할 수 있다. 그렇지만 활과 화살이 때로는 다른 의미로 사용되는 경우도 많다. 예를 들면, 신강新疆의 호도벽呼圖壁에 보이는 암각화 가운데 사람이 성교하는 장면이 등장한다. 그리고 그 가운데 세 개의 활과 화살이 호랑이 두 마리와 함께 그려져 있다. 이는 분명 일종의 상징적 부호를 나타내는 것이 틀림없다. 더욱이 원시인들의 눈에 호랑이는 남성의 왕성한 생식력을 상징하기도 한다. 『민속통의民俗通義』에서 "호랑이는 양물陽物이며, 백수百獸의 왕이다."(〈그림 2〉)고 하였다. 그렇다면 활과 화살이 나타내는 상징적 의미는 또 무엇일까? 필자가 생각하기에 이는 일종의 성性을 나타내는 무술적 부호로써 양성兩性의 성교를 통해 번식을 기원하는 상징적 의미를 지니고 있다고 볼 수 있다. 즉 무술적 효력을 갖춘 신통력이 있다고 믿었다는 것이다.

우리가 알다시피 만주족이 믿는 샤만교에서 행해지는 일종의 의식 가운데 활과 화살로 버드나무 잎을 맞추는 활동이 있는데, 여기서 버드나무 잎이 여음女陰을 상징한다는 사실은 이미 잘 알려진 사실이다. "화살이 버드나무 잎을 꿰뚫었다箭穿柳葉"는 말은 당연히 남녀 간의 성교를 의미하는 것이니, "전箭"은 자연히 남근男根의 상징을 의미하는 것이라고 볼 수 있다. 중국 서남부 지역에 거주하는 이족彝族의 민속활동 중에도 이와 유사한 의식이 전해져 오고 있다. "귀주성貴州省 뇌산雷山에 동굴이 하나 있는데, 그 동굴 암벽 위에 여음이 그려져 있다. 민간에서 아들을 얻고자 하는 사람이 그 동굴에 들어가서 화살로 여음을 향해 쏘아 명중시키면 아들을 낳을 수 있고, 명중시키지 못하면 임신을 할 수 없다고 한다."(송조린 宋兆麟, 『생육신여성무술연구生育神與性巫術研究』, 문물출판사, 1990년, p.55)고 하는 내용을 통해서 알 수 있듯이 여기서 "화살箭"의 역할이 바로 남근의 각색을 맡고 있다는 사실을 엿볼 수 있다.

그렇지만 "활과 화살弓箭"이 때로는 하나의 국가를 초월한 다문화적 성행위의 상징물을 의미하기도 한다. 고대 희랍의 사학자 헤로도토스 Herodotus는 다음과 같은 기록을 남겼다. "맛사겟타이족의 남자들은 성적 욕망을 느낄 때면 부녀자가 타고 있는 수레 앞에 전통箭筒을 걸어 놓는데, 그렇게 하면 중간에 어떠한 사람의 간섭도 받지 않고 하고 싶은 일을 할 수 있었다."(헤로도투스, 『역사』, 상무인서관, 1959년, p.107)고 한다.

그래서 미국의 웨일러Weiler는 『성숭배性崇拜』 가운데 역시 "남성의 생식기는 또한 화살로 상징되는데, 화살의 양우兩羽는 고환을 의미한다."(중국문련출판공사, 1988년, p.211), "사랑의 신 주피터는 일반적으로 활과 화살, 혹은 화살통을 들고 있는 것으로 표현되는데, 이러한 것은 모두 합법적인 부부생활 중에서 자극을 받아 발기된 남성의 생식기를 상징한다."(중국문련출판공사, 1988년, p.223)고 설명하였다.

이렇게 한 번 검토를 거치고 나니 우리가 호도벽呼圖壁 암각화 가운데 보이는 활과 화살에 대한 상징적 의미를 다시 돌이켜 생각해 보는데 비교적 수월해진 측면이 있다. "화살箭"이 남근을 상징한다는 사실에 대해 명확하게 이해가 됐지만 활과 화살이 함께 있을 때, "활弓이 어떤 물건을 대표하는 것인지에 대해서는 여전히 의문점이 남는다.

여자요黎子耀 선생은 『역易』과 『시詩』에 대한 관계를 연구하면서 활과 화살에 대한 이미지와 해, 달, 남성, 여성 등과의 연계성에 대해 깊은 관심을 가졌다. 그는 "시矢"전箭은 남성과 태양을 상징하며, "궁弓"은 여성과 달을 상징한다(여자요黎子耀, 『「역경易經」』과 「시경詩經」의 관계, 문사철, 1987년, 제2기)고 주장하였다.

이를 통해 볼 때, 호도벽의 암각화에 보이는 활과 화살이 남녀의 성교를 의미하는 상징물로써 후손의 번창을 위한 무술적 의미를 지니고 있다고 해석해 볼 수 있는데, 이러한 해석은 전체 암각화에서 보이는 생식 주제와 서로 일치한다.

따라서 우리가 추측해 볼 수 있는 점은 암각화에 보이는 활과 화살이 단순히 순수한 무술적 필요에 의해 만들어진 허구가 아니라 선사시대 생육을 위해 존재했던 일종의 무술적 마력魔力을 지닌 법기法器일 가능성이 높다는 점이다. 이러한 풍속은 중국의 고대문헌 중에서도 보이는데, 일찍이 『예기禮記・월령月令』에 선사시대 생식의 여신 고매高禖에게 제사를 지내는 의식 중에 아래와 같은 절차가 기록되어 있다. "천자가 친히 가면 후비가 구빈九嬪의 여자들을 거느리고 가서 천자가 시어하심에 예를 드린다. 활전대를 차고 고매高禖 앞에 이르러 화살을 준다.", 진병량陳炳良 선생은 일찍이 "천자는 그의 후비后妃나 혹은 여제사女祭司, 혹은 성기聖妓에 관계없이 실제로 성애性愛 행위를 하거나, 혹은 상징적으로 성애性愛 행위를 하는데, 이러한 성애 행위를 신神 앞에서 거행하며, 이와 동시에 활과 화살을 받치는 의식을 거행하였다. 이 역시 남녀의 성교를 상징한다."(진병랑陳炳良, 『채병采華에서 사사社祀까지』, 『신화예의문학神話禮義文學』, 대북연경출판공사, 1985년, p95-96)고 설명하였다.

활弓과 화살箭이 남녀 간의 성교를 상징하는 의미를 지니고 있다는 그의 설명은 상당히 타당성이 있어 보인다. 그렇다면 혹시 호도벽의 암각화에 보이는 장면이 위에서 언급한 의식의 재현이 아닐까?

우리가 이렇게 일종의 공감대를 형성한 후에 내몽고의 음산陰山 암각화에 보이는 "사냥꾼獵人"(<그림 3>)이라는 암각화를 다시 한 번 자세하게 더 살펴볼 필요가 있다.

이 화면畵面이 사람들에게 주는 직관적 인상은 양강지기陽剛之氣가 충만한 신체 건장한 남자를 인물 조형으로 표현하고 있다는 점이다. 그러나 또한 아래와 같은 세 가지 특징에 대해서도 당연히 주목할 필요가 있다.

첫째, 화면이 자연주의적 재현수법을 채용하지 않고 상징과 과장된 예술적 수법으로 처리해 하나의 도안화圖案化된 형상으로 표현했다는 점이다. 분명한 것은 이러한 형상이 선사시대 사람들이 이상理想 속에서 그린

〈그림 3〉 사냥꾼. 내몽고(內蒙古) 음산(陰山) 암각화.

영웅적 형상이라는 사실이다.

둘째, 왼손에 장궁長弓을 잡고 있으나 활에는 화살箭이 없어 그 형상이 마치 도구처럼 일종의 상징물을 나타내고 있다. "활弓"이 여음女陰을 대표할 때, 이 도형은 음경陰莖을 마주보고 있는 형상을 취하고 있다는 사실이다.

셋째, 그 과장스럽게 발기된 남근은 일종의 강한 남성의 생식력을 나타내고 있는데, 이는 바로 "화살箭"의 상징을 나타낸다.

만일 우리가 화면 속에 숨겨진 문화적 어의語義를 종합해 볼 때, 아래와 같이 정리해 볼 수 있을 것이다. 화면 속의 주인공은 뛰어난 사냥꾼으로 건강한 체격에 충만한 남성의 생식능력을 갖추고 있는 모습이다. 남녀가 성교를 통해 음양의 기운이 합쳐지면 복을 받아 자식이 번성하고, 만물이 번성하게 된다. 이것이 바로 민족의 영웅과 조상이 합일하는 것이다.

이외에 문화적 의미를 근거로 분석해 보면, "사냥꾼"으로 일컬어지는 이 암각화는 선사시대 사람들의 마음속에 있는 태양신이자 생육신으로 볼 수 있다.

중국어에서 남성의 성기를 "양구陽具"라고 일컫는 것을 보면 알 수 있듯이 태양과의 관계성이 분명할 뿐만 아니라 지금도 민간에서는 여전히 남자의 성행위를 "일日"이라 일컫는다.

신화학자 로커Rocco는 일찍이 생식기 숭배와 대양 숭배는 동일한 시기에 출현하여 하나의 신앙으로 융합되었던 까닭에 남성의 성기와 태양이 갖추고 있는 동질성, 혹은 유사성이 의미하는 것이 모두 성신性神을 대표한다고 주장하였다(로커, 『성신화性神話』, 런던, 1898년, p.57-58).

활弓과 화살箭이 성문화 속에서 나타나는 성부호로서의 문화적 의미를 고려해 볼 때, 운남雲南지역에서 발견된 "태양신" 암각화의 해석은 상술

〈그림 4〉 태양신(太陽神). 운남성(雲南省) 창원(滄源) 암각화.

한 내용의 정확성을 증명해 줄 수 있을 것이다.

화면상에서 빛이 사방으로 뻗어나가는 태양을 중심으로 활과 화살을 잡고 있는 남자가 보이는데, 이 도형은 음산의 "사냥꾼獵人" 암각화에 보이는 문화적 의미와 서로 일치하고 있음을 알 수 있다.

그렇지만 이러한 현상 역시 마찬가지로 한 나라를 초월한 다문화적 문화현상이라고 할 수 있다. 예를 들어, 전설 속에서 활 잘 쏘고 여자를 좋아했던 예羿가 바로 활과 화살을 잡고 있는 형상으로 등장한다. 얼굴은 서아시아 수메르Sumer 신화 속에 보이는 길가메시gilgamesh, 그리고 희랍신화 가운데 등장하는 아폴로Apollo와 마찬가지로 태양신의 모습을 하고 있으며, 그들 모두 몸에 활과 화살을 차고 있는 모습을 상징으로 삼고 있다(크라머(Kramer), 『수메르신화학』, 1944년 영문판, p.33. 도판설명).

"그렇다면 무엇 때문에 중국을 비롯한 바빌론과 희랍의 신화 속 영웅들이 모두 약속이나 한 듯이 황음호색荒淫好色의 특징을 두드러지게 표현하고 있는가? 영웅의 체력과 지력이 보통사람을 뛰어넘는다고 하지만, 이것은 단지 호색에 대한 우월적 조건만을 제시한 것일 뿐, 결코 그들이 환락과 육욕에 빠져 제멋대로 행동하는 필연적 원인을 제시한 것은 아니라 본다. 그렇다면 문제의 진정한 해답은 바로 감추어진 그들의 신비한 신분 속에서 찾아봐야 할 것이다. 즉 그들이 태양의 영웅, 혹은 활 잘 쏘는 영웅으로 간주되었던 까닭에 성적인 능력면에서도 범인의 양성陽性 능력을 뛰어넘는 초월적 존재로 여겨졌을 것이다. 다시 말해서 그들이 활 시위를 당겨 활을 쏘는 신사수神射手였기 때문에 성행위에 있어서도 신사수의 초월적 능력을 갖추었다는 의미이다. 이들은 선천적으로 태양신의 혈통을 이어받았기 때문에 성욕과 성性적인 측면에서 초월적 능력을 가지고 있었다고 여겼던 것이다."(섭서헌葉舒憲, 『영웅과 태양』, 상해사회과학원출판사, 1991년, p.105)

지금 내몽고의 음산陰山에서 발견된 이 암각화를 "사냥꾼獵人으로 명명하기에는 문화적 의미에서 볼 때, 분명 부족한 점이 많아 보인다. 더욱이 이 암각화의 상징적 의미 역시 상당부분 이미 현실적 의미를 훌쩍 뛰어넘어버렸다고 볼 수 있다. 따라서 이 암각화에서 보이는 도형은 사냥꾼을 묘사했다기보다는 암각화를 그린 민족의 마음속에 자리잡고 있던 생식신生殖神, 혹은 태양신太陽神을 묘사한 것으로 볼 수 있다. 또한 그들에게 숭배대상인 동시에 신으로부터 도움을 받을 수 있는 주술적 행위였다고 볼 수 있다.

제한된 지면으로 인해 우리는 위에서 기술한 바와 같이 문화적 측면에서 몇 가지 무술巫術적 의미를 살펴보았다. 무술은 선사시대 인류의 정신적 지주로써 자연의 힘에 저항하고 통제할 수 있는 가공의 도구로 활용되었으며, 또한 원시적 사유의 수렵적 성격으로 인해 초월적 시공성과 원시예술이 무술과 함께 공생하는 보편성을 지니게 되었다고 볼 수 있다.

이 때문에 무술과 그 문화는 하나의 국가를 초월해 다문화적 문화의 성격을 지니게 되었던 것이다.

2. 내몽고 암각화 가운데 잠재된 무술 의식

깊고 어두운 바위동굴 속으로 도깨비불처럼 가물거리며 번쩍이는 횃불을 들고 한 무리의 원시인들이 길고 협소한 동굴 입구로부터 줄줄이 들어가는데, 보이는 것이라고는 오직 사람들을 인솔하는 무사巫師가 입으로 주문을 외우는 모습뿐이었다. 석벽 앞에 도착한 그들은 이제 막 새로 그려 넣은 들소의 초상을 향해 무릎을 꿇고 절을 하기 시작하였다. 잠시 후에 무사가 날카롭게 깎아 만든 나무 막대, 즉 이른바 "무술표巫術標"를 들고 미친 듯이 맹렬하게 들소 몸에 난 상처를 찌르고 휘저으며 막대를 사납게 한 번 흔든 다음 뽑았다. 이와 동시에 그의 격한 감정 역시 한 순간에 발산되어 나왔다. 그렇지만 흥이 다 하지 않은 듯 화가이자 무사인 그는 또 다시 물감을 찍어 들소 위에 몇 개의 화살을 그려 넣었다. 이렇게 하여 이 들소는 이제 더 이상 "재난에서 벗어나기 어려운 상황"이 되었다. 잠시 후 그들은 앞으로 벌어질 사냥이 성공할 수 있다는 기대를 가지고 그 자리를 떠나갔다. …… 역사상 이 장면은 지금으로부터 이미 30,000여 년 전의 일로서 그 자리에 있던 사람들은 지금 흔적도 없이 자취를 감추고, 온 몸 여기저기에 상처를 입은 들소만이 덩그러니 그곳에 홀로 남았지만, 이 모든 사건이 마치 어제 일처럼 생생하게 눈앞에 펼쳐져 있다. 이것이 바로 그 유명한 프랑스 니오Niaux동굴의 들소 암각화이다.(<그림 5> 참조)

다시 말해서 이것은 인류역사상 무술巫術과 미술이 최초로 결합되어 연출된 장면이라고 하겠다. 물론 이와 같은 장면을 우리가 직접 눈으로 보지 못했지만 결코 "천일야화" 같은 허구적인 이야기는 아니다. 왜냐하면 인류학자들이 우리에게 제시한 수많은 연구 자료를 통해 볼 때, 이와 같은 무술의식이 세계 각지의 원시적 부락이나 토착인들 사이에서 지금까지도 끊이지 않고 전승되어 오고 있을 뿐만 아니라, 그 내용 또한 대체로 모두 대동소이하기 때문이다.

〈그림 5〉 화살에 맞은 들소. 프랑스 니오(Niaux) 암각화

이러한 도형이 프랑스의 니오 암각화에서만 보이는 것이 아니라 중국의 북부에 위치한 음산 지역 암각화 중에서도 유사한 내용의 도형이 많이 나타나고 있다. 우라터중치烏拉特中旗에서 발견된 암각화 중에서 어떤 것은 상당히 대표적인 성격을 띠고 있다. 예를 들어, <그림 6>의 "사슴 사냥獵鹿"과 같은 경우이다.

비록 이 도형이 시간과 공간적인 측면에서 전자와 큰 차이를 보이고 있지만, 사람을 놀라게 하는 점은 이 두 도형을 그린 주인공들의 심리적 구조가 놀라울 정도로 서로 유사하게 투영되어 있다는 사실이다. 전체 화면 가운데 여러 개의 화살을 맞은 사슴이 마치 하나의 우상처럼 엄숙하게 우뚝 서 있는 형상을 하고 있는데, 이 형상을 보고 있으면 나 자신도 모르게 프랑스의 니오 동굴에 그려져 있는 들소의 형상이 떠오른다.

이처럼 시간과 공간의 장애를 뛰어넘어 도형을 그린 두 주인공의 마음을 하나로 묶어 주는 것은 바로 불가사의하면서도 신비감이 넘치는 무술적 의미에 대한 공통적 추구라고 할 수 있다.

〈그림 6〉 사슴 사냥. 내몽고 음산(陰山) 암각화.

주제가 여기에 이르렀다는 사실은 우리가 이미 원시예술을 관찰할 수 있는 입구를 찾았다고 볼 수 있다. 그렇기 때문에 우리는 지금 그 안에 들어가 대략 한번 훑어보고 다시 고개를 돌려 구체적인 토론의 장으로 돌아가고자 한다.

방금 본문 첫머리에서 우리는 이미 원시인들의 무술巫術활동 중에 암각화의 역할을 살펴보았다. 그러나 지금 우리를 곤혹스럽게 만드는 것은 도대체 이 암각화가 어떤 신분으로 이 화면에 등장하는가? 또한 무술적 가치 측면에서 어떤 역량을 이 암각화에 부여했는가? 하는 문제이다. 만일 우리가 이 해답에 근접한 해석을 찾아보고자 한다면 여기서 무술의 기원을 언급하지 않을 수 없을 것이다.

추측해 보건데, 만물이 서로 확실하게 구분되지 않았던 시대인 선사시대, 원시 인류가 도처에 위험이 도사린 대자연을 마주하고 생존의 길을 찾아 나간다는 것은 분명 힘들고 어려운 일이었을 것이다. 그렇지만 그들은 또한 이러한 자연과의 투쟁 속에서 생존의 길을 모색해 나갈 수 있는 방법을 배우게 되었다. 우선 거친 자연환경 속에서 그들에게 해로운 것과 이로운 것을 판단해 구분할 수 있는 지식을 습득하게 되었다는 것이며, 두 번째는 바로 행운과 액운에 관한 것이었다. "전자에 해당하는 것은 지식과 일에 관한 것이며, 후자에 해당하는 것은 바로 무술에 관련된 것이었다."(말리노프스키Malinowski, 『무술, 과학, 종교와 신화』, 중국민간문예출판사, 1986년, p.14)

수렵의 결과에 미리 예측할 수 없었기 때문에 무술이 이 영역을 차지함으로써 사람들에게 가장 적당한 이유를 제공해 역할을 하게 만들었던 것이다. 그렇다면 또 무슨 이유에서 그림을 무술 협력 파트너로 삼은 것인가? 그것은 "취한 행동과 기대하는 것에서 얻은 결과 간에는 서로 유사한 성격을 가지기 때문이다." 다시 말해서 기대하는 결과를 얻고자 할 때는 그와 유사한 행동을 취한다는 것이다. 즉 한 마디로 "모방"이라는 방법을 사용한다는 것이다. 그리고 모방으로서의 예술은 무술이 선택할 수 있는 가장 이상적인 동료였다고 하겠다. 왜냐하면 그림은 그들이 기대하는 결과를 모두 직관적인 형상으로 그들 눈앞에 보여 줄 수 있기 때문이다. 즉 그림이 무술의 "연출"에 가장 이상적인 무대를 제공해 주었기 때문이다. 그러나 단순히 이 점만을 가지고 논하기에는 부족한 점이 있다. 그래서 이보다 더 중요한 점은 바로 원시인류의 사유思惟라고 할 수 있다. 형상에 대한 그들의 생각은 오늘날 우리와 다른 측면을 가지고 있었다. 그들에게 있어 "형상은 순수한 형상이 아니었다. — 즉 형상과 원본原本이 서로 융합된 것이며, 원본原本과 형상 역시 서로 융합된 것으로 인식하였다. 그래서 형상을 가지고 있다는 것은 원본이 어느 정도 융합되어 있다는 사실을 보증해 주는 것을 의미한다.(레비-브륄Lévy-Bruhl, 『원시사유原始思惟』, 상무인서관, 1987년) 여기서 분명한 점은 원시인류에게 있어 형상과 실체는 말로 표현할 수 없는 모종의 신비한 동일성同—性을 가지고 있다는 사실이다. 그들의 입장에서 볼 때, 만일 모종의 대상을 제압하거나, 혹은 모종의 결과를 얻고자 할 때 단지 그 대상을 형상으로 표현해 그 형상에 호소하면 자신들이 예기한 목적에 도달할 수 있다고 믿었던 것이다.

바로 이러한 "동능치동同能致同의 무술적 심리로 인해 원시인류는 많은 시간을 허비하며 수없이 많은 암각화를 암석위에 새김으로써 그들이 현실생활 속에서 얻을 수 없는 물건을 얻을 수 있다는 기대 심리를 만족시켰던 것이다.

만일 우리가 암각화에 대해 이처럼 생각한다고 가정해 본다면, 우리가 고개를 돌려 다시 암각화를 감상할 때는 이전과 다른 새로운 예술적 느낌을 받게 될 것이다. 사람의 마음을 변화시켜 우리로 하여금 더 이상 윤곽을 구성하는 이러한 선들을 일반적인 회화 속의 선으로 보게 하지 않는다. 여기에는 원시인류의 수많은 감정이 응집되어 있어 선마다 우리의 마음을 움직이게 하는 힘을 가지고 있다.

우리는 <그림 7> 중에서 활을 잡고 화살을 당기는 사냥꾼의 형상을 볼 수 있는데, 이것은 아마도 도형을 그린 주인이 자신의 모습을 그려 놓은 것으로 보인다. 왜냐하면 그 시기는 전문적으로 도형을 그리는 화가가 아직 등장하기 전이었을 뿐만 아니라, 길게 과장하여 그린 화살대가 커다란 동물을 찌르는 형상에서 볼 수 있듯이, 이것이 일반적인 화살을 표현한 것이라기보다는 가장 형상적으로, 배고픔에 굶주린 사냥꾼이 사냥물에 대한 기대와 갈망하는 자신의 심리적 세계를 몸 밖으로 투사해낸 것으로 볼 수 있기 때문이다. 또한 이로 인해 우리에게 깊은 인상을 남겨 주었다.

앞에 등장하는 <그림 6> 중에서 우리가 사슴을 사냥하는 장면을 통해 알 수 있듯이 분명 당시 인류는 자연의 힘에 대항할만한 능력을 가지고 있지 못하였다. 그래서 화면상 구도와 비례에 어울리지 않게 다른 동물은 아주 작게 그리는 반면, 사슴은 전체 화면을 거의 차지할 정도로 크고 아름답게 그려 놓았다. 이러한 특징은 우리에게 이것이 원시인류가 그들의 마음속에서 바라보았던 외부세계를 표현한 것이며, 또한 이를 통

〈그림 7〉 수렵. 내몽고 음산(陰山) 암각화.

해 우리에게 그들의 마음과 정신세계에 비춰진 참된 형상이라는 사실을 설명해 주고 있다.

다시 말해서 이러한 화면의 구조는 동물에 대한 그들의 숭배 심리를 두드러지게 표현한 것이라고 볼 수 있다. 이러한 판단에 근거하여 볼 때, 인류의 심리적 체험은 우리 "눈앞에 거대한 미美적 형체가 출현할 때 우리의 의식은 일종의 쾌감을 체감하게 되는데, 이때 두려움은 숭배와 경외감으로 변하게 된다."(윌리엄 호가스(William Hogarth), 『미의 분석』, 인민미술출판사, 1984년, p.38)고 할 수 있다. 이와 반대로 만일 우리가 모종의 대상에 대해 일종의 숭배와 경외감을 가지게 된다면, 그 대상은 우리 마음속에 엄청나게 크고 우아하며, 또한 아름다운 형상으로 자리잡게 되는데 이것이 바로 원시인류의 눈에 보이는 세계의 모습이다. 더욱이 그러한 형상은 꾸밈이 없기 때문에 사람들이 좋아하게 되는 것이며, 또한 그러한 배경을 토대로 표현되는 대상의 비장한 분위기는 사람들의 뇌리 속에 오랫동안 남게 되는 것이다.

더 재미있는 것은 <그림 8> 가운데 보이는 엽양獵羊의 예술적 처리이다. 도형을 그린 주인은 양의 뿔을 고의적으로 폐쇄된 하나의 둥근 원처럼 길게 그려 누에고치가 마치 자신의 몸을 실로 감싸듯 자신의 몸을 원가운데 배치시키고, 그 옆에 활과 화살을 쏘는 사냥꾼의 형상을 그려 사냥감의 대상인 양이 영원히 자신의 손에서 벗어나지 못한다는 의미를 상징적으로 표현해 놓았다. 화면이 눈앞에서 마치 살아 움직이는 듯한 생생함과 천진난만함이 묻어나며, 또한 어느 정도 낭만적인 색채를 띠고 있어 의미심장한 맛을 느끼게 한다.

위에서 소개한 이러한 무술적 의미가 충만한 암각화는 지금 우리 입장에서 볼 때, 단지 원시인류가 꿈꾸었던 "백일몽白日夢"에 지나지 않아 보

51

〈그림 8〉 양(羊) 사냥. 내몽고 음산(陰山) 암각화.

이지만, 이는 그들이 "자신의 이상적 순서를 자연의 질서로 오인"한데서 비롯된 것이다. 그래서 이러한 암각화를 실질적으로 볼 때 사람과 자연의 모순과 대립이 환상 세계 속에서 하나로 통일된 것에 지나지 않아 보이는 것이다. 그렇지만 역설적으로 바로 이러한 점이 그들을 떠받쳐주고 있는 것이며, 또한 만일 이렇게 하지 않는다면 심리적 균형을 잃어버리는 상황에 직면하게 될 것이다. 이러한 측면에서 볼 때, 이 또한 대자연이 지어놓은 운명의 굴레에서 벗어나지 못하는 사람들의 탄식소리라고 할 수 있다. 그래서 어떤 미학자는 "원시 인류에게 있어 예술 창조는 생활의 굴레에서 벗어나는 것을 의미한다."고 말하기도 했는데, 충분히 일리 있는 말이다.

우리는 위에서 암각화의 무술적 의미와 그것의 사명에 대해서 이야기를 나누었다고는 하지만 우리의 토론을 여기서 결론지을 수는 없다. 왜냐하면 우리가 가볍게 볼 수 없는 문제인 암각화의 "지역의 선택選地"이라는 문제가 남아 있기 때문이다. 원시인류에게 있어서 암각화의 "지역의 선택"과 암각화의 "내용內容" 모두 중요하지만, 어떤 경우에는 그 중요성에 있어서 전자가 후자를 뛰어넘는 상황이 출현하기도 한다. 물론 그 가운데 주도적인 작용은 여전히 무술의 심리적 작용이다.

우리가 세계의 암각화 분포를 토론할 때, 모두 동감하는 점은 거의 모든 암각화의 출현 지역이 대부분 인적이 드문 한적한 곳에 위치하고 있다는 점이다. 또한 이러한 지리적 특징은 항상 우리로 하여금 곤혹스럽게 만드는 원인이기도 하다. 처음 언급했던 프랑스 니오동굴의 암각화는 말할 것도 없고, 내몽고 음산 지역의 암각화 역시 대부분 "깎아지른 절벽이나 깊은 계곡"에 분포되어 있거나, 혹은 일반적으로 기어오르기 어려운 산 중턱이나 산꼭대기 절벽 위에 새겨져 있다. 더욱이 방향에 있어서도 매우 규칙성을 보이고 있는데, 대부분 남쪽을 바라보거나 서쪽을 바라보며 기타 다른 방향은 극히 찾아보기 어려울 정도로 드물게 보인다. 이밖에 도형의 바탕 화면 역시 대부분 치밀하고 매끄러운 흑석黑石 위에 새겨져 있으며, 표면이 거친 암벽은 극히 드물게 발견되고 있다.

이 모든 것을 종합해 볼 때, 적어도 우리에게 다음과 같이 몇 가지 특징을 일깨워 주고 있다. 즉 이러한 암각화의 분포 지역이 모두 원시인류가 심혈을 기울여 선택한 결과라는 사실이다. 그렇다면 그들이 이러한 장소를 선택한 근거는 무엇이란 말인가? 아마도 이것은 인류학자인 허버트 스펜서Herbert Spencer가 언급한 바와 같이 이른바 "신성한 장소神場"의 문제가 아닌가 싶다. 그의 말에 의하면 오스트레일리아에서 "한 토착민이 나에게 특별히 그린 한 폭의 그림이 어떤 곳에서는 아무런 의미도 지니지 못하지만, 만일 그림을 다른 곳에 그린다면 그는 확신에 찬 어투로 나에게 그 그림은 당연히 어떤 특정한 의미를 지니게 될 것이라고 말하였다. 여기서 언급하고 있는 두 번째 그림은 우리가 신성한 장소神場라고 부를 수 있는 특정한 곳에 출현하는 것을 의미한다. 이곳은 부녀자가 가까이 접근할 수 없다."(레비-브뤨Lévy-Bruhl, 『원시사유原始思惟』, 상무인서관, 1987년) 그래서 우리는 "인물, 동물, 사람의 얼굴 등의 위치는 적어도 어떤 장소 중에서 인물, 동물, 혹은 사람의 얼굴 등의 규정된 신비한 속성에 따라 배치했다고 추정해 볼 수 있다. 반대로 생각해 볼 때, 특정한 위치라는 것은 바로 그 위치를 가리키는 것으로, 그 가운데 있는 객체와 함께 실체가 혼합되면서 여기에 나타나는 그림 역시 그 위치마다 갖는 고유한 모종의 신비한 속성을 가지게 된다."고 주장하였다.

그렇기 때문에 우리가 본 이른바 이 "신성한 장소神場"는 아마도 원시 인류가 암각화를 그릴 수 있는 신비한 지역을 선택해 그렸을 가능성이 높아 보인다. "신성한 장소로 확정된 지역은 특수한 지세와 지형을 갖추고 있는 산암山巖, 수목樹木, 천수泉水, 사구沙丘 등등이 있는 지역으로 우리 눈에 보이지 않는 여러 가지 신비한 힘과 연결되어 있는 곳이다."

즉 그들이 암각화를 조성할 장소를 선택한 지역은 분명 그들이 신비한 능력을 얻을 수 있다고 믿는 그런 곳이었다고 할 수 있다. 이와 같은 특징은 우리가 이미 암각화를 그린 장소를 통해 파악한 부분이다. 그런데 어째서 원시 인류가 항상 번거로움을 꺼리지 않고 동일한 바위 위에 반복적으로 중첩해 도형을 그린 원인은 무엇인가?

이점에 이르러 우리는 위에서 무술과 회화의 관계, 그리고 이들무술과 회화이 책임져야 할 사명을 통해 이미 대략적인 윤곽을 살펴보았듯이, 비록 시간적으로 이미 몇 만 년이라는 세월이 흘렀다고는 하지만, 무술은 결코 이미 자취를 감춰버린 인류와 함께 사라지지 않고 오늘날까지 전승되어 오고 있다는 사실이다.

프로이트Freud는 무술 심리를 상징으로 여기는 원시사유의 형태를 "사상의 전능全能"(혹은 생각의 전능)이라고 일컬었다. 그는 "현대 문명 가운데 아직까지 '사상의 전능'적 관념이 남아 있는 것은 오직 예술뿐이다. 오직 예술적 영역 안에서만 사람들은 자신의 감정과 욕망에 비추어 그리거나 혹은 자신이 바라는 어떠한 일을 그릴 수 있다. …… 그래서 사람들은 회화를 일종의 '예술의 마법'이라고 부르며, 또한 화가를 마술사에 비유하기도 한다. 그들에 대한 이러한 형용을 통해 볼 때, 의심할 것도 없이 예술의 탄생은 결코 순수한 예술을 위한 것만이 아니었다는 사실을 발견할 수 있다. 그들의 주요 목적은 오늘날 대부분 이미 억압된 그와 같은 행동들을 분출해 내는데 있기 때문에, 회화 중에서 우리는 마법적 작용을 갖춘 흔적들을 찾아볼 수 있다."(지그문트 프로이트(Sigmund Freud), 『토템과 금기』, 중국민간문예출판사, 1986년, p.116)고 말하는데, 만일 현대인들이 종교적 예술 측면에서 원시 무술의 유전자를 찾을 수 있다고 한다면, 그렇다면 우리는 바로 이러한 무술적 색채가 충만한 원시 암각화예술로부터 문명시대 종교예술의 효시를 찾아볼 수 있을 것이다. 아마 이러한 판단이 결코 지나치다고는 볼 수 없을 것이다.

3. 샤만식의 생식무술관념 — 조상 혼의 빙의入體와 영혼의 재생再生

죽음과 삶은 시종 원시 인류를 곤혹스럽게 만드는 이해할 수 없는 일종의 신비한 현상이었다.

그들의 무지몽매한 원시의식은 풍부한 상상력으로 충만했다고 하지만, 그들 역시 원시적인 사유방식을 가지고 있었기 때문에, 그들의 사고는 결과적으로 "삶과 죽음"이라는 서로 대립되는 두 가지 관념을 하나로 통일시켜 주는 역할을 하였다. 즉 "죽음"은 영혼이 육체를 떠나가는 것이고, "삶"은 영혼이 육체에 들어와 환생하는 것으로 삶과 죽음의 순환이 끊이지 않고 지속된다고 믿었다.

이러한 생사관은 샤만교에서 가장 잘 나타나고 있다. 이로 인해 샤만교의 무사巫師가 때로는 무화巫畵의 작자로써 역할을 하였다. 특히 샤만교가 성행했던 북방 지역에서 생식과 관련된 무술을 표현한 암각화 중에는 샤만교의 무술적 색채가 풍부하게 나타나고 있다.

영하寧夏 하란산賀蘭山에서 발견된 암각화 중에는 이른바 일종의 인체를 투시한 그림이 보인다.(<그림 9> 참조)

이 인체 암각화에 나타난 예술적 특징은 주로 세 가지 점에서 주목해 볼 필요가 있다. 첫째는 전신의 조형이 뼈대로 이루어져 있으며, 둘째는 삼각형의 여음女陰 부호가 보인다는 점이다. 그리고 셋째는 복부에 사람의 얼굴 형상이 새겨져 있다는 점이다.

〈그림 9〉 인체 투시. 영하(寧夏) 하란산(賀蘭山) 암각화.

우선, 이러한 투시식의 뼈대 인체 화법에 대해 학자들은 이것이 샤만교 무사의 예술전통에 기원을 두고 있다고 보았다. 아울러 "이것은 일종의 이른바 X광선식의 도형이다. 이러한 도형은 구석기시대 말기부터 전세계적으로 출현하기 시작하여 후에 신대륙으로 퍼져 나갔다. 이러한 방식을 이용하여 그린 사람과 동물은 항상 그들의 골격뿐만 아니라 심지어 내장內臟까지 표현하고 있어 마치 X광선으로 찍은 것 같은 느낌을 준다. 이는 일종의 샤만 무사와 관계 있는 전형적인 예술전통이라고 할 수 있다."(장광직張光直,『고고학 전제考古學 專題 6강講』, 문물출판사, 1992년, p.6) 분명 이러한 "인체 투시 풍격"의 암각화는 당연히 샤만 무사의 예술과 관계가 있는 것이 틀림없어 보인다.

둘째, 화면상에서 두드러지게 표현되고 있는 삼각형의 여음女陰 부호로써, 이는 생식숭배와 생식무술의 상관관계를 인정한 것으로 여기서 더이상 설명이 필요 없을 것이다.

그러나 가장 흥미를 느끼게 하는 점은 세 번째 특징이라고 볼 수 있는 부분이다. 인체 복부에 인면상人面像이 새겨져 있어서 신비감과 함께 기괴함이 두드러지게 보인다. 그러나 이 인체 암각화 뒤에 숨겨진 화가의 진의를 명백하게 알고자 한다면, 우선 원시적 샤만문화의 생육관을 살펴보는 것이 아마도 우리의 의문점을 푸는데 도움이 될 것이다. 레비―브륄Lévy-Bruhl은『원시사유原始思惟』중에 오스트레일리아 등 지역의 토착민과 그들의 생육관에 대한 연구를 통해 다음과 같이 기술해 놓았다. 즉 원시 인류는 사람이 수태하는 원인을 신비롭게 생각하였다. 설령 그들이 이미 수태하는 몇몇 생리적 조건, 특히 성교의 작용에 대해서 이해하고 있었다고는 하지만, 그렇게 되는 원인에 대해서 마땅한 결론을 찾지 못하였다. 그래서 그들은 "만일 부녀자가 임신을 하지 못하면, 이것은 어떤 귀신(일반적으로 환생을 기다리거나 지금 탄생을 준비한 어떤 조상의 영혼)이 그녀의 몸에 들어갔기 때문이라고 생각하였다. …… 그들 입장에서 볼 때, 성교 후에 임신은 '혼魂'이 부녀자의 몸 가운데 들어갈 장소가 있어야 비로소 가능하다."고 여겼다. "이러한 민족에게 있어서 구성원들은 모두 자신의 조상과 동일한 사람, 즉 어떤 선조가 재생再生한 것이다."고 생각하였다.

가령 중국의 북방민족에게 신봉되던 샤만교만을 놓고 보아도 그 생육관은 거의 이러한 관념과 다르지 않다. 중국에서 샤만과 관련된 최초의 기록은 송대 서맹신徐孟莘의 『삼조북맹회편三朝北盟會編』 권3 중에서 금대 여진인 습속과 관련된 기록에서 찾아볼 수 있다. 즉 "산만珊蠻이라는 말은 여진어女眞語의 무구巫嫗를 가리키며, 그 변통變通이 신神과 같다."고 하였는데, 여기서 "산만珊蠻"이 바로 샤만薩滿을 가리킨다. 특히 여기서 주목할만한 점은 임신과 생육에 대한 샤만교의 신비한 관점이다. 『금사金史』 권65의 기록에 의하면, 오고출烏古出은 처음 소조昭祖가 오랫동안 아들이 없었다. 그런데 능히 신과 말을 소통할 수 있으며 매우 영험하다는 말을 듣고 그를 찾아가 기도를 올렸다. 무사巫師 양구良久가 말하길 "남자의 혼이 찾아왔다. 이 자식은 복과 덕이 많아 자손이 번창할 것이니 절을 하고 받아들이도록 하시오. 만일 이 아이를 낳으면 이름을 오고내烏古乃라 하시오." 이가 경조景祖가 되었다. 또 양구가 말하길, "여자의 혼이 찾아왔으니, 이름을 오아인五鴉忍이라고 부르시오."라고 하였다. 또 다시 양구가 말하길, "여자의 점괘가 다시 보이니 이름을 알로발斡都拔이라고 부르시오.'라고 하였다. …… 즉 이렇게 2남 2녀를 낳았는데, 그 동생들이 모두 무사巫師의 말과 같은지라 드디어 무사가 말한대로 이름을 지었다.

원시 샤만 무교巫敎와 관련 있는 "혼魂"과 "임신孕"의 관계에 대해 초보적인 이해를 구하고 나서 이를 토대로 다시 하란산賀蘭山의 X광선식 인체 형상을 살펴보니, 그 의미를 파악하기가 조금 더 쉬워졌을 것이다.

분명한 점은 이 암각화에서 표현하고 있는 것이 바로 샤만 여무女巫가 시행하고자 하는 법술法術이라는 사실이다. 즉 조상의 혼이 사람의 몸에 들어와 다른 사람으로 환생하는 것을 의미한다는 점이다. 그렇기 때문에 인체 복부 가운데 새겨져 있는 "인면상人面像"은 바로 조상의 혼을 대표한다고 볼 수 있으며, 그리고 돌출되어 있는 여음女陰 부분은 당연히 다산을 의미하는 생육生育의 대문을 가리키는 것이라고 하겠다. 따라서 이 암각화는 바로 생육무술生育巫術을 그린 것이라고 할 수 있다. 필자는 일찍이 직접 이 암각화가 발견된 지역을 답사한 적이 있다. 그곳은 바로 하란산賀蘭山 입구쪽의 좁고 긴 산골짜기인데, 그 안에 있는 비교적 작은 산석山石 위에 암각화가 새겨져 있었다. 더욱이 암석의 표면이 매끄러우면서도 조각조각 떨어져 나간 흔적이 비교적 명확해 연대가 상당히 오래되었다는 사실을 짐작할 수 있다.

이 산골짜기 역시 옛사람들이 말하는 바로 그 "계곡溪谷"을 가리킨다. 고대 중국에서는 산을 남성의 생식기에 비유하고, 계곡을 여성의 생식기관에 비유하였다. 『대대례기大戴禮記・역본명易本命』에서 "구릉丘陵을 수컷牡이라 하고, 계곡溪谷을 암컷牝이라 한다."고 한 것을 보면, 이 산골짜기 역시 생식무술과 무관하지 않은 것 같다. 이 암각화를 그린 지점은 결코 그들이 마음대로 선택한 장소가 아니라, 반드시 조상 혼의 신비한 힘이 충만하게 모이는 곳이어야만 했다. 그렇기 때문에 이곳에서 무사巫師가 법술을 부리면 여자의 몸에 조상의 혼이 들어가서 임신이 되고 아들을 낳게 된다. 이 도형은 샤만의 생육무술을 표현한 전형적인 한 폭의 암각화

로써 당시 원시 인류의 눈에 한없는 법력을 지닌 경외의 대상으로 보여
졌을 것이다.

여기까지 언급하고 보니 신강新疆의 호도벽呼圖壁에 새겨진 생식무술 관
련 암각화를 언급하지 않을 수 없다. 특히 우리의 주의를 끄는 점은 남성
을 주체로 인물을 배치한 듯 극도로 과장된 남성의 기관이 전체 화면에
양강지기陽剛之氣를 가득 채우고 있다는 점이다. 얼굴 역시 위에서 언급한
하란산의 생식무술 암각화와 분명하게 다른 점은 그 예술적 풍격이 비교
적 사실적이며, 또한 구석기시대부터 전해져오는 그러한 X광선식의 형
상이 아니라는 점이다. 이러한 특징은 이 암각화의 연대가 하란산의 암
각화 보다 시기적으로 많이 늦다는 것을 보여주는 것이라 하겠다.

한편, 양자 모두 서로 공통점을 가지고 있기도 하다. 신강의 호도벽에
보이는 암각화 역시 조상의 혼이 사람의 몸에 들어간다는 점을 상징적으
로 표현하고 있는데, 이 점 역시 그들 양자 간에 표현된 생육관념이 기본
적으로 같다는 것을 설명해 주고 있다. 그러나 여기서 조상의 혼이 들어
가는 몸은 여성의 몸이 아닌 남성의 몸으로 표현되고 있다. 이러한 변화
가 의미하는 것은 이 시기 그들의 남녀생육에 관한 역할이 기존의 모체
위주에서 남성으로 전환되었음을 의미한다고 볼 수 있다. 이것은 그들이
이 시기에 이미 생육활동 가운데 남성의 역할이 중요하다는 사실을 깨달
았다는 것을 의미한다. 바로 레이 타나힐Reay Tannahill이 『인류성애사화人類性
愛史話』 중에서 말한 바와 같이 "구석기시대의 인류는 생육에서 남성의 역
할에 대해 이해하지 못하였다. …… 그러나 세 가지 요인을 통해 엿볼 수
있듯이 아마도 신석기시대 초기에 이르러 인류가 점차적으로 남성의 생
육을 이해하기 시작하였던 것 같다. 첫 번째 원인은 이 시기 이전에 남녀
양성 가운데 누가 '지배자'적 위치에 있었는지 뚜렷하게 보이지 않는다.

…… 왜냐하면 생식 중에서 남성의 역할을 알지 못해 여성이 인류의 유일한 '번식자'로 여겨졌기 때문이다. …… 그러나 신석기시대에 접어든지 오래지 않아 남성이 여인에게 임신을 시킨다는 사실을 깨닫게 됨으로써 이러한 상황이 완전히 뒤바뀌게 되었고, 이로부터 남성이 지배자로 등장하게 되었다는 점이다. 두 번째 요인은 인류가 가축(예를 들어, 산양山羊, 면양綿羊)을 키우기 시작한 이후 …… 그들은 1마리 숫양이 50마리 이상의 암컷을 임신시킬 수 있다는 사실을 발견하고, 숫양에게 이러한 능력이 있다는 것은 남자에게도 역시 이와 같은 능력이 있다고 믿게 되었다는 점이다. 세 번째 요인은 …… 신석기시대로부터 문자시대로 접어든 후 남겨진 기록 가운데 남성은 일종의 자신감과 오만감이 넘치는 형상으로 등장하는데, …… 여기서 한 가지 대담하게 가정해 볼 때, 생식 중에서 남성의 역할이 부정되어 오다가 어느 날 그 진상이 밝혀지면서 '설명이 필요 없는 권위성'에 대한 '과잉 반응'(레이 타나힐Reay Tannahill, 『인류성애사화人類性愛史話』, 중국문련출판공사, 1988년, pp.17-18)으로 나타난 것이 아닌가 하는 생각이 든다.

우리는 호도벽 암각화에서 극도로 과장되게 발기한 남성의 생식기 형상을 통해 남성의 위풍당당한 모습과 생식生殖에서 차지하는 남성의 중요성, 그리고 이와 동시에 남성의 숭고한 지위와 함께 "설명이 필요 없는 권위성"을 엿볼 수 있다. 성문화사性文化史의 측면에서 볼 때, 이것은 아마도 여성이 주로 생육을 책임졌던 전 단계에 대한 일종의 "역전", 혹은 이에 대한 "과잉 반응"으로 인해 일어난 일이라고 볼 수 있다.

호도벽의 암각화에 반영된 문화적 배경은 생육의 무술적 의미를 강조한 샤만문화의 색채를 설명해 주고 있을 뿐만 아니라, 암각화를 그린 작자의 사회적 환경이 이미 부계사회로 발전되었다는 사실을 암시해 주고

있다고 볼 수 있다.(<그림 10> 참조)

〈그림 10〉 생식숭배 암각화. 신강(新疆)의 호도벽(呼圖壁).

　　오늘날 볼 수 있는 생식무술과 관련된 이러한 암각화에서 우리는 일반
적인 예술품을 보는 것과 별다른 차이점이 없다는 것을 느낄 수 있다. 그
러나 "원시인의 입장에서 볼 때, 존재하는 사물의 형상은 일반적으로 우
리가 객관적 특징이라고 부르는 그러한 특징이 신비한 속성과 혼합되어
나타난다. 그래서 그들은 형상과 그림으로 표현하는 것이 서로 같다고
생각하였다. 즉 암각화를 통해 존재물을 대체하는 동시에 존재물과 마찬
가지로 생명력을 갖춘 복과 재앙을 내리는 존재로 인식하게 되었던 것이
다."(레비-브륄Lévy-Bruhl, 『원시사유原始思惟』, 상무인서관, 1987년, p.41)

　　그래서 이렇게 충만한 무술적 의미를 지닌 암각화는 존재물과 더불어
"암각화에 의해 대체된 존재물 역시 생명력을 가지게 되었던 것이다."

암각화가 갖추고 있는 법력과 마력은 원시 인류의 눈에 샤만 무사巫師와 조금도 다를 바 없는 능력을 갖추고 있었던 것이다. 그렇기 때문에 이러한 암각화가 그려진 장소 역시 당연히 그들에게 풍성한 수확과 자손의 번창을 위해 기도하는 신성한 제단으로 자리잡게 되었던 것이다.

4. 채도彩陶예술 중의 무사巫師와 구우求雨무술, 번식繁殖무술

채도는 문화적 유산으로써 고고학의 대상이 될 뿐만 아니라, 또한 예술품으로서 미술사에 있어 중요한 연구 대상이 되기도 한다. 그렇기 때문에 어떠한 하나의 학문적 입장에서 채도에 대한 연구를 진행하기에는 그 방법적 측면에서 사실상 부족한 것이 사실이다. 어찌되었든 채도는 일종의 예술적 부호로써 원시시대의 정보를 담고 있으며, 또한 그 안에 담겨져 있는 문화적 현상에 대해 이해하기 위해서는 반드시 다양한 학문 영역의 도움을 받아야 비로소 가능하기 때문이다. 더욱이 채도가 사실상 원시 인류의 종교적인 의식과 무술을 실행하는데 사용되었던 법기法器이자 예기禮器였다는 측면과 채도 위에 다양한 문양을 그려 넣었다는 측면에서 고려해 볼 때, 이것이 단순한 미화美化적 심리에서 나온 것이 아니라 대부분 종교와 무술적 동기에서 출발하고 있다는 사실을 발견할 수 있다. 그렇기 때문에 우리가 예술 문양 가운데 덮여있는 신비한 면사를 벗겨낼 때 비로소 채도의 문화적 배경을 충분히 이해할 수 있을 것이며, 또한 여전히 그곳에서 뛰고 있는 원시문화의 맥박을 짚어 볼 수 있을 것이다.

(1)

비록 현재 중국에 전해오는 채도가 그 수량이나 문양면에서 헤아릴 수 없이 풍부하고 다양한 형태를 보여주고 있지만, 사회의 기능적인 측면에서 볼 때, 무술을 표현한 것은 예외 없이 크게 두 가지 내용으로 구성되어 있다.

그 하나는 자손의 번창을 기원하는 무술이며, 또 다른 하나는 비를 기원하는 무술이다. 더욱이 무술을 시행하는 수단 역시 미술적 특징에 부합하는 교감무술, 즉 모방무술을 활용하고 있다. 비록 세계적으로 무술 목적의 예술품이 적지 않게 전해오고 있다고는 하지만, 그 가운데 무술 활동의 중요한 각색인 무사巫師의 형상이 보이는 것은 매우 드물다. 무사는 원시문화와 원시무교활동에서 중요한 부분을 차지하고 있기 때문에, 채도에 보이는 무사의 그림은 매우 중요한 가치를 지니고 있다. 그렇기 때문에 채도 위에 보이는 무사의 형상은 항상 연구자들로부터 많은 관심을 끌어 왔다. 현재 알려진 무사의 형상 가운데 서유럽의 레 트루아 프레르Les Trois-Freres동굴에서 발견된 무사巫師의 형상이 가장 유명하다. 비록 이 무사의 구체적인 형상에 대해서 여러 가지 견해가 있지만, 다음과 같이 두 가지 명확한 특징을 가지고 있다. 첫 번째는 무사가 나체의 인물로 등장한다는 점이고, 두 번째는 무사가 머리 위에 짐승 모양의 가면을 쓰고 있다는 점이다. 그가 바로 무술 춤을 추고 있는 샤만 무사巫師이다(<그림 11> 참조).

그래서 외국의 일부 학자들은 이 무사 형상의 인물을 신神, 혹은 무사巫師, 혹은 "사냥물의 번식과 사냥을 능히 주관할 수 있는 정령"이라고 해석하였다.

〈그림 11〉 사슴뿔을 한 무사(巫師), 구석기시대 서유럽의 동굴 벽화

여기서 주목할만한 점은 이와 유사한 무사, 혹은 샤만의 형상을 중국의 서북지역에서 출토된 선사시대 신점문화辛店文化의 채도에서도 찾아볼 수 있다는 사실이다. 이점은 많은 사람들의 관심과 흥미를 끌고 있는 부분이기도 하다.

서유럽의 암각화 가운데 보이는 무사巫師와 중국의 채도 위에서 보이는 무사의 형상을 놓고 볼 때, 비록 그 연대와 지역이 상당히 멀리 떨어져 있음에도 불구하고, 오히려 이와 같이 서로 같은 모습을 보이고 있다는 사실은 매우 인상적이다.

신점문화의 채도에서 무사는 채도호彩陶壺 양쪽의 호병壺柄 위에 그려져 있다.

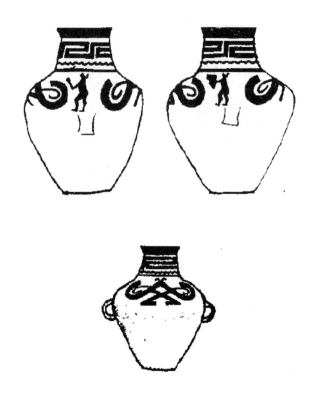

〈그림 12〉 채도호(彩陶壺). 감숙성 동향 자치현 출토. 신점문화(新店文化).
위는 측면이고, 아래는 정면이다.

여기에 보이는 인물은 모두 머리에 짐승의 가면을 쓰고 있으며, 마찬가지로 벌거벗은 나체의 모습으로 물건을 잡고 춤을 추는 듯한 형상을 하고 있다(<그림 12> 참조). 그리고 여기서 가장 인상 깊은 것은 그 회화의 기교가 상당히 원숙하다는 점이다. 인체의 비율은 물론이고, 또한 그 구조에 있어서도 예술적 처리가 상당히 정교해 오늘날의 말로 표현해 "상당히 전문적이다"고 할 수 있다. 이 그림은 중국 회화사에서도 드물게 보이는 것으로, 그 예술적 가치는 굳이 말로 표현할 필요가 없을 것이다. 그렇지만 우리가 여기서 관심을 가지는 부분은 이 그림의 문화적 가치이다. 왜냐하면 이 진귀한 인물의 "장면"이 기하학적 문양 위주의 채도 가운데 출현하는 것은, 필경 이 그림만의 특정한 문화적 의미를 담고 있다고 보여지기 때문이다.

〈그림 13〉 채도쌍견(雙犬)무늬의 변화. 신점문화(新店文化).

이 그림의 문화적 의미를 해석하는 데 있어서 유의해야 할 점은 채도호 위에 마주하고 있는 두 무사의 추상적 도안과 깊은 관련이 있다는 점이다. 학자들의 연구에 의하면, 이 추상적인 두 가지 문양은 살아있는 개의 형상에서 진화되어 나온 것이라고 하는데(<그림 13> 참조), 만일 개 머리 모양의 형태를 놓고 볼 때, 이 두 나체 무사가 쓰고 있는 동물 가면이 개머리가면狗頭面具이라는 사실은 크게 의심할 바가 없어 보인다. 사람이 물건을 잡고 춤을 추는 듯한 형상은 또한 갑골문의 "무巫"와도 의미가 서

67

로 통하기 때문이다. 즉 "十(巫)은 형상이 같은 사람이 그 사이에 서 있는 모습으로 머리를 하늘로 향하고 다리는 땅을 딛고 두 손에 물건을 잡고 춤을 추는 형상이다."

나체의 형상 역시 샤만 무사가 제사를 지낼 때 벌거벗은 몸으로 지냈던 실제의 상황과 서로 같은 모습이다. 즉 "샤만이 신에게 제사를 지낼 때는 몸에 어떠한 것도 걸치지 않는데, 이른바 복식을 갖춘다고 해도 자신의 나체와 같은 형상의 복식을 입으며, 수제水祭, 해제海祭, 천제天祭 등의 제사를 지낼 때도 샤만은 아무것도 걸치지 않고 나뭇잎이나 풀, 혹은 가죽 등으로 음부만을 가리고 나머지 부분은 그대로 드러내 놓고 의식을 진행한다. 아는 사람들이 자신을 꾸미지 않아야 선조와 마찬가지로 가장 경건하게 조상을 모방할 수 있다고 여겼기 때문이다."(부육광富育光·맹혜영孟慧英, 『만주족 샤만교 연구』, 북경대학출판사, 1991년, p.156)

이에 근거해 볼 때, 우리는 채도호 위에 보이는 무사가 바로 선사시대 샤만 무사의 초상화라고 단정지을 수 있으며, 이는 의심할 것도 없이 믿을만하다고 볼 수 있다.

이외에 또 우리가 주의를 기울일만한 부분은 바로 채도 위에 보이는 개의 형상에서 추상적인 쌍구雙狗 문양으로 발전했다고 하는 부분인데, 이 점 역시 신점문화辛店文化에서 출토되는 채도에서 반복적으로 출현하고 있는 점에 비추어 볼 때, 분명 부족을 상징하는 토템이나 족휘族徽의 부호적 성질을 가지고 있다고 보여진다. 만일 민족학적 측면에서 보면, 이것은 족속族屬을 가리키는 상징이라고 할 수 있다. 그렇다면 신점문화에서 출토된 채도의 주인은 당연히 개를 토템으로 신봉했던 민족이었다고 생각해 볼 수 있다. 민족사의 입장에서 보면, 이 민족을 "견융犬戎"의 조상으로 보는 것이 비교적 사실에 가깝다고 볼 수 있는데(제3장 제1절에 상세하게 소개되어 있음), 왜냐하면 "견융"은 원래 "북삼묘北三苗의 일족에 속하는 민족으로서 순임금 때 서북지역으로 쫓겨가 지금의 협서성과 감숙성 일대에서 활동하였으며, 그 지역 역시 채도가 발견되는 신점문화지역과 상당히 일치하고 있기 때문이다. 그래서 우리는 이와 같이 변형된 개의 도안狗圖案이 그려져 있는 채도 역시 오늘날 개를 조상의 토템으로 받드는 요족瑤族, 여족畲族 등과 혈연적 관계가 있는 문화라고 보는 것이다.

여기서 또 하나 마땅히 강조할 점은 짐승 문양, 혹은 대칭하고 있는 짐승 문양이다. 무술적 측면에서 볼 때, 이와 같은 문양은 모두 번식에 관한 무술적 의도를 담고 있다고 할 수 있다. 즉 "대칭하는 동물의 도안은 대부분 동물의 교미, 교배의 원형을 나타내기 때문에 사람들은 이러한 성교무술을 이용해 짐승의 번식을 통제하거나 증식시키고자 하였던 것이다. ······ (송조린宋兆麟, 『생육신生育神과 성무술性巫術 연구』, 문물출판사, 1990년, p.158)

그래서 우리는 무사채도호巫師彩陶壺 위에 나타나는 "대구문對狗紋" 역시 번식과 관계된 무술적 의미를 지니고 있다고 생각해볼 수 있을 것이다. 그러나 여기서는 주로 개를 토템 신앙으로 삼는 씨족의 번식을 의미한다.

지금 만일 우리가 다시 이 채도호 목 부위에 있는 회형回形(네모꼴이나 마름모꼴을 여러 개 겹쳐 만든 무늬)의 번개 문양과 물결 문양을 앞에서 서술한 개狗의 변형된 문양, 그리고 무사巫師형상을 모두 하나로 결합시켜 보면, 하나의 비교적 완전한 선사시대의 문화적 도상圖像을 어렵지 않게 다시 복원해 낼 수 있을 것이다. 두 개의 머리 위에 개狗 토템 가면을 쓴 샤만 무사가 손에 법기를 잡고 경건하게 조상 신령을 향해 춤巫舞을 추며 비를 구하고 자손을 구하는 모든 사람들의 바람을 조상에게 전달함으로써 자손의 홍성과 함께 농업과 목축의 풍요를 기원하는 모습을 상상할 수 있을 것이다.

여기에 이르러 우리는 이 채도호의 무술적 성격을 강렬하게 느낄 수 있었을 것이다. 만일 우리가 이 채도호 자체의 기능을 가지고 다시 합리적으로 추측해 본다면, 이 무술적 의미는 더욱 농후해질 것이다.

샤만에 대한 연구를 근거로 우리가 살펴볼 수 있듯이, 무사는 천지와 소통할 수 있는 능력을 가지고 있다. 무사가 천지와 소통할 때 사용하는 도구는 동물이외에 또 다른 여러 가지 물건의 도움을 빌리기도 하는데, 그 가운데 하나가 바로 약재藥材이다. 특히 우리에게 익숙한 술은 당연히 없어서는 안 될 물건으로, 무사가 술에 취해 환각상태에 들어가 조상 신령과 기타 신령을 만나기도 한다. 그렇기 때문에 우리가 이러한 이유들을 근거로 추측해 볼 때, 이 채도호는 결코 일반적인 용품이 아니라 무사 샤만이 법술을 부릴 때 사용하는 술 담는 용기였다고 단정해 볼 수 있을 것이다.

(2)

일찍이 중국의 청해성靑海省 낙도류만樂都柳灣에서 그 유명한 나체의 인물 형상이 장식으로 부조된 채도호가 발견되었다.(<그림 14> 참조)

인물의 형상은 얇게 부조처리 되었으나 인물과 관련된 성별은 각기 다르게 표현되었다. 즉 어떤 것은 남성으로 보이고, 어떤 것은 여성으로 판단되기도 하며, 또한 어떤 것은 아예 "음양인陰陽人"이라고 말할 만한 인물도 보인다. 이와 같이 인물의 "성특징性特徵"이 명확하지 않고 모호해 인식하는 데 혼란함을 느끼게 한다. 비록 유방이 있다고는 하지만 풍만하지 않아 남성 같은 느낌을 주며, 성性 기관 역시 남녀를 판단하기에는 비슷하면서도 서로 달라 애매모호한 느낌을 준다. 필자가 일찍이 직접 이 인물 형상을 본 적이 있는데, 당시 음문陰門 가운데 양구陽具 형상이 있어 음양陰陽 성기를 동시에 모두 갖추고 있는 모습이었다. 이를 근거로 살펴볼 때, 이 인물형상은 "음양인"이 틀림없어 보인다.

그렇다면 원시 인류가 어째서 인물을 이와 같은 형상으로 만들었을까? 전해오는 이야기에 따르면, 옛사람들의 눈에 "최초의 신神과 사람은 자웅雌雄이 동체였다"고 한다(위륵魏勒, 『성숭배性崇拜』, 중국문련출판공사, 1988년, p.6). 따라서 이와 반대로 말하면, 자웅동체雌雄同體는 당연히 "신인神人"일 수밖에 없는 것이다.

인도 뭄바이 부근의 코끼리 섬에 있는 석굴 안에 수많은 고대의 공예품 토우가 있는데, 그들은 시바와 그의 아내 설산신녀雪山神女를 하나의 자웅동체로 표현하였으며, …… 모두 남성과 여성의 성기가 있는 반남반여半南半女의 형상을 하고 있다.(위륵, 『성숭배』, 상동) 그리고 보도에 따르면, 인도에서는 음양인을 대부분 무사巫師로 충당한다는 사실에 비춰볼 때 음양인과 무사가 모종의 관계를 가지고 있다는 사실을 엿볼 수 있다. 중국 동진東晉 시기 간보幹寶가 저술한 『수신기搜神記』 가운데 6곳에서 양성인과 관련된 기이한 일이 기록되어 있다. 그 중에서 민족山族의 양성인兩性人이 방술方術을 잘했다고 하는 이야기가 언급되어 있는데, 이는 대체로 무술巫術을 할 줄 아는 무사巫師와 비슷한 무리의 인물이었다는 사실을 엿볼 수 있다.

그래서 이 점에 근거하여 우리가 다시 고개를 돌려 청해성에서 출토된 이 양성인의 신분에 대해 헤아려 보면 혹시 하나의 길이 생길 수도 있을 것이다. 초보적인 판단을 해 볼 때, 원시인들이 이처럼 예외적으로 양성

〈그림 14〉 사람의 형상을 부조한 채도호(彩陶壺). 청해성(靑海省) 악도류만
(樂都柳灣) 출토. 마가요(馬家窯)문화.

인을 만든 이유는 분명 일반적인 관념과 다른 관점에서 출발하였을 것이
다. 즉 이것은 그들의 눈에 신인神人이라는 이상적인 형상, 즉 다시 말해
서 신력神力과 마법魔法을 갖춘 무사 샤만의 형상이었다고 말할 수 있을 것
이다.

실제로 샤만교 중에는 이와 유사한 신분을 가진 남녀 양성의 신녀인
성신星神 달기포리達其布離가 있다. "그녀의 몸은 남녀의 생육기관이 모두
있어 남자로도 변할 수 있고 여자로도 변할 수 있다. 또한 샤만과 성교할
수 있으며, 인류의 지화대신智化大神이 되었다가, 후에 천상의 여신女神으로
변하였다. …… 그리고 그녀는 다산의 능력이 있었는데, 이는 원시시대의
결혼 관념을 반영한 것이다."(부유광富有光, 『샤만교와 신화』, 요녕대학출판사,
1990년, p.188) 한 사람의 몸에 남녀 양성을 갖추고 있는 샤만교의 여신 달
기포리의 상황을 고려해 보면, 우리가 청해성의 이 양성兩性 신인神人의 문
화적 의미를 이해하는데 어느 정도 도움이 될 것으로 생각된다.

이외에 심지어 어떤 학자는 채도호 위에 보이는 양성인의 자세에 근거해, 이는 분명 "취가호흡吹呵呼吸(가슴속의 탁한공기를 입으로 내뱉고 다시 코로 숨을 들이쉬는 호흡법)", "고복행기鼓腹行氣(복부의 단전을 통해 호흡하는 방법)"의 자세를 취하고 있는 형상으로 고대 기공氣功의 참장站桩(말뚝처럼 우뚝 서 있는 자세)과 크게 다르지 않기 때문에 "틀림없는 기공상"이라고 지적하였는데, 이러한 지적을 이 형상이 선사시대 샤만 무사라고 여기는 우리의 생각을 더욱 강력하게 뒷받침해 주고 있다. 이 학자는 마지막에 또 다시 도교의 입장에서 『노자』의 사상을 빌려 "『노자』에서 모성母性을 숭상하는 사상을 엿볼 수 있는데, 이는 생식숭배와 기공, 그리고 무교의 사상적 근원이다. 이 신석기시대의 형상에서 의미심장한 연결고리를 찾아 낼 수 있다."(장영명張榮明, 『중국의 고대기공과 선진철학』, 상해인민출판사, 1989년, p.81)고 주장했다.

만일 우리가 이 채도호彩陶壺 위에 그려진 양성인兩性人의 도형과 개구리의 사지四肢 문양을 연계해 보면, 원시 인류의 생각을 충분히 엿볼 수 있을 것이다. 개구리는 다산과 생육의 상징이자 신령을 의미하기 때문에 이 채도 위에 부조된 음양인 역시 원시 인류의 마음속에 있는 신력과 마법을 지닌 샤만 무사이자, 또한 생육을 주관하는 생식신生殖神을 상징한다는 것을 알 수 있다. 즉 다산을 의미하는 "달기포리達其布離"식의 여신을 의미하는 것이다. 위에서 서술한 바와 같이 이들을 성性적 예술형식을 빌려 생명에 대한 원시 인류의 강력한 욕구를 표현하는 동시에 추상적 상징성을 지닌 예술적 부호를 이용해 자손의 번성에 대한 갈망을 은유적으로 표현한 것이라 볼 수 있다. 개구리 문양의 추상적 변형은 원시 인류의 풍부한 상상력을 보여주는 것으로, 이는 사람들에게 이미 널리 알려진 사실이다. 그러나 필자가 더욱 흥미를 느끼는 점은 여러 가지 그물 형태로 이루어진 격자무늬에 대한 문화적 의미이다.

채도 위의 "망격문罔格紋"에 관한 해석은 학자마다 그 견해가 다를 뿐만 아니라 만족스러운 설명도 아직 명확하게 밝혀진 바가 없다. 원형의 망격문에 대해서 일찍이 하성량何星亮 선생은 태양을 가리킨다고 주장했는데, 그 이유는 민간에서 그물罔, 혹은 바구니蔞 등의 기물器物을 무술 도구로 삼은 데서 기인하며, 그 목적은 "그물로 태양을 가두어" 떠나지 못하게 하는데 쓰기 위함이다(하성량何星亮, 『중국 자연신과 자연숭배』, 상해삼련서점, 1992년, p.33)고 설명하였다.

그렇지만 필자가 생각하기에 채도 위에 보이는 망격문은 물고기 비늘의 간략화와 추상화에 기원을 두고 있으며, 무술적 목적을 가지고 있었다고 본다. 즉 그 의도는 다산多産을 은유하기 위한 것이었다는 점이다. 아래의 그림에서 우리는 망격문의 발전 상황을 엿볼 수 있다.(<그림 15, 16, 17> 참조)

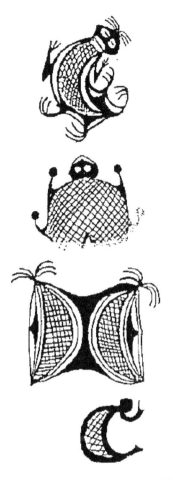

〈그림 15〉 도롱뇽(鯢魚) 무늬가 변화한 그물무늬.

〈그림 16〉 단이배(單耳杯). 물고기 비늘무늬 묘사. 감숙성 난주(蘭州) 출토. 마가요(馬家窯)문화.

〈그림 17〉 고저이심복관(高低耳深腹罐). 물고기 비늘무늬의 간략화
감숙성 난주(蘭州) 출토. 마가요(馬家窯)문화.

　위의 망격문 발전 상황을 살펴 볼 때, 원시 인류의 정신적 궤적을 상당히 명확하게 살펴볼 수 있다. 즉 물고기는 다산하는 수중 동물인 까닭에, 무릇 물고기와 동반자 관계에 있는 민족은 중국이나 외국을 막론하고 대부분 물고기를 풍작과 번성의 상징으로 삼고 있다. 시베리아와 카프카스 등 지역에서도 풍요의 신으로서 석어石魚를 섬긴다. 그래서 원시 인류는 원시적 사유 속에서 나온 무술적 심리에서 출발하여 물고기의 주요 부분이나 특징, 혹은 물고기 비늘을 표현하거나 이식하면 다산의 효력이 바로 생긴다고 여겼던 것이다. 이러한 관념에 의거하여 그들은 망격문을 여러 가지 채도 위에 대량으로 그려 넣었는데, 그 동기에 대해서는 지금 더 이상 말할 필요가 없을 것이다. 여기서 분명한 점은 일종의 번식에 관련된 무술과 동시에 교감적 무술 원리가 작용하고 있다는 사실이다.

　다시 말해서 원시 인류의 입장에서 볼 때, 기하학적 망격문은 다산을 의미하는 물고기 비늘을 상징하는 것일 뿐만 아니라, 또한 다산을 기원하는 무술적 기능을 갖추고 있다는 사실이다. 그래서 이러한 망격문은 이미 다산의 부호이자 무한한 법력을 나타내는 주문이 되었던 것이다. 그렇기 때문에 이러한 망격문이 결코 단순한 미학적 장식에서 출발한 것이 아니라는 사실이다.

이러한 예는 지금까지도 수많은 고대문화의 관습과 풍속을 보존해 오고 있는 중국의 서남부 지역에 거주하는 소수민족 가운데서 찾아 볼 수 있다. "예를 들어, 물고기는 알을 많이 낳는 까닭에 생식의 숭배물로써 묘족苗族의 동물 자수 가운데 '물고기 비늘'이 등장하는데, 이는 바로 물고기의 다산성多産性을 다른 동물과 융합하여 표현한 것이라고 할 수 있다."(종도鐘濤, 『검동남묘족黔東南苗族의 자수刺繡와 원시종교』, 『중국민예학』, 북경공예미술출판사, 1989년, p.74)

각 민족의 민간예술과 원시예술은 서로 밀접한 관계를 맺고 전승되어 온 까닭에 민간예술을 원시예술의 발전동력이자 원천이라고 말할 수 있다. 그래서 우리는 민간예술을 통해 보존되어 온 원시인들의 표현수법과 의미 부여방식을 통해 우리에게서 이미 멀리 떠나버린 원시 세계와 원시 인류의 마음속 비밀을 엿 볼 수 있다.

지금 우리가 이 채도호에 부조된 음양인陰陽人, 와지문蛙肢紋, 망격문罔格紋 등의 예술적 부호를 이해하고 나니 생식과 번식의 무술적 의미가 충만한 원시예술의 문화적 모체가 이제 막 우리 마음속에서 막연하게나마 강렬하게 떠오르는 느낌을 받는다.

(3)

농업이나 목축을 막론하고 모두 비의 은택에서 벗어날 수 없는데, 이는 하늘에 의지해 살아가는 원시 인류에게 있어 그 무엇보다 중요한 문제였다. 그러나 원시인류의 관념적 사유 토대 위에 그들이 받아들인 대자연의 정보는 자연히 신비로운 것일 수밖에 없었다. 그래서 그들의 입장에서 볼 때 천둥, 번개, 비 등의 자연현상은 모두 신의 뜻이라고 여길 수밖에 없었기 때문에, 비를 기원하는 의식은 역사가 가장 오래된 제례의식 가운데 하나로 자리잡게 되었던 것이다.

일반적으로 고대의 기우제는 주로 세 가지 경로를 거쳐 진행된다.

첫 번째는 원시 인류가 생각하기에 비와 관련 있다고 여기는 신비한 동물, 즉 개구리, 뱀, 거북이 등으로부터 도움을 받는 것이다.

두 번째는 천둥, 번개, 비 등을 모방하거나 혹은 "남녀가 성교하여 만물을 낳아 기른다."는 관념 아래 "동능치동同能致同"의 교감적 무술을 거행하였는데, 그 수단에는 춤과 미술이 포함되어 있었으며, 이는 "성교를 통해 비를 다스린다."는 관념을 모방한 것이었다.

세 번째는 요제燎祭이다. 이른바 "요燎"라는 것은 바로 쌓아놓고 불을 지르기 위한 땔나무를 가리킨다. 이러한 땔나무를 선택하는 데도 하나의 규칙이 있었다. 즉 이른바 "하대夏代는 소나무를 사용하였고, 상대商代는 측백나무를 사용하였으며, 그리고 주대周代는 밤나무를 사용하였다." 이처럼 각 민족마다 의식에 사용되는 땔나무의 종류가 달랐다.

그리고 이따금 위에서 언급한 방법이 실효를 거두지 못할 경우에는 "폭무曝巫"를 시행하기도 했는데, 여기서 "폭무"는 햇빛을 쬐어 땀을 내는 방법으로 이 또한 모방을 통해 비를 내리게 하는 무술적 의미를 지니고 있다. 심지어 가뭄이 더 심각해지면 여무女巫를 불에 태워 죽이기도 하는데, 즉 이것을 이른바 "교烄"라고 한다.

기우제를 지내는 동안 하늘과 통하는데 없어서는 안 되는 도구가 바로 채도였던 까닭에, 위에서 서술한 문화적 현상이 반영되지 않았다는 말은 있을 수 없는 일이다.

그러나 우리가 이러한 채도의 문양을 관찰하고 분석할 때, 당연히 주의해야 할 점은 선사시대 초기 인류의 무술 활동 가운데 대부분 교감적 무술 방법을 채용하고 있다는 사실이다. 그래서 표면적으로 볼 때 서로 아무런 상관도 없는 물건을 억지로 끌어다 연결시키는 경향을 보이기도 하는데, 이와 관련된 비교적 명확한 예가 바로 남녀 간의 성교로서, 원시 인류는 남녀 간의 성교가 비를 기원하는 의식과 깊은 관련이 있다고 여겼다. 따라서 우리가 채도 위에 나타나는 생식숭배, 혹은 생식무술과 관련된 문양을 볼 때는 당연히 그 가운데 비를 기원하는 무술적 의미가 담겨있다는 사실을 고려하지 않으면 안된다.

감숙성 마가요馬家窯문화 유적지에서 출토된 채도 중에는 개구리 문양이 비교적 많이 보이는데, 그 중에서도 특히 마창馬廠유형이 집중적으로 보인다. 다양한 형태의 개구리 사지 문양이 많이 등장하는데, 여기서 우리가 주목할 만 한 점은 개구리 문양 자체에 생식숭배라는 문화적 의미를 담고 있을 뿐만 아니라, 비를 기원하는 무술적 목적 역시 명확하게 포함되어 있다는 점이다. 개구리 문양과 관련된 문화적 접근은 제2장에서 전문적으로 다룰 예정인 까닭에 여기서는 더 이상의 언급을 피하고자 한다.

아래에서 우리는 주로 세 가지의 대표적 성격을 갖추고 있는 채도 문양에 대한 문화적 의미와 무술적 의의를 살펴보고자 한다.

성교交媾 — 번식繁殖 — 구우求雨의 무술적 문양

감숙성의 마가요문화에서 발견된 마창유형의 채도 가운데 난주蘭州의 백도구평白道沟坪에서 발견된 채도분彩陶盆은 독특한 풍격의 문양을 가지고 있다. 전체 도형의 형태가 지체肢體 문양으로 구성되어 있어 얼핏보기에 개구리 같기도 하고, 혹은 사람의 모습처럼 보이기도 하는데 매우 신비로운 느낌을 준다. 그런데 이 도형을 자세히 살펴보면, 이 그림이 원래 한 쌍의 하체만을 표현한 성교도交媾圖라는 사실을 발견할 수 있다(<그림 18> 참조).

성교도는 암각화 중에서 드물게 보이는 것은 아니다. 예를 들어, 음산陰山의 암각화, 하란산賀蘭山의 암각화, 화산花山의 암각화, 신강新疆의 호도벽呼圖壁 암각화 등지에서도 모두 성교도가 발견되었다. 그러나 채도 중에서 이와 같이 완벽한 아름다움을 표현한 예술적 작품은 그다지 쉽게 찾아보기 어렵다. 그렇기 때문에 이 도형은 일반적인 재현의 수준을 넘어서 일종의 순수한 예술적 "표현"이라고 할 수 있으며, 또한 일종의 예술적 부호라고 말할 수 있을 것이다. 더 정확하게 말하자면 일종의 무술적 의미를 담고 있는 부호라고 설명할 수 있을 것이다.

이전의 성교도에 대한 문화적 의미를 해석할 때는 항상 생식숭배를 가지고 접근하였으나 이것만 가지고는 분명 부족한 점이 있다. 왜냐하면 원시 인류의 원시적 무술 관념에서 출발한 성교행위는 자손의 번식을 기원하는 일종의 노력이었을 뿐만 아니라, 때로는 종종 비를 구하는 일종의 무술적 수단으로 여겨졌기 때문이다. 그래서 "성교를 굳게 믿기만 하면 종자의 발아와 금수의 번식을 촉진시킬 수 있다."(가사문柯斯文, 『원시문화사강原始文化史綱』, 삼련출판사, 1957년, p.170)고 믿었던 것이며, 이로부터 농작물의 풍작을 거둘 수 있다고 여겼던 것이다. 따라서 성교행위를 표현한

〈그림 18〉 남녀의 성교도. 감숙성 난주 백도구평(白道沟坪) 출토.
채도분저(彩陶盆底) 무늬장식. 마가요(馬家窯)문화.

춤은 일종의 동적인 무술을 의미하며, 성교를 나타내는 도안은 정적인
무술을 의미한다고 볼 수 있다.

분명한 점은 생식을 기원하고 종의 번식을 유지시키고자 했던 원시인
류의 생명 연속성에 대한 인류의 갈구를 표현한 것이라는 점이다. 그래
서 비를 구하고 농업과 목축의 풍요를 기원했던 것 역시 생명의 연속성
에 대한 원시 인류의 노력 가운데 하나였다고 할 수 있다.

비록 "성교"와 "강우降雨" 양자가 표면적으로 볼 때 아무런 상관도 없
어 보이지만 당시 원시 인류의 눈에는 모두 심각한 골칫거리였다. 하지
만 원시인류는 양자를 소통시킬 수 있는 통로가 바로 무술이었다고 생각
했기 때문에 민속 중에서도 "남녀의 성교"가 "기우祈雨에 필요한 하나의
행위가 되었다는 사실을 알 수 있다.

동중서董仲舒의 『춘추번로春秋繁露·구우求雨』에 보이는 당시의 구우求雨 의
식을 살펴보면, 비를 구하는 의식이 진행되는 동안 관리를 비롯한 모든

서민들은 반드시 부부가 동거해야 한다고 규정해 놓고 있는데, 이는 바로 이른바 "관리와 백성의 모든 부부가 함께 거해야 한다.", 혹은 "관리의 처가 된 자는 그 지아비를 바라보아야 하며 비가 내리면 멈춘다"고 했는데, 이는 분명 완전한 무술적 행위를 표현한 것으로 부부의 성교를 통해 천지의 교합을 이끌어내 비를 내리게 한다는 의미가 담겨 있다. 즉 사람의 성적 행위를 통해 천지의 성행위를 이끌어 내고자 했던 교감무술의 전형적인 예라고 할 수 있다.

이러한 인식을 전제로 우리가 다시 채도상의 성교도를 살펴보면, 분명 전과는 다른 색다른 느낌을 받게 될 수 있을 것이다. 이러한 성교도는 더이상 일반적인 미술 문양이 아니라 자손의 번창을 구하는 성무술性巫術인 동시에 비를 구하는 구우求雨무술의 신비한 마력을 갖춘 문화적 부호라는 사실이다. 그리고 여기서 한 가지 지적하고 넘어갈 점은 구우무술이 번식무술에서 분화되어 나왔다는 사실이다.

그래서 우리는 당시 원시 인류가 이와 같은 성교도에 얼마나 많은 심혈을 기울였는지 충분히 짐작해 볼 수 있을 것이다. 즉 "원시 인류의 생각에 근거해 볼 때, 성교도형은 마법원칙에 있어서 유사한 현상이 유사한 결과를 이끌어 낸다는 것을 보증할 수 있다(카자로프, 『원시예술 가운데 대칭이 뒤바뀐 쌍생아의 영혼에 관하여』, 『인류학과 민족학 박물관문집』, 레닌그라드, 1983년, p. 204-214.).

그렇기 때문에 우리는 이 채도 성교도형 속 가운데 번식에 대한 무술적 성질이 갖추어져 있다고 인정할 수 있으며, 또한 이와 동시에 비를 구하는 무술적 의미를 함께 담고 있다고 봐도 무방할 것이다. 이 역시 마가요馬家窯문화 유적에서 발견되는 채도의 문화적 의미와 일치한다고 볼 수 있다.

여음女陰 ― 제帝 ― 강우降雨무술 문양

이외에 갑골문 가운데 항상 "천제께서 비를 풍족히 내려주셔서 풍작을 거들 수 있겠습니까?"(전1권, 50엽 1편)라는 말이 보인다.

제帝는 어떤 인물인가? 또 어째서 비를 관장하는가?

"제帝"는 갑골문에서 ☀라고 쓰는데, 일반 학자들은 그 상부에 ▼의 형상을 여성의 생식기로 보았다. "제帝"자는 여음의 부호인 ▼의 형태에서 발전되어 나온 것으로, 제帝자의 특징은 또한 비를 내리는 강우降雨 기능에서 구체적으로 드러난다. 그래서 갑골문 가운데 "천제께서 비를 내려준다"는 말은 "여성의 생식기관을 이용해 대자연의 강우降雨를 유혹한다는 의미를 지니고 있다."(부도빈傅道彬, 『중국생식숭배문화론』, 호북인민출판사, 1990년, p.169)

우리가 학자들의 연구를 통해 모종의 깨우침을 얻어 채도 문양을 새롭게 살펴본다면, 혹시 이전과는 다른 일종의 새로운 생각이 생길 수도 있을 것이다.

마가요문화의 마창유형에 속하는 채도 문양 가운데 두드러지게 나타나는 표현 중 하나는 삼각형으로 이루어진 여러 가지 무늬 장식이다. 삼각형은 현재 공인하고 있는 바와 같이 여음 부호를 상징하기 때문에 "활력이 충만한 자태와 아름다운 특징을 지닌 여성의 이러한 특징은 자연의 힘을 대표하는 신성한 상징, 즉 둥근 원과 신성한 여성의 삼각형으로 출현하게 되었던 것이다."(위륵魏勒, 『성숭배』, 중국문련출판사, 1988년판, p.242)

우리가 아래에서 예로 들고자 하는 이와 같은 전형적인 삼각형 문양

중에서 분명한 공통점 하나는 바로 여음을 나타내는 삼각형 가운데 여성
의 생식기관을 상징하는 부호를 그려 놓았다는 점이다. 이것은 삼각형이
갖추고 있는 문화적 지향성을 크게 강조한 것으로 여음을 상징하는 삼각
형이 원시 인류 마음속에서 차지하는 무게를 설명해 주고 있다고 볼 수
있다<그림 19> 참조).

〈그림 19〉 삼각무늬 채도병 계열.
1. 고저이병(高低耳瓶) 2. 고저이병(高低耳瓶). 청해(靑海) 민화(民和) 출토.
3. 단이병(單耳瓶) 4. 단이병(單耳瓶). 감숙(甘肅) 난주(蘭州) 출토. 청해(靑海) 민화(民和) 출토.

◎ 문양은 공인된 여음 부호이다

᛭ 문양 역시 여음과 생식을 상징하는 부호로서 고대 희랍에서 발견된 여신의 조각상에 보이는 음부에서도 삼각형 안에 이와 같은 부호가 나타나고 있다(<그림 58> 참조).

ꝶ 형상은 개구리 문양을 의미하는 것으로서 개구리는 여음과 다산을 상징하며, 또한 생식신과 우신雨神을 상징하기도 한다(제2장 제4절에 자세히 보인다).

ꟙ 형상은 식물 문양을 의미하는 것으로서 식물 문양 역시 여성의 생식기관을 상징한다. 전 소련 트리폴리Tripolye에서 출토된 토기 가운데 여자의 다리 사이, 즉 여음女陰 부위에 나뭇잎의 형상이 새겨져 있다.

위의 내용을 종합해 볼 때, 우리는 명확하게 "제帝"자의 본의를 나타내는 삼각형 안에 여음을 상징하는 각종 부호가 서로 결합되어 나타나는 것이 절대 우연이 아니라는 사실을 이해할 수 있다. 이것은 바로 원시 인류의 관념 속에 자리 잡고 있는 신성한 상제上帝의 모습이며, 아울러 이른바 "현빈玄牝(암컷과 수컷)이 천지의 근원이라"는 숭고한 지위를 의미하는 것이다. 제帝는 능히 "만물을 낳을 수 있는" 생식과 번식 능력을 가지고 있을 뿐만 아니라, 또한 능히 구름을 부르고 비를 내리게 할 수 있는 진정한 무술적 기능을 갖추고 있다. 그래서 이와 같이 삼각형의 부호가 있는 채도는 아마도 비를 내리게 할 수 있는 무술적 도구, 즉 무사巫師의 법기法器일 가능성이 매우 높다고 할 수 있다.

"요燎", "교烄" ─ 비를 기원하는 구우求雨의 무술적 문양

만일 앞에서 언급한 구우무술이 효과를 발휘하지 못하는 상황에 직면하게 되면, 그들은 더욱 엄격하면서도 비장한 무술 수단을 채용하게 되는데, 그것이 바로 요燎, 혹은 교烄이다.

요燎는 갑골문에서 ☒, ☒, ☒ 등으로 쓰이는데, 첫 번째 자형은 불로 나뭇가지를 태울 때 솟아나는 불꽃 형상을 가리키며, 두 번째 자형은 아래의 화火자가 생략된 형태이다. 세 번째 자형은 단지 나뭇가지의 원형만을 남겨놓은 형상을 나타내고 있다.

요제燎祭는 대단히 오래된 일종의 무술의식으로서 『설문』의 기록에 의하면, "요燎는 장작을 쌓아 놓고 하늘에 제사를 지내는 것이다.", "시柴는 장작을 태워 하늘에 제사를 지내는 것이다."라고 하였는데, 이것은 주로 "소시燒柴"의 도움을 빌려 백성들의 바람을 하늘에 알려 비를 기원하거나 비를 그치게 하고자 한 의식에서 비롯된 것이니, 당연히 비를 기원하는 중요한 구우求雨 무술의식 가운데 하나라고 할 수 있다.

갑골문 중에는 요제燎祭를 지내 비를 기원하는 기록이 많이 보인다. 예를 들면, "기천요旣川燎; 유우有雨"(『갑甲』 28180; "기해복己亥卜: 아요我燎, 유우有雨" 『갑甲』 12843 반) 등과 같은 경우이다.

이러한 선사시대의 요제 무술활동에 대한 기록은 갑골문자 이외에 채도 중에서도 이에 관한 흔적을 찾아 볼 수 있다. 감숙성 난주에서 발견된 채도호 위에 "미米"자 형태의 도안이 보이며, 강소성 비현邳縣 대돈자大墩子에서 발견된 대문구大汶口문화의 채도분彩陶盆에서도 "☒"형태의 문양이 보이는데, 모두 선사시대 요제의 표의表意식 부호符號라고 할 수 있으며, 갑골문 가운데 보이는 요燎자의 형태와 완전히 일치하고 있다.(<그림 20,

21> 참조).

요제燎祭 이외에 또 교제烄祭가 있는데, 이 역시 일종의 비를 기원하는 구우求雨무술이라고 할 수 있다. 다만 그 방식에 있어서 더욱 잔혹해졌을 뿐이다. 교烄는 사람巫을 장작더미 위에 올려놓고 불로 태우는 것을 말한다. 그래서 갑골문에서 "교烄"는 🔥으로 쓰는데, 불에 타서 배가 북처럼 부풀어 오른 사람의 형상을 묘사한 것이다. 사람 형체 양 옆에 작은 점은 불에 탈 때 나오는 불꽃을 표시한 것이나 어떤 학자는 이에 대해 땀방울이라고 주장하였는데, 이는 사람이 불에 탈 때 "굵은 땀방울이 비처럼 나오기 때문"이라고 하였다. 이것은 일종의 비를 기원하는 구우求雨를 모방한 무술적 성격을 지니고 있다.

〈그림 20〉 채도분(彩陶盆). 강소성(江蘇省) 비현(邳縣). 대돈자(大墩子) 대문구(大汶口)문화.

〈그림 21〉 채도호(彩陶壺). 감숙성 난주(蘭州) 마가요문화.

"교烄"는 하늘에 제사를 지내 비를 기원하는 무술의식을 말하는 것으로 상고시기에 광범위하게 유행하였다. 오래도록 가뭄이 들어 비가 내리지 않거나 어려운 형세를 만회할 방법이 없는 상황 속에서 원시 인류는 이렇게 혹독한 방식으로 하늘을 자극해 비를 내리게 하는 목적을 달성하고자 하는 기대를 표현한 것이다.

현존하는 갑골문 가운데 수많은 복사卜辭에서 이와 관련된 기록을 찾아볼 수 있다. 예를 들어 "금일교今日烄, 유우有雨"(『갑甲』 29993); "교부烄夫, 유대우有大雨"(『갑甲』 30168); "정貞, 烄妭, 망기우亡其雨"(일佚 1000) 등과 같은 것이다. 여기서 烄는 바로 烄를 의미하고, 妭는 女子를 가리킨다. 이것은 사실상 여자를 불태워 비를 기원하는 무술의식을 기록한 내용이라고 볼 수 있다. 다행스러운 것은 마가요문화에서 발견되는 채도 중에서도 교烄와 관련된 도화圖畵 기록을 찾아볼 수 있다는 점이다.

마가요문화의 마창유형에 속하는 채도 중에도 이러한 교烄의 도형이 적지 않게 나타날 뿐만 아니라, 또한 비교적 집중적으로 나타나고 있다. 예를 들어, 감숙성의 임조臨洮에서 출토된 도호陶壺에 불에 타고 있는 무巫의 도형이 나타나는데, 사람의 형체 주위에 사방으로 불꽃이 튀고 땀이 비같이 떨어지는 장면이 생생하게 묘사되어 있다. 그 위에 그려진 예술부호로써 각종 문양이 대표하는 문화적 의미를 놓고 볼 때, 망문網紋은 물고기비늘문양魚鱗紋에서 변화 발전되어 나왔다고 볼 수 있으며, 이 문양은 이미 추상화 된 풍요의 무술적 부호의 성격을 지니고 있다고 하겠다. 호壺의 목 위에 보이는 흰 원은 여음을 상징하는 것으로 생식 역시 강우降雨의 무술적 부호의 성격을 나타내고 있다. 그리고 흑색의 삼각형 문양 역시 불꽃을 의미하는 부호를 표현한 것이며, 또한 요교燎烄를 구성하는 주요 내용이기도 하다. 가장 아래 부분에 보이는 파도 문양은

당연히 물을 상징하는 것으로, 교(燎)가 기대하는 결과를 표현한 것이다
(<그림 22> 참조).

〈그림 22〉 채도호(彩陶壺). 감숙성 임조현 출토. 마가요문화

만일 우리가 위에서 언급한 예술문양 가운데 표현된 문화적 의미를 다
시 종합해 본다고 할 때, 한 줄기 강렬한 정감과 함께 일종의 절실한 갈
망, 그리고 바람이 우리에게 다가와 이미 지나가버린 과거의 장면들이 점
차 우리 눈앞에 떠오르는 광경을 목격하게 된다. 불꽃이 활활 타올라 하
늘로 치솟는데, 이러한 의식은 제물로 삼은 사람을 불에 태워 천신에게
바친다는 의미이다. 즉 "현빈지문玄牝之門"에서 만물이 생성하는 까닭에 이
를 주재하는 천신에게 단비를 기원한 것이다. 예를 들어, 개구리, 물고기
등의 다산을 상징하는 동물을 통해 종족의 번창과 안녕, 그리고 오곡과
가축의 풍성 등…… 이처럼 교묘하게 소리 없는 언어가 예술적 부호를
통해 우리에게 원시 시대의 야만적 정보를 전해주고 있음을 볼 때, 원시
예술은 말로 다 형용할 수 없는 신비로움을 담고 있음을 알 수 있다.

5. 영하寧夏, 신강新疆 암각화의 무술부호와 샤만문화

무술은 원시예술 문양 뒤에 문화적 충동을 숨겨놓았다.

"새鳥"와 "물고기魚"가 조합된 예술문양은 원시시대 채도가 발견되는 거의 모든 곳에서 나타나고 있는데, 이러한 문화적 현상은 일찍부터 학자들의 주의를 끌어 왔을 뿐만 아니라, 또한 학자들마다 서로 다른 견해를 보이고 있다.

〈그림 23〉 황새(鸛)와 물고기, 석부도(石斧圖). 하남성 임여염촌(臨汝閻村) 출토. 앙소(仰韶)문화.

〈그림 24〉 도룡용도(鮀魚圖). 섬서성(陝西省) 보계(寶鷄). 북수령(北首嶺) 출토.

예를 들어, 하남성 임여염촌臨汝閻村에서 발견된 "학어석부도鶴魚石斧圖" (<그림 23>)와 섬서성 보계寶鷄 북수령北首領에서 출토된 "도룡용도鼉龍魚圖" (<그림 24>)가 새겨진 채도가 비교적 유명하다. 그렇지만 암각화에서 발견되는 "조어도鳥魚圖"에 대해서는 오히려 쉽게 접근하기 어려운 점을 가지고 있다. 이와 관련되어 사람들에게 널리 알려진 대표적인 암각화는 이른바 하란산賀蘭山의 군조도群鳥圖라고 할 수 있다(<그림 25>).

〈그림 25〉 군조도(群鳥圖). 영하(寧夏) 하란산(賀蘭山) 암각화.

"조어문鳥魚紋"의 문화적 의미에 관해 어떤 학자는 토템과 관련이 있다고 보았다. 즉 새鳥와 물고기魚는 각각 서로 다른 씨족을 대표하며, 이 중에서 "조함어鳥銜魚" 문양은 바로 두 씨족 간의 투쟁에서 조씨족鳥氏族이 승리했음을 표현한 것이라고 여겼다. 또 다른 학자는 이와 같은 문양들이 생식숭배를 표현한 것이라고 주장하였다. 즉 "새鳥"는 남성의 성기를 상

징하며, "물고기魚"는 여성의 성기를 상징하기 때문에 "조함어鳥銜魚" 문양
은 바로 양성의 성교를 의미한다고 본 것이다. 또한 어떤 학자는 고대철
학사상을 반영한 것이라고 주장하였다. 즉 새鳥는 하늘을 상징하고, 물고
기魚는 땅을 상징하기 때문에 조함어鳥銜魚는 바로 천지의 교합을 의미한
다고 본 것이다.

유방복劉方復 선생은 『조함어문석鳥銜魚紋析』이라는 문장에서 "수조탁어문
水鳥啄魚紋"의 본래 의미는 "물고기가 새의 먹이가 된다"는 간단한 의미의
재현이 아니라 천지의 소통을 표현한 것으로, "이로 하여금 더욱 무술의
요구를 만족시켜 준다."고 주장하는 동시에 한화상전漢畵像磚의 도상을 예
로 들어 자신의 관점을 보완하였다(<그림 26>).

〈그림 26〉 새, 물고기, 무술굿 : 무술, 기도도(巫術 祈禱圖). 사천성(四川省) 여주(瀘州) 한(漢)대 석관화상(石棺
畵像).

유방복 선생의 견해는 우리가 눈여겨 볼만한 가치를 지니고 있다. 무
술은 원시관념 속에서 가장 중요한 요소인 까닭에 원시예술에 표현된
무술적 의미를 파악할 수 있다면, 그 문화적 의미를 더 깊이 이해할 수
있기 때문이다. 다시 말해서 오늘날의 우리는 반드시 그들의 눈을 통해

서 그들의 세계를 바라봐야 비로소 그 진정한 의미를 깨달을 수 있다는 것이다.

이러한 인식을 전제로 우리가 다시 한 번 더 하란산賀蘭山의 "군조도群鳥圖"를 살펴보면, 그 받는 느낌 역시 크게 달라질 것이다. 우선 그 가운데 보이는 "조함어鳥銜魚"가 단순히 자연의 현상을 재현한 것이 아니며, 더더욱 옛사람들이 풍속화를 창작한 것도 아니라는 사실을 인정하게 될 것이다. 특히 화면상에 보이는 다섯 마리 새의 움직임이 완전히 일치하고 있다는 점을 고려해 볼 때, 이 군조도가 이미 양식화된 "예술부호"를 표현한 것이라는 사실을 알 수 있다. 그렇다면, 앞에서 서술한 내용을 근거로 군조도에 대한 문화적 의미를 비교적 쉽게 밝혀낼 수 있을 것이다. 즉 군조도는 번식을 나타내는 무술적 의미를 지닌 예술적 부호이며, 이중에서 "조함어鳥銜魚"는 천지의 소통을 상징하기 때문에 원시 인류의 입장에서 천지의 교합이야말로 천지만물의 번식에 있어서 가장 중요한 관건이라고 할 수 있다. 이른바 "천지의 기운이 쌓여 만물이 순화되면 남녀가 화친하여 만물이 생성한다."(『역易·계사하繫辭下』), "천지가 화합하지 못하면 만물이 일어나지 않는다."(『애공문哀公問』)는 의미를 함축하고 있다고 볼 수 있다.

옛사람들이 가장 길하다고 생각한 상태는 바로 "천지의 교합이다." 그래서 『역易·태泰·상象』에서 "천지의 교합은 크다……"고 말한 것이다. 이와 반대로 가장 두려워 했던 것은 "땅과 하늘의 소통이 끊어진 것이다." 이러한 상황이 되면 "만물이 흥하지 않는다." 물론 여기에는 당연히 사람을 비롯해, 농·목축 등의 생산활동이 모두 포함된다.

"천지의 소통"을 해결해 주는 사람이 바로 신력神力을 지닌 무사巫師라고 할 수 있는데, 무사는 적어도 두 가지 이상의 물건을 이용해 천지를 소통 시킨다. 그 중 하나는 천지를 상징하는 모형을 법기法器로 만들어 이용했는데, 바로 옥종玉琮과 같은 예이다. 또 다른 하나는 천지와 소통할 수 있는 새鳥, 물고기魚, 호랑이虎, 뱀蛇 등과 같은 예이다. 종琮은 방원方圓을 결합해 만든 형태로서 "종琮의 방方과 원圓은 땅과 하늘을 표시하며, 중간에 뚫린 구멍은 천지간의 소통을 의미한다. 그리고 가운데 구멍을 통과하는 나무막대는 바로 천지주天地柱를 의미한다. 수많은 종琮 위에 보이는 동물의 형상은 무사가 동물의 협조 아래 천지주天地柱를 통해 천지를 소통시킨다는 의미를 표현하고 있다(장광직張光直, 『고고학전제육강考古學專題六講』, 문물출판사, 1992년판, p.10). 따라서 지금 우리가 다시 하란산의 군조도群鳥圖로 돌아가서 살펴보면, 이 모든 의문점들이 쉽게 풀릴 수 있을 것이다. 이 암각화가 그려진 장소는 당연히 무사가 법술을 시행하던 곳이었다. 또한 암각화 중에 보이는 "조함어鳥銜魚" 역시 천지의 소통을 위한 무사의 무술적 의미를 담고 있기 때문에 "만물을 흥하게" 할 수 있는 법력을 가지고 있다. 무술의 교감원리에 근거해 볼 때, 이것은 당연히 본족本族의 번창과 함께 비바람을 순조롭게 하며, 또한 오곡과 목축의 증산을 촉진시켜 주는 기능을 가지고 있다고 할 수 있다.

우리의 논증에 대한 설득력을 높이기 위해 다시 한 폭의 한화상전漢畵像磚에 보이는 도형을 예로 들어보고자 한다. 이 도형은 하남성의 고시현固始縣에서 1982년 발견된 것으로, 3개의 화면으로 나누어져 있고, 오른쪽 끝부분에는 "나인관어도裸人觀魚圖"(<그림 27>)가 그려져 있다. 한대는 시대적으로 원시시대에서 멀지 않기 때문에 아마도 이러한 도형은 분명 전대로부터 계승되어 내려왔을 것으로 보인다. 왜냐하면 선사시대의 유물 중에서도 이와 유사한 도형을 찾아볼 수 있으며, 더욱이 도형 가운데 보이는 학鶴과 새鳥의 형상은 하란산의 암각화와 유사한 형상을 보이고 있기 때문이다. 또한 우리가 주목할 만한 가치를 지닌 두 개의 도형이 보이는데, 그 가운데 하나는 벌거벗은 사람이 손에 물건을 쥐고 있는 듯한 형상이다. 이것은 앞에서 채도彩陶를 언급할 때 언급했던 나체의 무사巫師가 손에 물건을 쥐고 있었던 형상과 매우 유사하다. 따라서 이것은 분명 법술의식을 치르는 무사의 춤巫舞을 형상화한 것으로 볼 수 있다. 그리고 또하나의 도형에서 인물 위쪽에 두 개의 네모난 테두리 안에 "米"자 형상의 부호가 보인다는 점이다. 이것은 당연히 불을 표현한 부호로서 이 화면에서 표현하고자 한 것은 다름 아닌 번식과 비를 기원하는 무술 의식가운데 하나인 요제燎祭를 표현한 것이라 볼 수 있다. 또한 그들이 "학조함어鶴鳥銜魚"의 무술적 힘을 빌려 천지의 소통을 추구하고자 했던 의도를 분명하게 엿볼 수 있다. 이러한 의도는 도형의 배치에서도 분명하게 드러난다. 이러한 사실을 근거로 해볼 때, 조어문鳥魚紋이 중요한 무술적 부

〈그림 27〉 나인(裸人) 황새도(鶴魚圖). 하남성(河南省) 고시현(固始縣). 한(漢)대 화상전(畫像磚).

호 가운데 하나라는 사실은 조금도 의심할 여지가 없어 보인다. 이 화상전畵像磚의 발견은 우리에게 "조함어문鳥銜魚紋"과 무술관계에 대한 실증적 자료를 제공해 줌으로써 영하寧夏 하란산의 조어문鳥魚紋 암각화를 이해하는데 커다란 도움을 주고 있다.

우리가 확신할 수 있는 점은 원시시대에 유행했던 "조함어문鳥銜魚紋"의 문화적 의미가 여러 층면으로 구성되어 있다는 사실이다. 그 중에서 가장 우선시 되는 층면이 무술적인 측면으로서, 상징체계 가운데 부호는 천지를 비롯해 음양, 양성 등의 여러 가지 문화적 의미를 포괄하고 있기 때문이다. 그러나 문화적 속성에서 보면, "조함어문"은 무술에 속하기 때문에 어떤 사람은 문화적 층면에서 "양성兩性 교합"의 생식숭배만을 강조하기도 하나, 분명 이것만을 가지고 "조함어문"을 설명하기에는 역부족이라고 하겠다.

사실상 원시예술을 연구하는 과정에서 우리는 절대로 원시사회의 관념적 토대를 벗어날 수 없다. 그렇기 때문에 "조함어문"은 원래 자연에서 볼 수 있는 평범한 주제였지만 지금은 오히려 우리 눈을 자극하는 무술巫術적 색채를 느끼게 하는데, 이러한 무술적 느낌은 원시예술을 진정으로 이해하고 난 뒤에 나타나는 것으로, 이러한 이해와 이러한 이해가 없는 것은 완전히 다른 차원이라고 할 수 있다.

지금에 이르러 "조함어문"은 점차 그 무술적인 의미를 잃어버리고 말았지만, 사람들은 여전히 이것을 길상吉祥을 의미하는 문양으로 여겨 계승해 오고 있다. 그래서 우리는 "조함어문"이 출현하기 시작한 원시시대부터 이미 더 이상 자연의 부호가 아닌 문화적 부호로서, 무술적 법력法力을 지닌 주문이었으며, 이는 또한 샤만의 무巫문화에서 나온 산물이었다고 말할 수 있을 것이다.

제2장

원시예술과 생식숭배
조상숭배의 부호 구성

1. 생식숭배―하나의 오래된 무거운 주제

인류문화사에서 이미 증명하고 있듯이, 오랫동안 유지되어 온 생식숭배는 분명히 아주 먼 옛날에 발생하였다. 인류가 문명의 문턱을 넘어선 후에도 생식숭배는 완전히 사라졌다기보다는 오히려 이와 반대로 여러 가지 문화현상 속에 잠재되어 나타나고 있어, 지금에 이르러서도 각 민족의 민간예술과 민속제례 의식을 통해 지난날의 화려한 과거를 느끼게 해준다.

인류가 처음 황량하고 무지몽매한 혼돈시기를 벗어나기 시작했을 때 그들은 온통 적의에 가득찬 눈길과 예측하기 어려운 신비감에 둘러쌓여 있었다. 즉 그들에게 있어 대자연이나, 혹은 자신의 신체는 모두 이해하기 어려운 문제였다.

그렇지만 그들을 둘러싸고 끊임없이 그들의 마음을 두드렸던 가장 중요한 두 가지 일은 바로 엥겔스가 말한 것처럼 생산에 관한 두 가지 문제였다. 그것은 바로 생활에 필요한 생필품의 생산과 사람 자체의 생산, 즉

종의 번식이었다. 전자는 채집과 수렵에 의한 생산활동이었고, 후자에 의지해 해결하는 것은 생식에 관한 문제였다. 그렇기 때문에 인류예술사의 첫 페이지를 넘길 때 우리 눈에 처음으로 비춰지는 것은 바로 이 두 가지, 즉 동물과 나체의 여인상裸婦에 관련된 제재이다. 이러한 특징은 원시시대의 암각화와 조각상을 통해 상당히 명확하게 엿볼 수 있으며, 이른바 "비너스"라고 불리워지고 있는 여신상은 의외로 유럽의 남북부 지역에 많이 분포되어 있다(<그림 28>).

비록 수렵의 성패나 사람의 생사 문제가 원시인류에게 혼란스럽고 곤혹스러운 문제였지만, 그들에게 가장 신비로움을 느끼게 한 것은 바로 인류 자신의 생식에 관한 문제였다. 그들의 입장에서 볼 때, "생육生育과 생성生成의 신비함은 자연에서 가장 신비로운 것이었다." 그리고 "우주의 기원과 생존에 가려진 비밀의 핵심은 바로 성性의 신비함에 있었다."

그래서 생식현상의 신비와 경외 심리, 그리고 종의 번식에 대한 강렬한 갈망은 인류로 하여금 생식숭배를 낳게 하였던 것이다.

우리의 임무가 문화 속의 예술을 논하는 것이 아니고, 예술 속의 문화를 논하는 것이기 때문에 본고에서는 다만 중국에서 특정한 예술 속에 나타나는 생식숭배의 문화현상에 대해 탐구해 보는데 초점을 두었다.

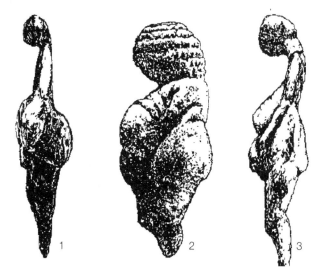

〈그림 28〉 1. 레스퓌그(Lespuque) 비너스상(프랑스).
2. 빌렌도프(Willendorf) 비너스상(오스트리아).
3. 코스티엔키 비너스상(우크라이나).

생식숭배는 인류가 가장 오랫동안 유지해 온 일종의 숭배문화라고 할 수 있는데, 이러한 숭배문화는 역사적으로 "자연숭배", "토템숭배", 그리고 "조상숭배"라는 문화 단계를 거치며 발전해 왔다. 그렇기 때문에 위에서 언급한 바와 같이 각 시기마다 생식숭배의 표현형식 역시 다를 수밖에 없는 것이다.

최초의 인류는 남녀의 성교와 임신의 관계를 이해하고 있지 못했던 까닭에, 생육활동에 대한 남성의 작용에 대해 인식하거나 주의를 기울이지 못하였다. 그들에게 사람의 번식은 오직 여성에 의해 완성된다고 이해되었기 때문에, 당연히 여성이 존경을 받을 수밖에 없었다. 그래서 이 시기 생식숭배의 대상은 당연히 생육의 본체라고 할 수 있는 여성의 신체, 그 자체일 수밖에 없었다. 이와 함께 생육 과정 중에서 핵심적인 기능을 하는 부위, 즉 음부, 유방, 견부, 복부 등의 부위를 과장되게 표현함으로써 여성의 생육력을 강조하고자 하였던 것이다. 가장 전형적인 형태는 처음에 소개한 바와 같이 유럽에서 출토된 4만 년 전의 비너스 여신상에서 찾아볼 수 있는데, 오늘날의 미적 측면에서 살펴 볼 때 크게 실망하지 않을 수 없을 것이다.

그리고 또 다른 한편으로 상징적인 부호체계를 활용해 여성과 음부를 상징적으로 표현하였는데, 개구리와 물고기 등의 문양이 이와 같은 예이다. 그래서 지금까지도 어떤 지역에서는 여전히 "와구蛙口"를 여성의 음부로 표현하고 있다. 즉 일찍이 "관어貫魚"라는 말이 황제의 후비后妃를 의미하는 것과 같은 예이다.

이외에도 패문貝紋이 여성 음부의 상징으로 쓰이기도 했는데, 이는 조개와 여성의 음부가 외형적으로 매우 흡사하기 때문이다. 그래서 민간에서는 여성의 음부를 "보패寶貝"라고 부르기도 한다. 이와 같은 상황은 채도 중에서도 유사한 경우를 찾아볼 수 있다<그림 29>). 여기서는 자연의 조개에 성적인 문화적 의미를 부여하였다.

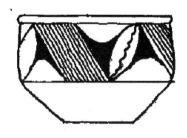

〈그림 29〉 채도분(彩陶盆). 하북성(河北省) 자현(磁縣) 출토. 앙소(仰韶)문화 대사공(大司空)유형.

염구(斂口) 사발(조개 무늬).

조개무늬. 마가요문화 채도

〈그림 29〉 하북성(河北省) 자현(磁縣) 출토. 앙소(仰韶)문화 대사공(大司空)유형.

　지금까지 우리는 초기 생식숭배의 주요 대상으로서 여성의 나체裸體, 여음女陰, 그리고 여음의 상징물女陰象徵物을 숭배했다는 사실을 살펴보았다.

　그러나 인류의 발전 과정에서 남자의 중요성을 인식한 후 이 모든 상황에 변화가 발생하였고, 원시신앙 역시 이에 따라 토템숭배에서 벗어나 조상을 숭배하는 단계로 진입하게 되었다. 이 때 사람과 자연의 토템물을 동일시하던 비현실적 관계가 해체되기 시작하면서 더 이상 토템의 혼이 육체에 들어가 임신이 된다거나, 혹은 조상의 혼이 육체에 들어가 환생한다거나, 혹은 심지어 조상의 혼이 남성을 통해 여성의 체내에 들어가면 임신이 된다고 하는 생각을 하지 않게 되었다. 이러한 생각은 원시예술 작품 가운데 고르게 반영되어 나타나고 있으며, 이미 제1장 중에서 하란산賀蘭山과 호도벽呼圖壁의 암각화를 언급하면서 이와 관련된 예들을 논술하였다.

　우리가 주목할 만한 가치를 지니고 있는 단계는 바로 조상숭배의 단계로서, 생식숭배의 특징과 그 원시적 예술 표현에 있어 서로 상관성이 존재한다는 것이다.

조상숭배 단계에서 생식숭배는 주로 두 가지 형식으로 표현되고 있다. 첫 번째는 생식기에 대한 숭배이고, 두 번째는 성교에 대한 숭배이다. 이러한 관념의 표현은 원시예술 중에서 상당히 광범위하게 나타나고 있다. 인류가 점차 사람 자체의 생식능력과 인류의 성행위 사이에 나타나는 인과 관계를 이해하고 난 후 생식기관의 신비성은 더욱 더 그들의 관심을 끌게 되었다. 그렇기 때문에 "여음女陰"과 "남근男根"이라는 표현이 생겨나게 되었는데, 여기서 이른바 "근根"은 "본本", 즉 "조祖"를 의미한다. 갑골문 중에서 "조祖"자는 한 사람이 "차且"남근을 향해 엎드려 절하는 형상을 의미한다<그림 30>.

많은 수의 "석차石且"남성의 생식기 발견은 이미 "남근男根이 존경받는 조상으로 신성화 되었다는 사실을 증명해준다. 이와 같은 상황은 내몽고의 음산陰山 암각화 중에서도 찾아볼 수 있다. 예를 들어, <그림 39> 가운데 보이는 도형은 남성의 성기가 팽팽하게 발기되어 있는 형상을 묘사한 것으로, 여기서 주목할 점은 그 귀두 부위에 오관五官 입면入面이 새겨져 있

〈그림 30〉 갑골문 "조(祖)"字.

다는 점이다. 분명한 점은 이것이 명백하게 하나의 신령神靈으로서 옛사람들이 경배하는 대상이 되었다는 사실이다.

살아있는 듯한 형상의 생식기를 묘사한 것 이외에, 또한 상징물로 대체하기도 하였다. 예를 들어, 남근을 상징하는 뱀의 문양을 가지고 조상신령의 얼굴 형상을 표현하기도 했는데, 이것이야말로 원시 인류의 대창조로서 예술적인 측면에서 자신의 총명함과 지혜를 충분히 표현해 내었다고 볼 수 있다(본장 제2절에 자세히 볼 수 있다).

조상숭배단계에서 생식숭배의 특징은 생식기 숭배 이외에, 성교숭배라는 또 하나의 특징을 가지고 있다는 점이다.

성교숭배는 비교적 이른시기에 출현한 일종의 생식숭배였다고는 하지만, 그 시기의 사람들은 성교와 임신의 인과관계를 모르고 있었던 까닭에 초기에는 줄곧 생식숭배의 종속적인 지위에 머물러 있었다. 후에 조상숭배 단계에 이르러 생식의 오묘한 신비가 밝혀지면서 양성의 성교와 종의 번식이 불가분의 관계라는 사실을 깨닫게 되었고, 이에 따라 성교숭배가 비로소 생식숭배의 틀 속에서 새로운 둥지를 틀 수 있게 되었던 것이다. 이러한 성교숭배가 원시 인류의 눈에 엄숙하고 경건한 것으로 받아들여졌던 까닭에 음란한 느낌을 찾아보기 어렵다.

성교에 관한 도형은 원시예술 가운데 적지 않게 보인다. 특히 암각화에 보이는 도형은 사실적이면서도 적나라한 표현 형상을 보여주고 있다(<그림 31>).

그러나 필자가 생각하기에 모든 성교도형이 일률적으로 생식숭배만을 나타내는 의미로 사용되었다고 볼 수는 없을 것 같다. 왜냐하면 일부 도형의 의미가 생식숭배보다는 생식무술生殖巫術, 혹은 풍산무술豊産巫術, 혹은 구우무술求雨巫術 등으로 보는 것이 더 적합해 보이기 때문이다. 이 점은 우리가 제1장에서 이미 언급한 바가 있어 서로 대조해 살펴보면 좋을 것 같다.

조상숭배단계에서 나타나는 성교도형은 조상신령에 대한 표현과 경배의 대상으로 삼고자 했던 까닭에 사실적인 자연주의적 표현보다는 종종 간략하게 처리하거나, 혹은 상징적인 수법을 더 많이 활용하였다. 본 장 제3절 중에서 언급한 하란산 조상신령의 얼굴의 경우에서 볼 수 있듯이 남녀의 성기가 교합하는 도형이 주요 핵심 부분을 구성하고 있다(본 장 제3절 참조). 이것은 성기부호에 대한 일종의 예술적 표현이라고 할 수 있는데, 흉물스러우면서도 신비감을 주는 고환睾丸이 주는 그 예술적 효과는 확실히 평범하지 않아 보인다(<그림 44>).

성교도형을 조상 신령으로 삼아 숭배했던 흔적은 고대로부터 전해 오는 무무巫舞 중에서도 그 증거를 찾아볼 수 있다. 무무巫舞 가운데 보이는 일종의 손짓을 일컬어 "조세祖勢"(<그림 32>)라 한다.

〈그림 31〉 남녀 교구도(交媾圖). 영하(寧夏) 하란산(賀蘭山) 암각화.
주의 : 그림 가운데 보이는 활과 화살은 이미 性文化를 나타내는 부호적 의미를 담고 있음.

"원시사회에서 생식기가 토템의 숭배대상이었던 사실은 중국이나 혹은 세계 타 지역에서도 흔히 볼 수 있어 그렇게 낯설지 않은 현상이다. 즉 원시 인류가 자신의 민족과 자손의 번성을 기원하는 관념을 반영한 것으로, 무무巫舞 가운데 보이는 '조祖'의 자세는 바로 이러한 관념과 염원을 형상화 한 것으로 볼 수 있다. 중지中指를 곧게 펴고 식지食指와 무명지無名指를 중지 뒤에 교차시켜 놓은 형상은 성애性愛를 표시하는 일종의 상징적 부호(중지는 남근을 가리키고, 무명지와 식지를 교차한 것은 여음女陰을 표시한 것이다)라고 한다. 남녀가 성교를 해야 비로소 자손을 낳아 인류가 번창할 수 있다.……그렇기 때문에 '조祖'의 자세가 무사巫祀의 무제舞祭에서 신령한 조상을 의미하는 상징으로 표현되었던 것이다."(주빙周冰, 『무巫·무舞·팔괘八卦』, 신화출판사, 1991년판, pp.73-74)

무도舞蹈예술은 모든 예술 중에서도 가장 오래된 예술이며, 몸짓으로 표현하는 언어 역시 가장 오래된 언어라고 할 수 있다. 그래서 우리는 이 "조祖"의 자세가 오래전부터 전해오는 문화의 흔적으로서 원시인류의 문화적 관념을 내포하고 있으며, 또한 성교 도형과 조상숭배의 관계처럼 우리가 원시예술을 이해하는데 적지 않은 도움을 주고 있다고 하겠다.

〈그림 32〉 조상숭배를 의미하는 손의 형상.
굿춤巫舞 가운데 손짓으로 생식숭배와 조상숭배를 나타내는 부호적 상징.

이외에 "조상숭배로부터 발생한 관념은 생식숭배 이외에도 또한 귀신숭배가 있다. 생식숭배에서 조상관념이 가장 먼저 파생되어 나왔으며, 죽은 사람의 영혼을 숭배하는 귀신숭배는 최종적으로 조상숭배의 의식과 규범을 정립시켜 놓았다."(묘계명苗啓明·온익군溫益群, 『원시사회의 정신 역사 구조』, 운남출판사, 1993년판, p.114)

샤만교에서는 조상의 영혼이 사람의 골격과 치아, 그리고 혈액 속에 있다고 여겼던 까닭에, 원시 인류는 생식숭배의 성性적 부호를 활용해 조상신령의 얼굴을 조성할 때처럼 문화적 요소들을 가미시켰는데, 이 점에 대해서는 이미 본장 제2절에서 비교적 상세하게 언급해 놓았다.

생식숭배는 상당히 오랫동안 전해져 온 숭배문화의 일종으로 마치 굵고 단단한 허리띠처럼 원시시대부터 지금까지 문화의 각 영역을 연결시켜 주었을 뿐만 아니라, 중국의 문화발전에도 깊은 흔적을 남겨 놓았다. 생성과 진화를 다룬 중국의 본원本原철학과 도교의 기초를 다진 노자는 일찍이 『도덕경道德經』에서 "계곡의 신은 죽지 않으니, 이게 바로 신비한 암컷의 모습이다. 신비한 암컷의 문은, 천지만물의 근원이다."라는 말을 언급했는데, 그 관념의 출발이 바로 "여음女陰"과 "남근男根"의 생식숭배에서 비롯되었다는 사실을 뚜렷하게 엿 볼 수 있다.

그래서 독일의 철학자 헤겔은 일찍이 "동방에서 강조하고 숭배했던 것은 바로 자연계의 보편적 생명력이었다. …… 조금 더 구체적으로 말하면, 자연계의 보편적 생식력에 대한 표현은 수놈과 암놈雌雄의 생식기 형상으로 표현하거나 숭배하였다."고 주장하였다(헤겔, 『미학』 제3권(상책), 상무인서관, p.40).

지금 우리가 부끄러워 얼굴을 붉히며 보는 이러한 "점잖지 못한" 도형이야말로 우리의 오래된 문화적 뿌리라는 사실을 잊지 말아야 할 것이다.

2. 내몽고 인면암각화 중의 생식숭배와 조상숭배의 부호 해석

암각화는 원시예술의 걸작이며, 그 중에서도 인면상人面像은 암각화의 결정체라고 할 수 있다. 인면상이 일종의 예술형식 가운데 하나로 등장하기 시작한 시기는 대략 신석기시대로서, 후에 점차 광범위하게 널리 퍼져 유행하였는데, 채도彩陶, 석조石雕, 암각화 등에서도 적지 않게 발견되고 있다. 그 중에서도 암각화에 나타나는 인면상은 그 종류가 대단히 많고 형식 또한 복잡해 많은 사람들의 이목을 끌어 왔으나 청동기시대에 이르러 점차 쇠락하고 말았다.

인면상人面像이 일종의 예술적 현상으로 등장하기 시작할 무렵 인류 역시 농업문명사회로 들어서기 시작했는데, 이 점이야말로 인명상의 출현과 밀접한 관련이 있다. 이 시기 인류가 의존한 생존방식은 이미 사냥감을 쫓아 떠도는 거칠고 야만적인 방식에서 벗어나 땅 위에 작물을 심고 목축을 하는 시대로 접어들었기 때문에, 인류의 마음속에는 목축과 작물에 대한 풍요가 대부분을 차지하였고, 또한 민족의 번창은 그들의 일상적 종교와 의식 활동 가운데 중요한 요소로 자리 잡게 되었다.

이 시기 예부터 전해오는 토템숭배의 흔적 이외에도 자연숭배, 조상숭배, 그리고 생식숭배가 유행하고 있었기 때문에, 이 시기에 등장한 인면상人面像에는 이와 같은 여러 가지 의미가 내포되어 있었다. 특히 생식숭배는 거의 모든 지역에서 찾아볼 수 있을 정도로 상당히 광범위하게 전파되어 있었다.

『성경·구약·창세기』 중에서 일찍이 "상제는 자기의 형상에 비춰 사람을 만들었다."고 했는데, 우리의 입장에서는 사람이 마침내 자기의 형상에 비춰 신을 창조하였다고 말할 수도 있다. 신의 위력은 바로 초월적인 힘에 있다고 보면서도 또한 인간과 동일하다고 보는 이 모순적 통일로부터 나온다고 볼 수 있다. 신은 우선 "인령人靈"을 갖추고 있어야 비로소 "신령神靈"해 질 수 있는데, 인류의 오관五官이야말로 "인령人靈"이 집중되어 있는 곳이다. 그래서 원시 인류는 추상적 숭배대상을 인면 형상을 지닌 "신神"의 모습으로 표현해 소통과 대화의 도구로 활용하였던 것이다. 즉 인간을 닮은 얼굴에서 느껴지는 생소함은 그것이 바로 외도신계外道神界의 산물이라는 것을 표명해 주고 있다. 우리는 이와 같이 신비하고 오묘한 인면상을 보면서 원시 인류의 뛰어난 지혜와 예술적 기교에 탄복하지 않을 수 없다. 지금 이와 같이 예술부호를 해독하고 나니 멀리 떨어져 있던 두 개의 심령이 부딪치며 우리의 마음을 뒤흔드는 흥분을 느끼게 한다. 이제 시간은 더 이상 현대인과 원시인류의 심경 소통에 장애가 되지 않는다. 더욱이 인면상 암각화를 샤만교라는 드넓은 문화적 배경 위에 놓고 보면, 본래의 "진면목"이 더욱 더 명확하게 보일뿐만 아니라 "소통" 역시 더욱 더 자연스럽게 이루어지게 될 것이다.

1) 내몽고 백차하白岔河 유역의 인면상 암각화

동몽東蒙 극십극등기克什克騰旗 쌍합가료영촌雙合哥化營村 북쪽과 백차하 북쪽 기슭 산언덕에서 사람의 얼굴을 닮은 특별한 풍격의 인면상 암각화가 발견되었다. 이 인면상은 선 하나로 윤곽이 그려져 있는데, 그 형상이 기이하고 특이해 사람처럼 보이면서도 사람이 아닌 것 같다. 얼굴 윤곽선 안에 두 개의 동심원이 있어 사람의 눈을 그린 듯 하지만 얼굴 하부 정중앙에 긴 코가 방망이棒槌形처럼 그려져 있어 이도저도 아니게 보인다. 특히 우리가 주목할 만한 점은 "암각화 아래 서너 개의 석대가 놓여져 있었던 것을 보면, 아마도 이곳이 제사를 지냈던 장소가 아닌가 싶다."(장송백張松柏·유지일劉志一, 『내몽고백차하유역암화조사보고內蒙古白岔河流域巖畫調查報告』, 『문물文物』, 1984년 제2기)는 사실이다. 이러한 상황을 볼 때, 인면상의 암각화는 분명 원시 인류가 경배를 드린 대상이었던 것으로 보인다 (<그림 33>).

당시 원시 인류의 마음속에 투영된 이 인면상 암각화는 당연히 그들에게 걸작품으로 여겨졌을 것이다. 하지만 그 기괴하고 황당한 모습 뒤에 감춰진 문화적 의미는 더 더욱 사람들의 흥미를 느끼게 한다.

이 수수께끼를 풀기 위해 산동 일조日照에서 출토된 용산문화시기 옥부玉斧에 새겨져 있는 도상의 도움을 받아 보는 것도 괜찮을 것 같다(<그림 34>).

간단하게 처리한 도상圖像을 통해 우리가 볼 수 있는 기본적인 형상은 두 눈과 이해할 수 없을 정도로 긴 코이다. 근래에 학자들의 연구에 의하면 이 도상은 남근을 나타내며, 남성의 생식기가 변형 발전된 것이라고 한다. 따라서 그 중간에 있는 이른바 두 눈으로 보이는 형상은 두 개의 고환을 상징하며, 그리고 이른바 긴 코는 음경陰莖을 묘사한 것으로 볼 수 있다. 즉 이것은 원시 인류의 생식숭배에서 비롯되어 나온 산물이라고 하겠다(조국화趙國華, 『생식숭배문화론生殖崇拜文化論』, 중국사회과학출판사, 1990년판 참조).

〈그림 33〉 인면상(人面像)과 유사한 형상. 내몽고 백차하(白岔河) 암각화.
주의 : 인면상의 하부가 선--과 교접하는 형상은 사실 천지의 교합, 남녀의 성교, 만물생 성의 철학적 의미를
담고 있음.

〈그림 34〉 남근(男根) 무늬. 산동성 일조(日照) 석부(石斧) 용산문화(오른쪽은 간략도).

이 도상은 우리가 백차하白岔河 인면상 암각화에 가려진 신비한 면사를
벗기는데 도움을 준다. 원래 이 인면상 암각화(<그림 33>) 역시 남성의
남근 문양을 의미한다. 동심원 형태의 두 개의 눈은 바로 한 쌍의 고환을

의미하고, 방망이 형태의 긴 코는 바로 음경의 상징을 나타낸 것이다. 주목할 만한 점은 그 도상 하부와 직선(── ──)의 연결로서 어렴풋하게나마 음양의 결합, 남녀의 성교, 화생만물化生萬物의 철학적 관념을 보여주고 있다는 사실이다. 하나의 은밀한 생식기관을 인면화人面化시켜 신비감을 더해 주고 있을 뿐만 아니라, 그 종교적인 효과면에서도 상생형象生型의 도차陶且나 석차石且와 비교해 볼 때 몇 배나 더 큰 효과를 나타내고 있다.

사실, 이와같이 눈으로 고환을 상징하고, 코로서 음경을 대표하는 남근숭배 형식은 국가를 초월한 일종의 다문화적 현상으로, 국외에서도 일찍부터 이와 같은 도상이 전해져 오고 있다. 예를 들면, 소련현 러시아의 예니세이강Yenisei River 유역에서 발견된 암각화 중에서도 이와 유사한 예술적 표현을 찾아볼 수 있다〈그림 35〉).

〈그림 35〉 인면상(人面像)과 유사한 형상. 러시아 예니세이강(Yenisei River) 암각화.
주의 : 두 눈은 고환(睾丸)의 형상이고 코는 남근(男根)의 형상으로 구성되어 있다.

서방에서도 이러한 표현방법이 오랫동안 계승되어 오고 있으며, 중세기의 고딕예술 중에서도 이러한 흔적을 찾아볼 수 있다. 예를 들어, <그림 36>은 바로 고딕건축물상을 표현한 도형이다. 그 가운데 보이는 인면상에서 두 눈은 고환으로, 코는 음경으로 구성되어 있다. "이것은 신성한 남성을 상징하는 삼각형으로", "눈과 코로 오인하였으나 사실상 음경과 고환이다."(위륵魏勒, 『성숭배性崇拜』)

사실상 이렇게 눈과 코로서 남근 문양을 상징하는 표현수법은 일종의 원시 인류의 원시사유와 무술이 서로 결합되어 나온 산물이라고 볼 수 있다. 이러한 사실은 민속학을 통해서도 그 근원을 찾아볼 수 있다.

〈그림 36〉 고딕(Gothic)식 남성의 삼각형 형상.
두 눈은 고환(睾丸), 코는 남근(男根)의 형상으로 구성되어 있다.

중국 동북 지역에 거주하는 조선족 사이에 일종의 기묘한 신앙이 전해져 오는데, 그들은 "石凹는 여음이고 코는 남근을 상징한다고 생각하였다. 이러한 모방적 사유로 인해 사람들 사이에 고대 조각상의 코를 깎는 행위가 전해져 오고 있는데, 이는 사실상 생육무술을 현실생활 속에서 실행에 옮긴 것이라고 볼 수 있다."(송조린宋兆麟, 『생육신과 생육무술연구生育神與生育巫術研究』, 문물출판사. 1990년판, p.57)

　이외에 앙소仰韶문화시기 채도 중에서도 이와 유사한 남근숭배 형식을 찾아 볼 수 있어, 이러한 예술적 표현형식이 오래되었을 뿐만 아니라 상당히 보편화되어 있었다는 사실을 알 수 있다. 예를 들어, <그림 37> 가운데 채도 호로병 위에 남녀의 두 얼굴이 보이는데, 남성을 상징한 얼굴 모습은 두 개의 권운새털구름으로 이루어진 고환이 눈을 상징(주의－이것은 앞에서 언급한 일조日照의 옥부玉斧에 보이는 우레雷와 같은 표현 방법을 사용하고 있다)하고 있고, 방망이棒槌形처럼 수직으로 서 있는 형상의 음경은 코를 상징하고 있는데, 이는 남성의 강한 생식력에 대한 원시 인류의 과장과 숭배 심리를 거침없이 표현해 낸 것이다. 이것(남성의 생식기)은 사람과 곡물

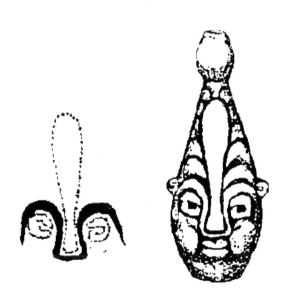

〈그림 37〉 인면(人面) 채도병(彩陶瓶). 감숙성 출토, 앙소문화 반파(半坡) 유형.

을 비롯해 모든 번식무술과 관계가 있다는 점을 강조해 놓은 것이다.

상술한 바와 같이 체계적인 탐색을 통해 우리는 아래의 음산陰山 인면상 암각화 연구에 유리한 토대를 마련하게 되었다.

2) 내몽고 음산의 인면상人面像 암각화

낭산狼山의 격이오포구格爾敖包沟 절벽 위에서 형태가 그다지 크지 않은 인면상이 발견되었는데, "화면에는 단지 간략하게 두 눈과 긴 코만 그려져 있다."(개산림蓋山林, 『음산암화陰山巖畵』, 문물출판사). (<그림 38>)

이 인면상에서는 얼굴 부위의 윤곽은 보이지 않지만, 이른바 "두 눈"과 "긴 코"를 통해 두 개의 고환과 음경으로 구성된 남근 문양이라는 사실을 한눈에 알아볼 수 있다.

오랍특후기烏拉特後旗 대파구大垻沟에는 이보다 더 명확하게 생식숭배를

〈그림 38〉 인면상(人面像)과 유사한 형상. 내몽고 음산 암각화.
주의 : 두 눈은 고환(睾丸)으로 구성되어 있고, 음경(陰莖)은 코로 구성되어 있다.

〈그림 39〉 남근 형상의 인면상(人面像). 내몽고 음산(陰山) 암각화.

표현한 인면상 암각화가 전해오고 있다. 이 암각화는 험준한 절벽 위에 새겨져 있는데, "그림의 형상이 남성의 생식기를 매우 닮았다. 위에는 한 쌍의 고환이 있고 그 아래로 음경이 연결되어 있으며, 끝부분에 귀두가 보인다."(개산림(盖山林), 『음산암화陰山巖畵』, 문물출판사).(〈그림 38〉) 사실 이 암각화는 종교적 관념의 여과를 거친 남근 문양을 표현한 것이다.

　암각화를 그린 사람이 형상을 거리끼지 않고 사실대로 솔직하게 표현 하고 있어 사람들이 암각화 본래의 진면목을 쉽게 알 수 있게 해준다. 그러나 우리가 주목할 만한 사실은 음낭 부분에 그려진 인면人面 형상 이외에 귀두에도 인면 형상이 그려져 있다는 점이다. 원시 인류가 심혈을 기울였던 부분은 바로 생식활동 중에서 신비한 기능을 갖춘 부위에 대한 신성神性을 더욱 크게 부각시켜 놓았다는 사실이다. 암각화의 면적(높이

1.10미터, 넓이 0.64)과 지면에서 약 20미터의 높이를 고려해 볼 때, 이 암각화가 원시 인류의 마음속에 높은 지위와 신성한 가치를 지니고 있었다는 사실을 엿볼 수 있다.

더욱 흥미로운 점은 위에서 언급한 비교적 명확한 표현방법 이외에도 음산에 부호가 더욱 은밀하게 조합된 형식의 인면상이 보인다는 사실이다. 그것은 바로 우리가 흔하게 볼 수 있는 일종의 "γ"부호로 구성된 인면상(혹은 사람의 얼굴을 닮은 인면상)이라고 할 수 있는데, 이러한 부호가 반복적으로 출현하고 있으며, 심지어 영하寧夏 하란산賀蘭山 일대까지 이어져 있다는 점이다.

지금 우리는 우선 이 "γ"부호에 대한 문화적 의미를 명확하게 규명해 보아야 할 것이다. 일찍이 앙소仰韶문화시기 대사공大司空 유형의 채도 위에서 추상적 남근 문양이 발견되었는데, 인더스Indus문명의 시바Shiva 인장印章 위서에도 역시 이와 유사한 추상적 남근 문양이 발견되었다(<그림 40>).

만일 우리가 상술한 추상적 남근 문양과 내몽고의 인면상 암각화에 보이는 "γ" 부호를 서로 비교해 보면, 양자가 지극히 서로 닮아있다는 사실을 어렵지 않게 발견할 수 있다. 원시사유의 수렴 현상으로부터 모종의 힌트를 얻는다면, 내몽고의 인면상 암각화에 보이는 "γ"문양 역시 일종의 추상적 남근을 상징하는 문양이라고 판단해 볼 수 있을 것이다 (<그림 41>).

1   2   3   4   5

〈그림 40〉 중국과 인도의 추상적 남근 문양.
1~4. 중국의 앙소문화 채도대사공유형상의 남근무늬.
5. 인더스Indus문명의 시바Shiva 인장印章 위의 남근무늬.

〈그림 41〉 인면상(人面像)과 유사한 형상. 내몽고 음산(陰山) 암각화

　　<그림 41>을 통해 우리가 명확하게 엿볼 수 있는 점은 바로 이른바 인면상이 남근 문양으로 표현되거나, 혹은 남근 문양을 중심에 놓고 그 외부에 인면상의 윤곽을 그려 넣어 표현했다는 사실이다.

　　그러나 더욱 재미있는 점은 이러한 내몽고의 인면상 암각화를 통해 전형적으로 남근을 의미하는 점 "γ"부호의 의미를 엿볼 수가 있다는 사실

이다. 필자의 연구에 따르면, 원래 이 부호가 "뱀蛇"문양에서 남근을 상
징하는 문양으로 변화 발전되어 나왔다는 점이다. 이 점에 대해 우리는
충분한 논증을 통해 독자들이 충분히 납득할 수 있는 설명을 제시할 수
있다.

일찍이 내몽고 음산에서 뱀蛇을 숭배하는 원시 인류의 관념이 반영된
암각화 한 폭이 발견되었는데, 이 암각화는 오랍특후기烏拉特後旗의 융귀산
隆貴山 위에 위치하고 있다. 암각화에서는 두 줄기 곡선 모양의 긴 뱀長蛇
(<그림 42>)의 형상이 보이며, 이 형상은 위에서 언급한 암각화의 인면상
과 유사한 형태를 가지고 있다.

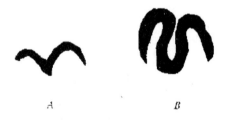

〈그림 42〉 뱀의 무늬. 내몽고 음산(陰山) 암각화.

분명 이 두 마리 뱀의 형상은 자연형태의 모습을 단순하게 그렸다기보
다는 인위적인 예술적 가공을 통해 일종의 부호화된 형식으로 변화했다
는 사실을 엿볼 수 있다. 조금 더 자세히 언급하면, <그림 41>에서 보이
는 두 개의 도형 가운데 윗부분에 위치한 윤곽 없는 인면은 <그림 42>
의 뱀蛇B 형태와 상당히 닮아 있으며, 뱀蛇A 형태 역시 <그림 41>의 중
앙 아랫부분에 위치한 인면 윤곽 안에 눈・코와 유사한 형상이 서로 조

합되어 있다. 그러므로 즉 여기서 일컫는 이른바 "인면人面"이란 결국 남근을 은유한 뱀蛇의 형상이 조합된 것이라고 볼 수 있다. 이와 같이 우리 눈앞에 보이는 두 마리 뱀의 형태가 음산의 인면상 암각화를 구성하는 중요한 요소이다. 따라서 우리는 음산의 암각화를 통해 인면상에 대한 문화적 암호를 해독할 수 있는 열쇠를 찾았다고 말할 수 있을 것이다.

이러한 예술적 구상과 기교는 샤만교의 "문화적 효과와 반응"에 기인한다고 볼 수 있는데, 그 이유는 "뱀蛇은 샤만교에서 태양신으로 숭배되며, …… 생육에는 햇볕의 따뜻함과 빛이 필요하다. …… 그래서 대부분 뱀蛇을 수호신으로 삼고 있기 때문이다."(부육광富育光, 『샤만교와 신화薩滿敎與神話』) 만주족 가운데 일부 성씨는 "작활만니綽闊瞞尼" 신神을 모신다. 즉 "도조陶祖(도기로 만든 남성의 생식기) 겉 표면에 머리를 든 작은 뱀蛇을 둘둘 감아 놓기도 한다." 여기서 뱀蛇과 남근이 원시 인류의 관념 속에서 밀접한 관계를 가지고 있으며, "뱀에게 제사를 지내는 것이 바로 생육구자生育求子의 관념"의 표현이라는 사실을 엿볼 수 있다. 그래서 샤만교에서는 뱀의 성정이 음란하고, 연속해 성교를 할 수 있기 때문에 아주 강한 번식력을 가지고 있다고 여겼다. 이와 같이 뱀을 은밀하게 남근에 비유한 현상이 세계를 초월한 다문화적 현상(위륵魏勒, 『성숭배性崇拜』 제18장)이었다는 사실을 고려해 볼 때, 초기의 원시 인류가 어떤 의미로 뱀의 형상을 가지고 남근을 표현했는지, 또한 어떤 의미로 남근의 형상을 빌려 인면人面을 구성하는 눈과 코의 상징으로 표현했는지 그 문화적 동기를 엿볼 수 있으며, 또한 이를 통해 샤만교의 자연숭배와 생식숭배에 대한 관념이 깊게 스며들어 있다는 사실도 엿볼 수 있다.

우리는 이제 이러한 초기 원시 인류의 원시적 예술부호에 대한 기본적 원리와 방법을 토대로, 설사 향후 더 복잡한 인면상과 마주치게 된다고 해도 그 안에 담겨 있는 원시적 오묘함을 보다 쉽게 풀어낼 수 있을 것으로 본다. 예를 들어, <그림 43> 가운데 보이는 인면상에는 다양한 문화적 측면이 함축되어 있는데, 지금 우리가 시험 삼아 그 베일을 한 번 벗겨 보고자 한다.

〈그림 43〉 인면상(人面像)과 유사한 형상. 내몽고 음산(陰山) 암각화.

우선 인면상 중심에 보이는 눈썹은 <그림 42>의 뱀의 도상A와 유사하며, 눈과 코는 <그림 42>의 뱀의 도상B와 닮아 있다(뱀의 도상B의 중심부분은 사실적으로 그려 넣었다). 이는 뱀의 형상을 모방한 남근을 생식숭배의 대상으로 표현한 것으로, 샤만교의 방식과 완전히 일치하고 있다. 얼굴 윤곽 왼쪽 바깥 부분에 눈썹과 눈을 "사문蛇紋"처럼 처리해 놓았는데, 이는 사실 아래에 있는 뱀의 형상을 본따서 그린 남근의 문양에 지나지 않는다. 이와 같은 형태는 갑골문에서 남근을 상징하는 상형자 "T"자에 더 가깝다고 볼 수 있다.

또한 여기서 우리가 주목할 만한 점은 인면상 하부의 윤곽 바깥에 보이는 활과 화살弓箭 형태의 "♣" 부호라고 할 수 있는데, 이 활과 화살의 쓰임 역시 지극히 분명해 보인다. 즉 생식숭배를 나타내는 관념을 상징한 것이라고 볼 수 있다. 화살이 남근을 상징한다는 사실은 이미 많은 사람들이 알고 있는 내용이며, 국내외에서 발견되는 화살의 문양 역시 이와 같은 의미를 담고 있기 때문이다. 이와 관련된 내용은 제1장 제1절에서 이미 상세하게 설명해 놓은 바 있다. 활과 화살이 양성의 성교를 상징한다는 사실은 만주족의 경우를 통해서도 증명된다. 만주족 가운데 성행했던 샤만교에서 지금까지도 활과 화살로 버드나무 잎을 쏘아 맞추는 습속이 전해져오고 있다.

인면상 가운데 두드러지게 표현된 치아에 대해서는 <그림 43>의 A나 B 모두 사람의 시선을 끈다. 예사롭지 않게 묘사된 치아는 원시 인류의 고민이 엿보이며, 이에 대한 해답 역시 샤만교에서 찾아야 할 것이다. 샤만교에서는 "아치牙齒"를 숭배하였으며, "불火을 세상에서 가장 깨끗한 신물神物로 여겼다. 즉 그들은 불의 세례를 통해 사악한 것을 쫓고 바른 것을 남겨 순수한 영혼을 간직하는 관습을 가지고 있었다. 치아는 불에 쉽게 타지 않기 때문에 사람을 화장한 후에 샤만이 치아를 거두어 목에 걸고 신에게 기도를 올리거나, 혹은 신루神婁, 신갑神匣, 신관神罐 등에 넣어 보관했으며, 혹은 아들의 방 휘장 뒤쪽 나무구멍 속에 넣고 신사神솥를 설치하였는데, 이를 '당삽堂涩'이라고 일컬었다. 사람들이 이 앞에 엎드려 절을 하며, 조상의 영혼을 기렸다."(부육광富育光, 『샤만교와 신화薩滿敎與神話』) 이처럼 치아를 조상의 영혼이 머무는 곳으로 여겼던 원시 인류는 종교적 측면에서 인면상 암각화를 통해 조상숭배를 표현하고자 했던 것으로 볼 수 있다. 그렇기 때문에 치아의 두드러진 표현은 조금도 이상할 것이 없다.

또 하나 주목할 만한 점은 인면상 머리 위 중앙에 보이는 새鳥 모양의
머리 장식인데, 이 역시 샤만교의 영혼관에서 나온 산물로 볼 수 있다.
그들은 사람이 죽으면 영혼이 새로 변한다고 여겼는데, 그 이유는 새가
사람과 천신을 소통시키는 사자使者라고 여겼기 때문이다. 여기서 새를
인면상 머리 위에 장식한 것은 이 역시 조상 영혼의 화신化身이자 상징으
로 표현한 것이며, 또한 부호화符號化, 물화物化된 영혼을 의미하는 것으로,
당연히 원시 인류에게 경배의 대상이 되었던 것으로 볼 수 있다.

이외에 인면상 암각화에서는 일종의 기묘한 현상이 발견되는데, 그것
은 바로 인면상 이마 위에 항상 세 개의 사선(<그림 43> 가운데 A, B)이
등장한다는 점이다. 이것은 분명 원시 인류가 모종의 관념을 반영하고자
했던 행위로 볼 수 있다. 그렇지 않다면 어째서 반복적으로 인면상 암각
화에 출현하고 있는 것일까? 비록 지금 우리가 확실하게 이 사선에 대한
진의를 알 수는 없지만, 이것이 분명 조상의 영혼에 대한 숭배와 관련을
가지고 있다고 추측해 볼 수 있다. 고대 북방민족은 죽음을 눈앞에 둔 사
람의 "이마를 칼로 그어 피가 흐르게 하는 습속이 있었는데, 이것을 일컬
어 송혈루送血淚"라고 하는 습속(『삼조북맹회편三朝北盟會編』권3)이 전해오는데,
이러한 습속이 인면상에 보이는 세 개의 사선과 깊은 관련성을 가지고
있다고 보여진다. 샤만교에서는 사람의 영혼이 뼈대와 혈액 속에 존재한
다고 여겨 왔기 때문에 혈액에 대한 숭배는 바로 조상의 영혼에 대한 숭
배를 의미한다고 볼 수 있다. 그래서 "혈제血祭"는 샤만교의 중요한 습속
가운데 하나이다. 하지만 암각화에 혈액을 표현하기 어려웠던 원시 인류
는 조상의 영혼이 혈액 속에 존재한다는 관념을 표현하기 위해 "회의會意
적 방법을 동원하였다고 볼 수 있는데, 이른바 "회의"는 모종의 뜻을 문
자로 표현하기 어려울 경우 그 속뜻을 차용해 의미를 확대시켜 표현하는

방법이다.

고대 북방 민족 사이에는 "이면刎面"(칼로 이마를 긋다), 즉 "피눈물로 조상에게 제사를 지낸다以血泪祭祖先"는 습속이 있었다. 다시 말해서 칼로 이마를 긋는 "이면"을 통해 피血의 존재를 연상시켰다고 볼 수 있는데, 이것이 바로 예술적 언어를 창조하는 과정에서 사용된 일종의 "회의"적 수법이었다. 현재 "이면"에 대한 구체적인 역사적 기록은 보이지 않지만, 이 인면상에 보이는 세 개의 사선이 "이면"을 사실적으로 묘사한 것이라는 점은 틀림없어 보인다. 이를 통해 볼 때, 이마 위에 보이는 세 개의 사선이 피血를 상징하며, 이와 동시에 피血 속에 존재하는 조상의 영혼을 상징한다고 말할 수 있다. 따라서 이 인면상에 조상의 영혼을 숭배하는 의식이 함축되어 있다는 사실을 충분히 짐작해 볼 수 있다.

상술한 분석 내용을 통해, <그림 43> A화면에서 눈과 눈썹을 표현한 뱀 형상의 남근이 생식숭배와 깊은 관련이 있다는 사실을 엿볼 수 있으며, 여기에 남근을 상징하는 활과 화살弓箭의 의미를 함께 고려해보면 그 의미는 더욱 분명해진다. 다시 말해서 치아문양이나 이면刎面문양, 그리고 새문양 등이 모두 조상에 대한 숭배 관념을 표현한 것이고, 또한 조상의 영혼에게 자손의 번식을 기원하고자 했던 의미가 명백하게 드러난다.

이제 우리는 암각화에 보이는 예술부호의 숨겨진 의미를 밝혀냄으로써 암각화 뒤에 가려져 있던 원시문화의 오묘한 신비를 모두 밝힐 수 있게 되었다. 그동안 베일에 쌓여 있던 "비밀"이 벗겨짐에 따라 우리는 드디어 원시 인류의 심령과 마주할 수 있게 된 것이다.

비록 이렇게 인면상 암각화 가운데 무술적 의미가 충만해 있지만, 오늘날에 이르러서는 그 의미가 완전히 퇴색되어 버렸다. 하지만 샤만교의 전통은 여전히 우리 민족의 머릿속에 남아 문화적 전승을 이어나가고 있다…….

3. 영하寧夏, 신강新疆 인면상人面像 암각화 중의 생식숭배와 조상숭배의 부호 구성

1) 하란산賀蘭山 인면상 암각화 ─ 남녀 성기의 절묘한 조합

영하 은천 하란산의 산골짜기 가운데 그다지 높지 않은 산 절벽 중턱에 비교적 커다란 인면상 암각화가 새겨져 있는데, 사람의 마음을 설레게 할 정도로 뛰어난 예술효과를 지닌 작품성을 가지고 있다. 전체적인 측면에서 볼 때, 위는 둥글고 아래는 네모졌으며, 동그란 두 눈을 가진 머리 위에 가시 모양의 선이 보인다. 아래턱은 세 개의 타원형으로 구성되어 있으며, 콧구멍과 입은 다섯 개의 타원형이 맞붙어 있는 형태로 구성되어 있다. 그리고 귀 부위는 마치 두 개의 장식품처럼 보이며, 머리 위쪽 바깥 윤곽선은 12개의 선이 보인다(<그림 44>).

분명 이 인면상 뒤에 숨겨져 있는 의미는 상당히 복잡할 것으로 여겨지지만, 한 가지 분명한 점은 남녀 양성의 성기를 나타내는 남근과 여음으로 인면상을 구성하고 있다는 사실이다.

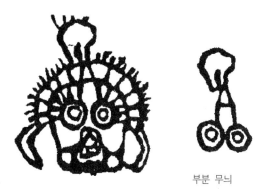

부분 무늬

〈그림 44〉 하란산(賀蘭山) 인면상(人面像)과 유사한 형상 영하(寧夏) 은천(銀川)

<그림 44>의 스케치는 우리가 단순화시켜 그려놓은 도형이다. 두 개의 동심원으로 구성된 험상궂은 눈은 한 쌍의 고환을 구성하고 있는데, 이는 남근의 위맹威猛을 상징하고 있으며, 두 눈에서 머리꼭대기 중심까지 선을 긋고 그 위에서 사선으로 교차시킨 선은 음경陰莖을 표현하였다. 머리꼭대기 윗부분의 마제형馬蹄形 형상은 여음女陰을 나타내는 부호로써 내몽고와 영하지역의 암각화에서 흔하게 보이는 장면이다. 러시아의 오극랍덕민과부奧克拉德民科夫는 마제형 암각화를 언급하면서 "이러한 '발굽蹄子'처럼 움푹 패인 형태를 주의깊게 살펴봐야 하는데, 이것이 마치 음도陰道를 묘사한 것처럼 보이기 때문이다."(유달림劉達臨, 『중국고대성문화中國古代性文化』, 영하인민출판사, 1993년판, p.63)고 밝혔다. 이를 통해 우리는 <그림 44>가 양성의 성교交媾를 표현한 것이며, 이와 동시에 남녀의 양성이 천지를 대표하여 천지의 교합을 표현한 것이라는 사실을 알 수 있다. 비록 문화적 의미에서 앞에서 서술한 "조어문鳥魚紋"과 유사한 점도 있지만, 분명히 서로 다른 점은 장엄한 신령의 얼굴을 원시 인류 눈앞에 드러내 보

임으로써 최상의 예를 다해 숭배해야 할 우상으로 자리매김시켜 놓았다는 점이다.

이 암각화의 핵심적 의미가 생식숭배라고 전제해 볼 때, 우리는 머리속에 한자의 "길吉"자를 떠올리게 된다. "길吉"자는 "사士"자와 "구口"자로 이루어진 글자로, "사士"자는 갑골문에서 ♁, ✦로 표기하고 있는데, 이에 대해 부도빈傅道彬은『중국생식숭배문화론中國生殖崇拜文化論』에서 일찍이 "사士자는 음도陰道의 상징이다. 이에서 의미를 확대하여 남자의 별칭이 되었다. …… 구口자는 당연히 여음女陰을 상징한다. 그래서 '길吉'자는 갑골문에서 ♁(鐵 1592.1期), ♁(前 7164.1期), (佚 48.3期)로 표기하고 있다. 이미 ♁이 남자의 성기라는 사실이 분명한 바에야 아래 부분의 ∀을 여음의 상징으로 봐도 무방할 것이다."고 언급하였다.

위의 설명을 통해 중국에서 "길상吉祥"의 길吉자가 남녀의 성교에서 출발했다는 사실을 엿볼 수 있다. 또한 이에 대한 문화적 원형을 하란산賀蘭山의 인면상에서 찾아볼 수 있으며, 그 기원이 무술과 생식숭배에서 시작되었다는 사실 역시 함께 살펴볼 수 있다.

하지만 이외에 인면상의 다른 부호들이 무엇을 의미하는지에 대해서는 우리가 한 번 탐색을 시도해 보는 수밖에 없다.

중국의 전통적 관념 속에서 정수리는 하늘을 상징하기 때문에 이른바 천정天庭이라고 하고, 아래턱은 땅을 상징하기 때문에 이른바 지각地閣이라고 한다. 그렇다면 이러한 논리에 입각해 보면, 하란산의 인면상은 "하늘은 둥글고 땅은 네모지다天圓地方"는 우주의 축소판이라고 할 수 있다. 천원지방이라는 말 가운데 "방方"은 정방형을 말한다기보다는 "대지의 평평"함을 의미(정문광鄭文光,『중국천문학원류中國天文學源流』, 과학출판사. 1979년판, p.203-204)하기 때문에 인면상의 평평한 아래턱과 서로 일치된다.

그런데 여기서 주목할 만한 점은 인면상 머리 위에 12개로 나누어진 반원형 윤곽 속에 담겨 있는 문화적 의미(원주선 위에 그어진 분할 점을 기준으로 삼음)이다. 필자가 보기에 이것은 천문에 대한 원시 인류의 관념이 형상적으로 표현된 것으로, 서쪽에서 동쪽으로 12등분한 황도黃道에 의거해 태양의 운행을 12개로 구분해 표시한 것으로 보인다. 이는 바빌론을 비롯해, 이집트, 희랍 등의 황도 12궁(宮 : 성좌)에 해당되며 서북아시아에서 유행한 가장 오래된 천상관天象觀이다.

"지地"로 대표되는 아래턱에 그려진 3개의 타원형은 아마도 제단祭壇을 상징하는 것으로 보인다. 일찍이 요녕성遼寧省 객좌현喀左縣 동산취여신묘東山嘴女神廟 초기 유적에서 이와 같은 타원형이 세 곳에서 발견되었으며, 중기 유적에서는 정원형正圓形의 제단이 발견된 것을 보면, 이 지역이 생식숭배의 성지였던 "사社"라는 사실을 엿볼 수 있다. "사社"의 형태와 구조는 단을 높이 쌓아올려 만든 형태로, "9층의 누대"나 혹은 "10층의 누대"를 가리킨다. 북방 민족의 아오바오(敖包 : 몽골인이 돌이나 흙, 풀 등을 쌓아올려 길이나 경계 표시를 한 것)와 유사한 형식의 제단으로 보면 된다. 인면상 가운데 콧구멍과 입 부위를 다섯 개의 타원형으로 묘사해 놓았는데, 이것은 아마도 "사社"를 의미하는 제단을 표시했을 가능성이 높아 보인다. 즉 생식숭배에 대한 원시 인류의 습속과 상징을 형상화 한 것이다.

인면상 양측면에 보이는 굽은 형태의 귀걸이 장식품은 동물의 다리처럼 보이는데, 이는 천주天柱를 상징하는 것으로 보인다. 한족漢族의 전설에 의하면, 천주는 자라의 네 다리로 만들어졌다고 하며, 『매갈梅葛』에 보이는 이족彝族의 전설에 의하면, "호랑이의 네 다리뼈를 이용해 하늘을 지탱하는 기둥으로 삼았다."고 한다. 그리고 하니족哈尼族의 사시史詩 『십이노국十二奴局』에서도 소의 다리뼈를 이용해 하늘을 지탱하는 기둥으로 삼았다고 하는 전설이 전해온다. 이러한 전설들은 상당히 오래되었기 때문에 우리가 위에서 살펴본 바와 같이 동물의 다리뼈로 하늘을 지탱하는 기둥을 만들었다고 하는 말은 상당히 근거 있는 주장이다.

인면상의 구도와 배치를 종합적으로 살펴볼 때, 원시 인류가 자신들의 마음속 욕구와 염원을 암벽 위에 생생하게 새겨놓았다는 사실을 발견할 수 있다. 즉 생식숭배를 토대로 "천지 기운이 쌓여 만물이 풍성하게 자라고, 남녀의 정기가 서로 얽혀 만물이 생기는 조화"를 바라는 원시 인류의 고심과 광적인 정감이 암각화의 거친 선을 통해 경건한 경배의 대상으로 여실히 드러나 있다.

2) 신강新疆의 인면상 암각화─늑대狼 토템과 남녀 성기의 예술적 구성

신강 호도벽에서 생식숭배와 생식무술이 매우 흥미롭게 조합된 한 폭의 인면상이 발견되었는데, 그 중에서도 사람들의 흥미를 끄는 인면상은 바로 윤곽이 동물의 하반신과 교묘하게 하나로 조합되어 있다는 사실이다<(그림 45)>.

또 하나 사람들에게 깊은 인상을 주었던 점은 인면상의 코와 동물의 수컷 성기가 교묘하게 하나로 합쳐져 있다는 사실이다. 이러한 화면은 분명 그림을 그린 사람이 심혈을 기울여 구상한 결과라고 볼 수 있다. 남성의 성기로 인면상의 코를 묘사하는 방법은 우리가 이미 앞 절에서 상세하게 서술한 바 있는데, 이것은 생식숭배의 대상이 여성에서 남성으로 바뀌었다는 사실을 보여주는 중요한 지표라고 할 수 있다. 이 생식숭배와 조상숭배를 표현하는 원시 인류의 예술부호가 등장하기 시작하였는

〈그림 45〉 수인면상(獸人面像). 신강(新疆) 호도벽(呼圖壁) 암각화.

데, 이러한 사실은 그 조합된 동물의 형상을 통해 증명된다.

만일 우리가 인면상과 조합된 동물에 대해 명백하게 이해할 수 있다면, 전체 화면에 대한 문화적 해석 역시 사리에 부합되게 설명할 수 있을 것이다.

필자가 연구한 바에 의하면, <그림 45>에 보이는 동물은 늑대의 종류이다. 이러한 필자의 주장은 내몽고 음산陰山 암각화의 늑대 형상과 비교해 볼 때 더욱 더 확신을 얻을 수 있다(<그림 46>). 더욱이 음산의 암각화에 보이는 늑대의 형상은 움직이는 방향을 비롯해 머리, 꼬리, 다리의 처리 방식 등이 모두 신강 수신인상獸身人像의 동물과 완전히 부합되고 있으며, 그 형상의 형태나 부호적 성격을 고려해 볼 때도 늑대 토템의 상징이라고 인정하지 않을 수 없다.

민족사와 문화사 연구를 통해서도 고대 서북지역의 돌궐어족突厥語族에 속하는 각 민족(돌궐, 오구즈烏古斯 : 투르크족, 고차高車, 오손烏孫, 위그루維吾爾, 하사크哈薩克, 카알크스柯爾克玆 등)이 모두 공통적으로 늑대를 주요 토템으로 숭배했다는 사실을 알 수 있다. 따라서 이를 근거로 볼 때도 이에 대한 명

〈그림 46〉 이리 형상. 내몽고 음산(陰山) 암각화.

칭과 숭배가 이미 상당히 오래 전부터 전해오고 있다는 사실을 알 수 있다.

오손족 사람들 사이에서는 늑대가 그들의 곤막昆莫(오손족의 왕)을 구해서 젖을 먹여 키웠다는 전설이 전해온다. 『한서漢書‧서역전西域傳』의 "오손烏孫" 조에 오손의 이름을 "부리附離"의 곤막왕이라고 기재하고 있으며, 『수서隋書‧돌궐전突厥傳』과 『통전通典‧돌궐전突厥傳』 등에는 가한可汗의 이름을 "부리拊離", "보리步利", "부린附隣" 등으로 불렀다는 기록이 보인다. 이러한 말은 모두 돌궐어 bori에 대한 대음對音으로써 그 뜻은 늑대狼라는 의미를 가지고 있다.

이외에 고차족高車族 사람들에게는 여자와 수컷 늑대가 교배하여 그 시조가 탄생했다는 신화가 전해오며, 돌궐족 사람들에게는 남자와 암컷 늑대가 교배하여 그 시조가 탄생했다는 전설이 전해 온다. 그리고 돌궐족과 위구르족 모두 늑대의 머리를 그린 깃발을 사용했는데, 이러한 사실을 그들이 늑대를 토템으로 숭배했다는 사실을 설명해 주는 것이라 하겠다. 특히 돌궐족의 귀족들은 매년 고창국高昌國 서북쪽에 있는 산에 모여 늑대조상에게 제사를 올렸다고 한다.

이상의 역사적 사실을 근거로 고려해 볼 때, 초보적 결론은 늑대와 사람의 얼굴이 결합된 암각화가 바로 늑대를 토템으로 삼았던 돌궐어족에 속하는 각 민족이 자신의 조상을 그림으로 형상화한 것으로 볼 수 있다. 인면상의 형태로 볼 때, 불거진 광대뼈와 넓은 얼굴의 몽고족 특징이 그대로 드러나 보인다. 그러나 또한 움푹 패인 눈과 높은 코의 특징은 동서방의 혼혈 민족에게서 보이는 특징이라고 할 수 있는데, 이는 아마도 오손인烏孫人이나, 혹은 동방으로 건너온 귀방족鬼方族(즉 고차족高車族이나 정령족丁零族의 선조)의 문화적 유산이 아닌가 싶다.

그렇기 때문에 이 인면상은 바로 늑대토템을 숭배했던 돌궐어족에 속하는 각 민족이 자신의 조상과 생식을 숭배하는 과정에서 남겨 놓은 문화적 유산으로 볼 수 있다. 여기서 명백한 사실은 수컷의 성기를 코로 대신한 이 인면상 역시 민족의 자손 번식을 주관하는 생육신과 보호신의 축복을 비는 상징으로 표현되었다는 점이다.

4. 하란산 암각화의 생식숭배 예술부호와 문화적 의미 해석

영하 하란산賀蘭山의 암각화 중에 "모자도母子圖"로 불리는 암각화가 있는데, 그 암각화 가운데 표현된 내용과 예술적인 풍격으로 볼 때, 수렵이나 방목을 표현한 다른 암각화들과는 완전히 다르며, 또한 다른 인면상과도 커다란 풍격의 차이를 보인다. 이 뿐만 아니라, 원시적인 색채가 농후해 특별히 사람들의 주목을 받고 있다(그림 47). 암각화 가운데 크고 작은 두 사람의 인물(혹은 사람과 유사한) 형상이 보이는데, 큰 사람이 앞에 있고 작은 사람이 뒤에 있어 예술적인 측면에서 전자는 추상적 색채가 강한 반면 후자는 사실적 측면이 강하게 보인다. 그리고 또 하나 주목할 만한 점은 양자 사이에 서로 상통하는 부분이 있다는 사실이다. 즉 그들 두 사람의 행동이 상당히 유사해 보이는 것을 보면, 분명 그들 사이에 모종의 긴밀한 내재적 연계가 존재한다는 것을 알 수 있다. 이중에서 사람들에게 깊은 인상을 남겨주는 것은 전자의 형상이다. 그 첫 번째 특징은 독특한 두부頭部처리 방식으로 일반적인 암각화와 다르게 대담하게 예술적으로 처리해 두부에 큰 눈 두 개만 남겨두고 나머지 부분을 모두 생략해 버렸다는 점이다. 두 번째 특징은 간략하게 몸과 사지 구조만 선으로 처리하고 그 나머지 부분을 모두 생략해 상징적 의미가 두드러지게 보이며, 동작 또한 어색할 정도로 팔을 옆으로 벌려 위로 들어 올리고 두 다리를 벌리고 있어 전체의 모습이 "와영蛙泳(개구리가 헤엄치는 모습)"과 많이 닮아있다.

그렇기 때문에 만일 우리가 마음속으로 모종의 어떤 상상을 해 본다면, 그것은 바로 "청와靑蛙"의 모습일 것이다. 그리고 여기서 한 걸음 더 나아가 대담하게 판단해 본다면, 그 암각화의 주인공은 당연히 원시 인류가 경건하게 숭배했던 와蛙 토템신이라고 할 수 있다. 그 이유는 마가요馬家窯문화에서 발굴된 채도彩陶 중에서도 여러 가지 변형된 와문蛙紋이 반복적으로 등장하고 있기 때문이다. 양자의 닮은 형태를 볼 때, 그들이 하나의 씨족문화에 속하는 무리가 아니었나 하는 의심이 들 정도이다. 혹시 이러한 주장이 당혹감을 느끼게 할 수도 있지만, 만일 우리가 이를 자세히 비교 분석해 본다면 전형적인 와蛙 토템신의 형식을 취하고 있다는 사실을 발견할 수 있다. 또한 이와 같은 형식은 채도 와문蛙紋에도 기본적인 형태를 구성하고 있다<그림 48>.

〈그림 47〉 모자도(母子圖). 하란산(賀蘭山) 암각화.
주의 : 와신蛙神숭배를 나타내며 생육과 비를 구하는 무술巫術적 기능을 갖추고 있다.

만일 우리가 조금 더 유심히 관찰해보면 이와 같은 전형적인 와蛙토템 형식이 이미 표준화되어 있다는 사실을 어렵지 않게 발견할 수 있다. 이러한 특징은 이미 앞에서 살펴본 마가요 문화의 채도에서도 반복적으로 등장하는 여러 가지 와문이 거의 천편일률적으로 도식화되어 있다는 사실이 이를 뒷받침해 준다. 더욱이 이처럼 도식화된 기본 형식이 마치 "주선율主旋律"처럼 반복적으로 나타나는데, 그 형태 역시 양쪽 팔을 벌려 위로 들어 올리고 힘없이 주저앉아 있는 형상을 취하고 있으며, 또한 다섯 개의 손가락과 발가락을 벌리고 있는 모습은 마치 개구리의 물갈퀴처럼 보이며, 전체의 윤곽선이 강한 장식적 효과를 주고 있어 매우 생동적인 느낌을 주고 있다.

또한 사람의 시선을 집중시키는 부분은 와문蛙紋 두부頭部에 대한 예술적 처리 방식이다. 대체로 세 가지 방식을 보여주고 있는데, 그 첫 번째는 두부를 마름모菱形, 혹은 원형圓形으로 묘사해 놓았다는 점이고, 두 번

〈그림 48〉 마가요(馬家窯)문화. 채도(彩陶)상의 와문(蛙紋).

째는 두부가 없는 경우이며, 세 번째는 두부에 오직 두 개의 큰 눈만 표시해 놓았다는 점이다. 하란산의 "모자도母子圖"에 보이는 두부의 형태는 세 번째 경우에 속하는데, 이와 같이 눈을 가지고 두부頭部를 표현한 방식은 바로 당시의 원시 인류가 청와靑蛙의 본질적 특징을 포착혜 그린 것이라고 볼 수 있다.

　이와 같은 예술적 표현은 아주 예외적인 것으로, 이는 분명 원시 인류의 사유를 반영한 결과로 볼 수 있다. 원시 인류의 "주의력은 주로 영구적인 성격을 지닌 어떤 특징에 집중하는 특성을 가지고 있는데, 이러한 특징이 매우 두드러지며, 또한 대표적인 성격을 갖추고 있다. 그래서 대표적인 성격이나 혹은 두드러진 특징이 없는 곳은 종종 생략하고 표현하지 않았다."(프란츠 보아스Franz Boas, 『원시예술』, 상해문예출판사, 1989년판, p.65)

는 말처럼 원시 인류는 개구리의 큰 눈을 적극적으로 과장하고 나머지 부분은 과감하게 생략해 버렸다.

그러나 우리가 여기서 한 가지 반드시 주의해야 할 점은 원시 인류의 눈에 이른바 "영구적인 성격의 특징"과 오늘날 화가들의 눈에 비치는 판단이 결코 같지 않다는 사실이다. 후자는 예술적 입장에서 출발한 것이고, 전자는 종교적인 입장에서 출발한 것이기 때문이다. 원시사회에서 그 어떤 영역도 종교적 색채가 가미되지 않은 것이 없었다는 사실을 주지할 필요가 있다.

이렇게 우리가 보다 깊이 있게 이해하고 넘어가야 하는 이유는 암각화의 형성이 다음과 같은 예술풍격에 기인하고 있기 때문이다. 근본적인 측면에서 그 원인을 살펴보면, 예술이 아닌 종교적 측면에서 출발했기 때문이다. 조금 더 구체적으로 말하면, 일종의 원시 종교라고 할 수 있는 샤만교의 눈에 비친 예술에서 출발하고 있기 때문이다.

샤만교는 일찍이 중국의 북방 지역에서 광범위하게 유행했던 원시 종교로써 주로 동북지역의 서북 변경지역인 조아이태어계만操阿爾泰語系滿, 즉 퉁구스通古斯, 몽고, 돌궐어족을 비롯해 북아메리카의 에스키모, 인디안, 오스트레일리아 토착민의 원시종교에 이르기까지 모두 이 계열에 속한다.

장광직張光直 선생은 "중국의 고대문명은 이른바 샤만shamanistic 문명"장광직張光直, 『고고학전제육강考古學專題六講』이라고 주장하였다. 또한 그는 샤만교가 매우 특수한 골격식骨骼式의 예술형식을 가지고 있다고 지적하였는데, 어떤 학자는 이를 "X광선의 투시"식 예술이라고 일컫기도 하였다. 그 특징이 마치 전신의 골격을 X광선으로 투시한 것처럼 기이하고 신비로운 느낌을 주기 때문인데, 이 부분은 이미 제1장 제3절 중에서 우리가 언급한 바 있다.

감숙성에서 출토된 마가요문화 중에서 반산유형에 속하는 채도분彩陶盆에서 인체의 뼈대를 그린 골격식骨骼式 형상이 보인다. 마치 춤을 추고 있는 듯한 형상 아래에서 화염이 활활 타오르고 있는 모양인데, 필자가 보기에 이 형상은 원시 인류가 비를 기원하는 구우求雨적 무술로 판단된다. 갑골 복사卜辭 중에 "교烄"자가 보이는데, 이는 "마치 불 위에 사람이 서 있는 듯한 형상으로 땀이 비 오듯 흘러내리는 모양이다." 또한 문헌상에도 "분무焚巫"하는 구우求雨적 무술巫術이 기록되어 있어 위의 내용을 뒷받침해준다(<그림 49>).

〈그림 49〉 골격(骨骼) 형태의 사람 형상. 마가요문화 반산(半山)유형의 채도분(彩陶盆).

만일 우리가 <그림 49>의 예술풍격을 감상하다보면 하란산의 암각화에 묘사된 와신蛙神의 형상과 너무나도 닮아있다는 생각이 불현 듯 떠오르게 될 것이다. 사람의 머리를 동그라미로 간단하게 처리하는 동시에 뼈대 역시 단선으로 간단하게 처리했는데, 이러한 수법은 하란산 암각화의 와신蛙神과 동일한 방식으로 처리되어 있다. 단지 양자의 차이점은 두부頭部 처리에 있어서 하란산 암각화의 두 눈이 더 크게 그려져 있다는 점이다. 하지만 자세히 살펴보면 그 이유를 명백하게 이해할 수 있다. 두 개의 큰 눈이 두드러져 보이는 것은 바로 정면에서 청개구리靑蛙를 바라보았기 때문이다. 그래서 암각화의 와신蛙神 역시 "X광선의 투시"식 예술이라고 말하는 것이며, 이 또한 당연히 샤만식 예술의 범주에 속한다.

그렇다면 샤만예술은 무엇 때문에 인물을 이렇게 기이한 골격식骨骼式으로 표현했단 말인가? 그 이유는 그들이 인류나, 혹은 동물의 영혼이 뼈 속에 머문다고 생각했기 때문이다. 얼굴 역시 뼈대 속에서 반복적인 재생을 통해 새로운 생명은 얻을 수 있다고 생각하였다. 그렇기 때문에 "샤만의 관념 속에서 육신과 복식服飾은 모두 그 다음이며, 오직 뼈대가 있어야 진정한 의식을 구현할 수 있다고 여겼다. 샤먄은 혼미한 의식 속에서 의식을 거행할 때 자신이 느끼는 생각과 느낌을 예술적 형식을 빌려 표현했는데, 그때 영혼의 존재, 즉 뼈대骨骼를 그리기만 하면 되었다."(손기강孫其剛, 『신기한 샤만교 골격식 예술神奇的薩滿敎骨骼式藝術』, 『문물천지文物天地』, 1990년판 제6기)

그래서 원시 종교 예술가(그림을 그린 사람 본인이 바로 무사巫師일 가능성이 높다)의 눈으로 본 "영구적인 성격의 특징"이 바로 영혼을 재생할 수 있는 뼈대였던 것이며, 하란산 암각화에 보이는 와신蛙神의 독특한 예술적 풍격 역시 이러한 관념으로부터 영향을 받았다고 볼 수 있다. 더욱이 지금까지도 골격식 풍격을 지닌 암각화가 하란산에서 발견되고 있고, 음산陰山의 암각화 중에서도 하란산의 와신 형태와 유사한 형상을 볼 수 있다는 점을 고려해 볼 때, 이 역시 샤만교의 골격식 예술로서 볼 수 있다. 와신蛙神에 대한 숭배를 표현한 것이라고 한다면, 예술적 측면에서도

하란산의 암각화와 깊은 연관성을 가지고 있다고 말하지 않을 수 없다
(<그림 50>).

〈그림 50〉 골격 형태의 사람과 유사한 형태의 와신(蛙神). 내몽고 음산 암각화

앞에서 우리는 이미 직관적인 측면에서 하란산 암각화의 내용에 대해
"와신蛙神"이라는 판단을 내렸다. 이어서 우리는 아래와 같이 토템의 발
전사 측면에서 이 점에 대해 살펴볼 필요성이 있다.

일반적으로 토템발전사 측면에서 볼 때, 최초의 토템숭배는 모두 순수
한 동식물숭배, 혹은 자연에 대한 숭배로부터 시작되었다고 보고 있으며,
예술적인 표현에 있어서도 처음에는 살아있는 듯한 사실적 묘사가 대부
분이었지만, 토템을 신봉하던 시대에서 혈연관계를 지닌 씨족사회로 전
환되는 시기로 접어들면서 토템의 풍격 역시 변화의 과정을 거치게 되었
다. 처음에 동식물을 인격화한 반인반수半人半獸, 혹은 환상 속의 동물이

등장하였는데, 만일 우리가 <그림 51> 가운데 보이는 와문의 변화 발전
과정을 살펴본다면, 이러한 변화의 맥락을 충분히 엿볼 수 있다.

앙소仰韶문화의 반파半坡유형이나 묘저구廟底沟 시기의 와문蛙紋 형상은 기
본적으로 사실적인 표현이나, 혹은 상징과 사실적 표현의 중간 형태를
보여주고 있으나, 마가요문화 시기에 이르면 동물의 의인화나 반인반수
형태가 점차 강하게 나타나면서 주도적 풍격을 형성하게 되었다. 이와
동시에 점차적으로 사실적 표현이 배제된 상징적 표현이 등장하기 시작
하였다. "이것은 씨족제氏族制가 농업경제를 토대로 건립되었던 까닭에 인
류와 동물의 관계가 이미 수렵시대만큼 밀접하지 않았다. …… 그래서 이
시기에 이르러 토템물의 묘사는 고정된 형태를 벗어나 간단하게 생략된
상징적인 문양으로 전환되었다."(잠가오岑家梧, 『토템예술사圖騰藝術史』)

이를 통해 우리는 하란산 암각화에 등장하는 "와신蛙神"의 형상이 이미

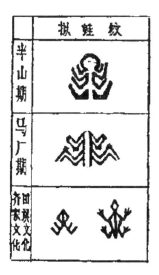

〈그림 51〉 와문(蛙紋)과 와문을 모방한 변화 형태. 채도(彩陶) 문양).

상징성을 지닌 의인화, 혹은 반인반수의 형태로 나타나는 현상을 어느 정도 규명해 볼 수 있다. 즉 형상의 구조는 사람과 비슷하지만 개구리와 비슷한 동작을 보이고 있고, 손은 개구리의 물갈퀴처럼 보이지만 다리는 사람처럼 보이는데, 이를 근거로 보면 이 와신蛙神 암각화는 대체로 신석기 말기에 해당하는 마가요문화 후기 유형과 상당한 유사점을 보여주고 있다. 예술적 풍격으로 구분해 볼 때, 이 암각화는 당연히 와문蛙紋계통의 범주에 속한다고 할 수 있다(<그림 51>).

여기서 떠오르는 한 가지 의혹은 앙소문화 반파유형이래로 원시 유물에서 와문蛙紋이 반복적으로 묘사되거나 혹은 추상적 와문蛙紋이 출현하는데, 이것이 개구리를 토템으로 숭배했던 씨족이 원시시대에 존재했었다는 사실 이외에도 광범위한 지역에 전해오는 여와신화女媧神話와 깊은 관련성을 가지고 있는 것이 아닐까하는 점이다. 만일 이와 같다고 한다면, 하란산의 와신 암각화 역시 예외가 아니라고 본다.

일찍이 어떤 학자는 중국에서 개구리 토템이 앙소문화시기부터 시작되었으며, "이른바 여산驪山의 여와씨女媧氏와 관련된 개구리 토템이 채도분彩陶盆 위에 사실적으로 그려져 있다."(『여산 여와풍속과 그 연원驪山女媧風俗及其淵源』, 협서성민예회편陜西省民藝會編, 『민속연구民俗研究』)고 주장하였다. 한편 곽말약郭沫若은 고증을 통해 갑골의 "䵷"자가 바로 "여와女媧"를 가리킨다고 주장하였다. 『설문』에서는 "와媧는 옛날의 신성神聖한 여자로써 만물을 창조한 사람이다."고 하였다. 양곤楊堃 선생은 "와媧"자와 "와蛙"자가 같이 쓰이는 까닭에 여와女媧는 와蛙를 토템으로 신봉하는 씨족의 여족장(양곤楊堃, 『여와고女媧考』, 『민간문학논단民間文學論壇』, 1986년 제6기)이라고 주장하였는데, 이에 대해 하성량何星亮 선생은 『토템과 신의 기원圖騰與神的起源』 중에서

"와媧"는 "와蛙"로 봐도 의심할 여지가 없다고 더욱 명확하게 주장하였다. 그리고 "여女"자와 "자雌"자의 의미가 같기 때문에 "여와女媧"는 바로 "자와雌媧"의 의미를 가지고 있다고 주장하였다. 따라서 여와女媧는 원래 와蛙토템의 신으로 숭배되었으나 후에 "여와女媧"로 변했다는 사실을 짐작해 볼 수 있다. 여와에서 보이는 "여女"자는 그녀의 몸에 모계씨족사회의 흔적이 여전히 남아 있다는 사실을 밝혀주는 근거라고 하겠다.

개구리蛙와 비의 관계에 대해서 원시 인류는 신비롭게 생각하였는데, 이는 비와 개구리의 행위 사이에서 일어나는 인과관계를 알지 못했기 때문이다. 이 때문에 농경사회로 접어들어 개구리蛙는 원시 인류의 숭배와 토템의 대상으로 섬겨지게 되었는데, 이 역시 당연한 결과라고 하겠다. 그래서 와신蛙神, 혹은 여와女媧 역시 장마와 가뭄을 주관하는 대신大神으로서 숭배의 대상이 되었으며, 사람들 사이에 그녀에게 비를 기원하는 풍속이 수 천년동안 전해 내려오게 되었던 것이다.

만일 우리가 여기서 다시 암각화의 와신蛙神 뒤에 보이는 작은 사람에 대한 문화적 의미를 되짚어 본다면, 아마도 우리 눈에 와신蛙神숭배를 표현한 것이며, 또한 와신蛙神에게 비를 기원하는 강우도降雨圖, 혹은 생육도生育圖의 의미를 지니고 있다는 사실을 깨닫게 될 것이다. 여기서 언급되고 있는 와신蛙神이 혹시 여와女媧의 원시적 모습일 수도 있기 때문이다. 우리는 이미 앞에서 이 와신 뒤에 보이는 사람과 와신蛙神의 닮은 점, 그리고 그 차이점에 대해 언급한 바 있다. 그들 양자의 기본적인 동작이 매우 유사해 보인다는 것은, 문화적 의미에서 모종의 소통을 표시한 것으로 볼 수 있다. 그러나 그들 사이에는 크고 작다는 점 이외에도 예술적인 풍격에서 명확한 차이를 보이고 있는데, 즉 "작은 사람"의 풍격은 사실적인 측면이 강해 두부頭部와 전신의 비례가 대칭을 이루며 흉부의 윤곽이 풍만하게 묘사되어 있다. 특히 그의 몸 전체 동작은 그가 와신蛙神을 모방해 개구리와 같이 뛰면서 춤을 추는 토템무圖騰舞의 자세를 보여주고 있는데, 그 동작의 규칙성은 전형적인 "와형蛙型을 취하고 있다. 다섯 손가락을 펴고 있는 모습은 개구리의 물갈퀴와 유사하며, 몸의 자세 역시 "와영蛙泳의 형태를 취하고 있다. 머리 부분의 장식은 분명 오늘날 샤만 무사巫師가 머리 위에 풀어헤친 변발이나 혹은 가죽, 천 조각 등을 흩날리며 춤을 추는 형상을 하고 있다. 이에 대해 어떤 이는 오늘날 서북지역 황토 고원의 농민들이 비를 구할 때 머리에 나뭇가지를 묶는 것과 같은 형상이라고 말하기도 한다. 종합해 보건데, 이는 분명 일종의 무사巫師가 분장한 모습이라고 할 수 있다. 특히 전신이 나체인 모습은 일부 농민들이 비를 구할 때, 혹은 무사가 법술을 부릴 때 몸에 실오라기 하나 걸치지 않는 관습과 그다지 차이가 없어 보인다. 따라서 이 도형은 분명 일종의 무술적 주술의식을 표현한 것이라고 볼 수 있다.

스펜서와 길렌은 오스트레일리아 원시 부락의 토템의식에 관한 상황을 묘사하면서 "등장인물이 신비한 조상의 동작을 모방하는데, 이 조상이 하나의 중개자로써 토템집단이 그와 자신의 토템을 통해 서로 결합된다. 그런 까닭에 그는 이 토템에 대해 신비한 영향을 끼치게 된다."(Spencer and Gillen : The Naitive Trines of Central Australia)고 언급한 바 있는데, 이 역시 오늘날 신들린 북방의 샤만 무사가 춤을 출 때 "춤은 대부분 각종 동물이 뛰거나 나는 자세를 모방하는데, 마치 여러 신령과 정령이 몸에 붙은 듯하다."(오병안吳丙安, 『신비한 샤만세계神秘的薩滿世界』)는 정경과 일맥상통한다고 볼 수 있다.

모방 자체가 바로 무술의 중요한 수단 가운데 하나이기 때문에, 이를 통해 순조로운 비바람을 기원하고 가뭄과 재해를 예방해 농사의 풍년과 자손의 번창을 바라는 목적을 달성하고자 한 원시 인류의 의도가 그 바탕에 깔려 있다고 추측해 볼 수 있다.

또한 우리는 광서성廣西省 화산花山의 암각화에서도 춤추는 와신蛙神의 모습을 모방한 장면을 엿볼 수 있는데, 그 춤의 자세가 하란산 암각화에서 보이는 형상과 거의 차이를 보이지 않는다(<그림 52>).

〈그림 52〉 광서성(廣西省) 화산(花山) 암각화.

이외에도 앙소문화시기의 반파유형 강채姜寨에서 채도 위에 와문을 의미하는 "卄"(문물출판사文物出版社, 『강채姜寨』)가 발견되었다.

더욱 흥미로운 점은 후에 등장한 마가요문화의 채도배彩陶杯 위에서도 이와 똑같은 형태의 와신蛙神 무형舞形이 발견되었다는 사실이다(<그림 53>). 이것은 절대로 우연이라기보다는 분명 문화적 의미에서 일맥상통하는 모종의 연원관계가 있다고 여겨진다.

이와 같이 "와신蛙神 형식"의 반복적 출현은 추측해보건대, 농경활동을 하던 원시 인류에게 절대로 없어서는 안 되는 일상적인 종교 활동과 심리적 반영에서 비롯되었다고 볼 수 있다. 그렇기 때문에 이와 같은 예술

형식 가운데 하나의 조형으로 자리 잡게 된 것이며, 또한 수천 년 동안 광범위하게 유전되면서도 변하지 않은 것이라고 볼 수 있다. 이것은 원시예술의 발전 규칙을 충분히 보여 준 예로서 "인류의 예술품 중에서 규칙성이라는 특징을 관찰할 수 있다. 어떤 독특한 예술형식이 확정된 후에 그 형식은 새로운 예술 활동에 대해 강제적으로 영향을 주게 되는데, 이러한 영향을 오랫동안 지속적으로 받게 되면, 그 예술표현은 고정된 양식을 형성하게 된다."(프란츠 보아스Franz Boas, 『원시예술原始藝術』)

이러한 와문의 고정된 형식이 예술장식으로 이용 될 때 강렬한 종교적 느낌과 무술적 심리 충동을 일으키게 한다.

〈그림 53〉 채도배(彩陶杯). 마가요(馬家窯)문화 미창(馬廠)유형. 감숙성(甘肅省) 영창(永昌) 출토.

이러한 힘이 나오는 것은 그 예술 형식에 의한 것이라기보다, 이러한 장식이 갖추고 있는 문화적 의미가 일으키는 일종의 관념적 효과가 더 중요하다고 볼 수 있다. 그렇지만 이러한 효과는 오직 모종의 문양에 대한 해석과 그것이 대표하는 의미가 이미 사람들의 머릿속에 굳게 자리한 후에 비로소 보편적 현상으로 나타나게 된다. 따라서 이러한 상징주의적 예술은 "매우 안정적이고 통일된 문화적 배경을 요구하는 까닭에, 이러한 문화적 배경은 오직 사회구조가 지극히 단순한 민족 가운데 존재하게 된다."(『원시예술原始藝術』)

그래서 어느 곳이나 원시 농업사회처럼 이렇게 간단한 사회구조를 가지고 있을 때, 그곳에 와신蛙神형식과 같은 예술적 토양이 존재한다고 볼 수 있다. 비록 시간적으로 수천 년의 거리가 있었지만, 한대漢代에 이르러서도 여전히 와신蛙神 여와女媧에게 비와 생육을 기원하는 의식이 전해지고 있었다. 즉 "오래도록 비가 내리지 않으면 사社를 쌓고 여와女媧에게 제사를 지냈다."(한 대漢代, 『논형論衡·순고편順鼓篇』) 이외에 북아메리카의 인디언들도 우신雨神, 즉 와신蛙神을 숭배하는 전통이 내려오고 있었는데, 이러한 전통은 비록 거리상 하란산 암각화와 멀리 떨어져 있었지만, 그 안에 담겨 있는 문화적 의미는 서로 일맥상통하고 있다. 전하는 바에 따르면, 그들 역시 앙소문화를 일으킨 원시 인류의 후손이라고 한다. <그림 54>는 바로 인디안의 와신蛙神, 즉 우신雨神을 가리키며, 이와 같은 양식은 중국의 원시시대 와신蛙神 양식과 지극히 유사해 보인다. 특히 "제가문화齊家文化"의 유형(<그림 51>)에 더욱 가까워 보이는데, 이 점이야말로 분명 의미심장한 의미를 지니고 있다고 하겠다.

이와 같이 인디언의 와신 숭배는 우리가 하란산의 암각화를 이해하는데 있어, 부족한 역사 자료의 측면을 어느 정도 보완해 줄 것이라 믿는다.

프레이저Frazer는 『금지金枝』 가운데에서 비를 기원하는 세계 각 지역의 구우求雨의식에 관해 열거해 놓았는데, 재미있는 사실은 그 중에서 오직

〈그림 54〉 인디언(Indians)의 와신(蛙神). 입술 앞으로 나와 있고, 머리위에는 상서로운 구름이 있는 형상.

인디언의 구우求雨 의식만이 와蛙와 관련을 맺고 있다는 점이다. 그래서 그는 "청개구리와 두꺼비는 물과 깊은 관련이 있는 까닭에 빗물을 관리하는 자라는 명성을 얻게 된 것이며, 아울러 하늘에 비를 기원하는 무술적 행위 가운데 중요한 각색을 담당하게 되었던 것이다. 오리노코Orinoco 인디언 가운데 두꺼비를 물의 신, 혹은 물의 주인으로 섬기는 씨족이 있었으며, …… 전하는 바에 의하면, 아이마라Aymara 인디언은 항상 청개구리, 혹은 기타 물에 서식하는 동물의 형상을 만들어 산 정상 위에 올려놓고 비를 기원하는 주술의식을 거행하였다."고 언급했는데, 이것은 분명 인디언들이 중국 대륙에서 동쪽으로 이주할 때 함께 가지고 간 옛 습속이 그대로 유전되어 내려온 것이라고 볼 수 있다. 개구리의 조각상을 산 정상 위에 올려놓고 비를 기원하는 주술 행위는 하란산 암각화에 보이는 와신蛙神 숭배와 완전히 일치된 문화적 심리를 보여주고 있어, 혹여 같은 뿌리에서 나와 계승되어 온 것이 아닌가 하는 생각이 든다.

여기서 언급하고자 하는 또 한 가지는 원시시대 암각화에 등장하는 사람과 동물의 관계, 혹은 사람과 신의 관계로서 "사람人"은 종종 아주 작게 그리는 반면, 동물과 신은 아주 크게 그려 서로의 차이가 두드러지게 나타난다는 사실이다. 이러한 특징은 바로 인류가 처해 있던 당시에 심리적 처지를 반영한 것으로, 신비한 자연계에 대한 공포감과 자신의 무기력함을 표현하기 위해 원시 인류는 사람을 작게 그려 자신의 겸허함을 표현하고자 했던 것으로 볼 수 있다.

만약 우리가 위에서 서술한 해석이 옳다고 한다면, 하란산 암각화에 보이는 개구리 형상과 사람의 관계를 "엄마와 아들", 혹은 "신과 사람"의 관계로 말하기보다는 "천신天神"과 "인신人神 무사巫師"의 관계로 해석하는 것이 보다 합리적일 것이다.

여기서 한 가지 더 강조할 점은 와신蛙神이 원시 인류의 마음속에 자리한 "우신雨神이었다는 사실 이외에도 생식신生殖神의 지위에 있었다는 점이다. 암각화에서 와신蛙神의 복식이나 근육은 표현하지 않고 오직 생식기관만 두드러지게 과장한 것은 바로 원시 인류의 강렬한 생식숭배 의식을 상징적으로 표현한 것이라 볼 수 있다.

개구리가 생식의 신으로 원시 인류의 경배를 받게 된 가장 중요한 원인은 아마도 그 배속에 많은 알을 품고 있어 번식력이 강하다는 이유에서 비롯되었다고 보여진다. 즉 무술적 심리 측면에서 개구리가 인류의 번창을 가져다 줄 수 있는 신비한 능력을 가지고 있다고 믿었던 것이다. "개구리는 원시인류에게 여성의 생식기관을 상징한다고 여겨졌다. 즉 자손을 잉태할 수 있는 자궁子宮으로 여겨져 와문 아랫부분에 일부러 음문女子의 생식기을 상징하는 둥근 원을 그려놓은 채도가 발견되기도 한다."(조국

華趙國華, 『생식숭배문화론生殖崇拜文化論』) 여기서 우리는 하란산 암각화의 와문 숭배관이 보다 더 직접적으로 표현되었다는 사실을 어렵지 않게 발견할 수 있다. 일찍이 옛 사람들은 여자의 음문을 "와구蛙口"라고 불렀는데, 이 는 와구蛙口가 인류 번식의 원천이라고 여겼기 때문이다. 그래서 우리가 하란산 대맥지大麥地 암각화에서 엿볼 수 있듯이, 여자의 음문을 상징하는 둥근 원 위에 두 개의 개구리 다리를 덧붙여 생식과 번식에 대한 원시인 류의 기대와 희망을 사람들의 눈앞에 직접 펼쳐 놓은 것이라 본다(<그림 55>).

이처럼 개구리가 우신雨神과 생육신生育神을 겸하고 있는 상황은 여와女媧 에게서도 찾아볼 수 있다. 앞에서 우리가 이미 언급한 바와 같이 여와는 장마와 가뭄을 주관하는 신이다. 그러나 여기서 잊지 말아야 할 점은 여 와가 "자와雌蛙"의 의미를 가지고 있다는 사실이다. 즉 여성 생육신의 의 미도 함께 가지고 있다는 점이다.

전하는 바에 의하면, 베트남에서도 커다란 음문이 새겨져 있는 여와의 신상神像을 모신다고 하는데, 이러한 형상은 <그림 55>에서 여음 위에 개구리 다리가 있는 도상圖像과 매우 흡사하다. 여와女媧, 여음女陰, 그리고 와蛙 사이에는 불가분의 관계를 가지고 있기 때문에 여와가 지고무상至高 無上한 생식신의 자리에 오르게 된 것이라 볼 수 있는데, 이 점에 관해서 는 사적史籍 중에서도 그 관련 내용을 찾아볼 수 있다. "여와 신사에서 기 도하며, 신에게 자신을 중매로 임명해 달라고 하였다"(『노사후기路史後記』).

〈그림 55〉 와형(蛙形)의 여음(女陰) 부호. 영하(寧夏) 하란산 대맥지(大麥地) 암각화.

이로써 여와女媧가 와신蛙神과 마찬가지로 생식신의 지위를 가지고 있었다는 사실은 이미 명백해졌으며, 중국의 고대문화 속에서 하란산 암각화 화신이 차지하는 근원적 지위를 가늠할 수 있게 되었다. 남방의 동고銅鼓를 비롯해 화산花山의 암각화, 혹은 서북 민족의 신화와 전설, 혹은 동북 지역의 샤만예술 등에서 모두 와신 숭배의 정황이 보이고 있는 것처럼 와蛙문화는 호랑이虎문화, 용龍문화, 봉鳳문화와 함께 중국의 고대문화를 형성하는 중요한 요소 가운데 하나라는 사실을 알 수 있다.

하란산의 와신蛙神 암각화는 고대인들과 우리 현대인을 정신적으로 이어줌으로써 서로 생소함에서 벗어나 익숙해지게 되었는데, 이는 마치 굵고 단단한 고리처럼 현대와 고대, 그리고 중국의 각 민족을 서로 끈끈하게 이어주는 역할을 하였다. 이러한 문화와 예술적 가치는 우리의 시야가 넓어질수록 그 분량의 무거움도 더욱 깊게 느껴지게 한다.

5. 원시예술의 도안 문양과 생식숭배 부호

아마도 현대과학기술과 공업의 급속한 발전에 힘입어 현대의 추상적 예술이 등장하게 되었고, 이와 동시에 역사시대 이전의 예술에 대한 재발견에 대해서도 깊은 관심을 가지기 시작하면서 원시예술에 대한 연구 역시 세계적인 흐름으로 자리잡게 되었다고 본다. 예술이란 단순히 몇 년간의 습관에 의해 만들어진 형태라기보다는 인류의 심미적 가치 기준에 따라 기존의 고정된 관념에서 벗어나 예술의 기원으로 돌아가는 것이라고 할 수 있다.

따라서 원시예술과 현대 추상예술이 지니고 있는 유사한 측면들은 양자가 서로 보완하며 병행해 나갈 수 있게 해줄 뿐만 아니라, 때로는 양자가 서로 잘 어울리도록 함으로써 현대예술의 새로운 풍격을 창조하는데 중요한 토대가 되기도 한다. 그래서 원시예술, 특히 아프리카의 원시예술은 일찍이 현대예술의 대가들을 성장시키는데 중요한 자양분 역할을 하였다. 현대의 추상예술은 현대인들의 영혼과 정신의 안식처로써 원시예술과 그 방법은 다르지만 마치 같은 효과를 내는 이곡동공異曲同工의 묘함을 지니고 있는 듯하다.

그렇기 때문에 암각화는 가장 오래된 예술형식 가운데 하나로써 추상적이면서도 명쾌하고 의미심장한 신비감으로 현대인들의 감탄을 불러일으키는 것이다. 원시적 사유는 진지함과 순수함을 지닌 자연의 예술적 사유라고 말할 수 있는데, 이러한 원시인류의 예술적 사유로부터 그들의 작품을 생동적인 경지로 승화시켜 주었던 것이다. 그래서 암각화는 원시인류가 생존을 위해 자신의 모든 감정을 쏟아부은 생명의 예술이며, 또한 생명의 예술적 부호화라고 할 수 있다. 일찍이 수잔 랭거 Susanne K.Langer는 "만일 창조된 모종의 부호하나의 예술품가 사람들의 미적 감정을 분출시키고자 할 때, 그것은 반드시 먼저 정감의 형식으로 표출된다. 다시 말해서 반드시 자신의 생명활동을 투영하거나, 혹은 부호로 나타내야 한다."(수잔 랭거Susanne K.Langer, 『예술문제藝術問題』)고 말하였다. 우리가 암각화의 문화적 의미를 명시하고자 할 때 원시 인류의 "생명활동의 투영, 혹은 부호"가 우리 눈앞에 나타나는데, 그 아름다운 매력이 바로 여기에 있다.

1) 우주와 생명의 율동

일찍이 신강新疆 곤륜산에서 원시 예술부호가 가득 새겨진 거석巨石이 발견되었다그림 56. 비록 □□□안의 표면이 종횡으로 □□□□□ 뒤섞여 보이기는 하지만, 자세히 관찰하며 하나□□□□해 나가다 보면 우리는 이 도안을 구성하고 있는 기본적인 요소를 대략 세 가지 유형으로 귀납해 볼 수 있다. 첫 번째는 "ᛋ"자형을 중심으로 변화 발전한 것이고, 두 번째는 "ᛪ"자형을 기본으로 변화 발전해 양 방향으로 연속되는 도안이다. 세 번째는 十자형을 핵심으로 구성된 문양(지금은 반장문盤腸紋으로 부른다)이다. 특히 흥미로운 사실은 "ᛪ"자형으로 구성되어 양 방향으로 연속되는 문양 가운데 마름모 형태가 보이는데, 그 틀 안에 있는 도안 역시 "ᛋ"자형이 기본적인 양식을 이루고 있다는 점이다. 특히 "ᛋ"자형의 선이 방사선 형태를 보여줌으로써 전체 화면으로부터 율동감을 느끼게 한다.

이 도안들의 기조가 바로 卐문양, 𝕏문양, 그리고 十자 문양으로 구성되어 있는데, 이는 원시 인류의 심령에서 퍼져 나오는 교향곡이라고 볼 수 있다. 이들 문양이 비록 일종의 예술부호라고 하지만, 이와 같이 원시인류의 추앙을 받았다는 사실은 원시 인류의 마음속에 자리한 이 도안들의 지위가 얼마나 신성한 것이었는지 잘 보여주고 있으며, 또한 이들 문양은 사람들에게 상서로운 문양으로 인식되어 지금까지도 전해져 오고 있다. 그러나 당시의 문화적 의미는 이미 긴 시간의 흐름 속에 묻혀 사람들의 기억 속에서 사라져버리고 말았다.

현재 十자형 문양이나 卐자형 문양이 원시인류의 태양숭배로부터 비롯되었다는 점에 대해 학자들은 비교적 일치된 견해를 보이고 있다. 卐자형 문양은 태양을 상징하며 일찍이 신석기시대에 이미 출현하였으며, 마가요문화에서 발견되는 채도에서도 이와 같은 부호가 등장하고 있다.

그러나 사람들의 흥미를 더욱 더 끄는 사실은 이러한 卐자형 문양이 이 보다 앞선 약 7,000년 전 서아시아 사마라Samara문화 유적에서 발견되는 채도상에서도 등장한다는 점이다. 이것은 마가요문화의 채도보다 약 2,000여 년 앞서는 것으로, 특히 주목을 끄는 점은 두 마리의 봉새鳳鳥가 중복되어 卐자형을 구성하고 있다는 사실이다. 중국의 신화 가운데 "일유준조日有踆鳥"라는 이야기가 전해오는데, 여기서는 항상 봉새를 태양의 화신으로 보았다. 그러나 서아시아의 이 봉새 문양이 중국의 신화와 어떤 관련이 있는지 현재로서는 알 수가 없다(<그림 57>).

원시인류가 이와 같이 태양을 숭배하는 동시에 의상화意象化하거나, 혹

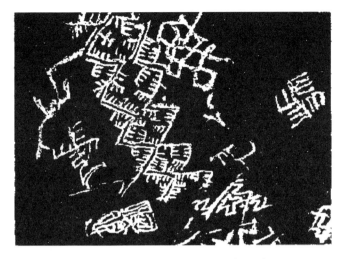

〈그림 56〉 도안(圖案) 부호. 신강(新疆) 곤륜산(崑崙山) 암각화.

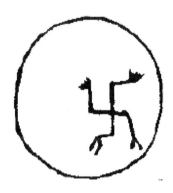

〈그림 57〉 봉조(鳳鳥)의 卐 문양. 서아시아 사마라(Samara)문화. 치구완(侈口碗) 도안.

은 부호화한 의도는 분명 그들이 태양을 지고무상至高無上한 천신으로 보았기 때문이다. 그들의 마음속에서 태양은 만물의 근원이며 세계를 주관하는 최고의 신이었다. 다시 말해서 만물을 번식시킬 수 있는 능력을 지닌 생식의 대신을 의미한다. 알곤킨Algonquin(북미 최대의 인디안족)어 가운데 "Kesuk"태양이란 뜻은 바로 "생명을 준다"는 동사에서 파생되어 나온 말이며, 영문 가운데 태양 역시 바로 그 명칭인 "Sun"생식자와 같이 쓰이고 있다. 만일 "卍"자 문양이 태양을 나타내는 부호라고 한다면, 그렇다면 이것은 동시에 생식의 의미를 나타낼 뿐만 아니라 부호적 의미도 함께 가지고 있다고 볼 수 있다.

예를 들어, 옛 트로이성의 폐허에서 일찍이 우상偶像 하나가 발견되었는데, 여음을 표시한 삼각형 안에 "卍"자형 부호가 새겨져 있었다. 이 상징은 생식의 의미를 담고 있는 것이 분명해 보인다. 이것은 지금으로부

〈그림 58〉 트로이(Troy) 유적지에서 발견된 우상(偶像) 약 기원전 2,000년.
주의 : 음부 삼각형 중의 卍부호.

터 약 4,000년 전의 조각상이다(<그림 58>).

두 번째는 부호 가운데 "✕"자형 문양에 담겨진 의미이다. 채도상의 문양 연구를 볼 때, 그것은 당연히 와문에서 발전되어 나온 것이라고 볼 수 있다(장붕천張朋川, 『중국채도도보中國彩陶圖譜』 참조). 개구리는 다산의 능력이 매우 강해 우신雨神으로 여겨져 왔으며, 또한 원시 인류에게 강한 생식력을 가진 생식신의 상징으로써 숭배의 대상이 되었다.

만일 이러한 문양을 하나로 모아 놓으면 생명을 찬양하는 한 곡의 찬가가 될 것이다. 그들은 자신들의 가장 신성한 관념을 이 추상적인 부호 안에 농축시켜 놓았다. 정보의 용량 측면에서 볼 때, 상생象生 도안보다도 크고 강렬하여 생명에 대한 원시 인류의 외침과 갈구를 느끼기에 충분하다. 또한 이들의 주관적 억측은 점차 더욱 더 신성화되고 은밀해져 신력神力과 마법魔法에 대한 원시 인류의 심리적 요구를 어느 정도 만족시켜 주었다. 그렇기 때문에 태양과 생식을 상징하는 "卐"자 문양과 "✕"자 문양이 하나의 주제 아래 원시시대 암각화와 채도의 도안으로 지금까지 전해오는 것은 조금도 이상할 것이 없다. 더욱이 도안 가장 위쪽의 중간 부위에 있는 "반장문盤腸紋" 도안(오늘날의 명칭)은 북방민족과 몽고족 등의 민간에서 널리 전해오고 있는 문양이며, 지금까지도 여전히 많은 사람들로부터 사랑을 받고 있다.

2) "팔을 잡고 추는 군무群舞"—자연스럽게 양 방향으로 연속되는 도안

주지하다시피 인류의 오래된 문화예술 중에서 가장 먼저 나온 예술형식이 바로 무도舞蹈, 즉 춤이라고 할 수 있다. 원시 인류는 범속을 초월한 신령이 주재하는 세계 속에서 생활했던 까닭에 신과 사람이 소통할 수 있는 제사의식 중에서 사람 자신보다 더 적당한 도구는 없다고 여겼다. 다시 말해서 정감을 가장 잘 표현할 수 있는 형식이 바로 움직이는 형태의 춤이었다고 생각한 것이다.

청해성青海省 대통구大通沟에서 발견된 무도舞蹈 문양의 도분陶盆을 중국 최초의 무도 기록으로 볼 수 있는데, 다섯 명의 무자舞者가 어깨를 나란히 하고 손을 잡고서 양 방향으로 연속해 움직이는 듯한 형태를 취하고 있다. 중국의 영하 하란산 암각화 중에서도 이와 유사한 도형이 하나 발견되었다<그림 59>.

도형 가운데 서로 손을 잡은 여섯 명이 어깨를 나란히 하고 있는 모습이다. 그 가운데 네 사람은 치마를 입었고, 두 사람은 바지를 입고 있어 남자와 여자를 구별하기 위한 것처럼 보인다. 동작이 조화를 잘 이루고 있어 비례 또한 균형이 맞아 보인다. 구도 처리는 정면율正面律을 이용해 평면으로 처리해 화면의 리듬감과 장식 효과를 높여 주고 있다.

특히 머리 위의 모자는 반원의 곡선으로 처리해 서로 물결이 이는 형상처럼 연결되어 있어 장식적 효과가 더욱 돋보인다. 이것은 우리가 서북 지역에서 유행하는 전지剪紙 도안 가운데 흔히 보이는 "과자와와瓜子娃娃"를 떠올리지 않을 수 없게 만든다<그림 60>.

〈그림 59〉 팔을 잡고 추는 군무(群舞). 영하(寧夏) 하란산(賀蘭山) 암각화.

그렇다면 이와 같이 손을 잡고 추는 군무群舞의 예술적 형식에 담긴 문화적 의미를 어떻게 해석해야 할까? 사실상 이것은 생식에 대한 기원과 생명을 찬양하는 노래로 볼 수 있다.

『산해경山海經』의 『해외남경海外南經』에 아래와 같은 내용이 기록되어 있다. "선인 16명이 있는데, 서로 손을 잡고 천체를 위해 이 들판에서 밤을 지키고 있다.", "낮에는 숨고 밤에는 드러난다"는 말은 필자가 보기에, 이것은 고대 암각화를 가리킨 말로서 손을 잡고 춤을 추는 군무는 햇빛이 강한 대낮에 알아보기 어렵지만, 부드러운 달빛아래에서 오히려 더 잘 보인다는 사실을 의미하고 있다고 생각된다.

한편, 학자들은 "二八"을 어떻게 해석해야 하느냐 하는 문제에 대해 여러 가지 견해를 보이고 있는데, 어떤 사람은 "二八"이 "二人"의 오기라고 주장하는가 하면, 혹은 "二八"이 16명이라는 의미를 나타낸다고 주장하기도 하였다. 그렇지만 필자가 보기에 이들의 견해가 모두 적당해 보이지 않는다. 실제로 고대에 이미 성性의 성숙 연령에 대해서 "二八" 즉 16세를 특별히 지칭한 기록이 보인다. 예를 들어, "16세가 되면 신기가 왕성해지고 정기가 넘쳐나와 음양이 화합하여 자식을 가질 수 있다."(『소문素問ㆍ상고천진론上古天眞論』), "풍속에서 여자가 몸을 망치는 것을 파과破瓜라 하는데, 잘못된 것이다. 과瓜자를 깨보면 팔八이 두 개 있는데, 이는 나이가 16세가 된다는 것을 말한 것이다."(『통속편通俗篇ㆍ부녀婦女』)

원시시대에는 남녀 모두 16세 전후에 성년례成年禮를 거행하였다. 이때가 되면 "음양이 화합하여 자식을 가질 수 있다"고 여겼기 때문이다. 오늘날까지도 서남 지역의 소수민족 가운데 이러한 풍습이 이어져 내려오고 있다. 그 의식에서 명확한 기준이 두 가지가 있는데, 첫 번째는 남자가 바지를 입고 여자는 치마를 입어야 하며, 그리고 두 번째는 단체로 모여 춤을 춰야 한다는 것이다. 이 때 남녀가 서로 손을 잡고 춤을 추는데, 이것을 일러 "타가打歌", 혹은 "답가踏歌"라고 부른다. 이러한 형식이 영하의 암각화에서 손을 잡고 춤을 추는 군무群舞와 다르지 않은 것을 보면, 이는 분명 원시시대로부터 전해 내려온 생식숭배의 유풍이라고 볼 수 있다.

〈그림 60〉 씨앗(瓜子) 인형. 협서성(陝西省)의 신목(神木) 전지(剪紙).

이제 손을 잡고 춤을 추는 군무에 대한 문화적 의미 역시 더 이상 말하지 않아도 분명히 이해할 수 있다고 생각된다. 그러나 여기서 지적하고 넘어가야 할 점은 바로 이러한 예술형식이 원시 인류의 눈에 강렬한 생명력의 상징으로 비춰졌기 때문에, 훗날 생식숭배의 제단에 올라 사악한 것을 물리치고 혼을 부르는 도구인 "인승人勝"이 출현하게 되었다는 사실이다. 또한 이러한 의식이 예술로 승화되어 민간에 널리 전파되면서 지금까지도 서북 지역의 감숙성, 협서성, 신강 등지에서 유전되어 오고 있다.

"중상구성법重像構成法"의 가장 이른 형태는 내몽고 아랍선阿拉善의 암각화에서 찾아볼 수 있다.

도안의 구성 원리 중에서 이른바 "중상重像"이라는 것은 몇 가지 다른 형상을 일정한 내재적 연계와 논리를 통해 서로 중복시키는 것을 말하는 것으로, 체계적으로 합성된 하나의 새로운 형상을 구축하는 것을 의미한다. 그 기본적인 방법은 형태의 상호 중복을 통해 이루어지거나, 혹은 모든 것을 공통으로 활용하거나, 혹은 윤곽선만을 공통으로 사용하기도 한다. 어떤 사람은 "중상의 체계적인 합성법은 교묘한 구상이나 신비한 형태, 또는 신기한 경지를 만들어 내는 현대적 사유방법이다."고 설명하기도 하지만, 사실 이 역시 일종의 순수한 원시사유 방식으로 이미 예전부터 전해오는 사유방법이다.

내몽고 아랍선기阿拉善旗에서 발견된 암각화의 도안 구성 역시 이른바 "중상重像"의 구성법에 속하는 경우이다. 전체 화면의 배열과 격식에서 신비한 느낌을 느낄 수 있는데, 자세히 관찰해 보면, 형태가 중복되었거나, 혹은 윤곽선이 공통으로 사용되었다는 사실을 발견할 수 있다(<그림 61>).

　사람의 눈을 현란스럽게 만드는 이 도안 가운데서 화면의 주체를 구성하고 있는 세 명의 인물상을 구분해 낼 수 있다. 윗부분에 씨앗 모양의 세 사람 얼굴 윤곽이 선명하게 보인다. 세 쌍의 눈은 모두 공통적으로 틀 안에 짧은 가로줄로 표현되어 있으며, 아랫부분은 수직선과 원점으로 표시된 코와 입이 보인다. 이와 같이 변화된 형식과 장식미는 협서성 반파半坡 유형의 어문魚紋 인면人面 수법과 매우 유사한 성격을 보여주고 있다(<그림 62>).

　팔부분에 해당하는 "지之"자 형태의 삼각형 파도 무늬 역시 협서성 반파유형의 채도 위에 보이는 도형과 유사한 형태를 보이고 있는데(<그림 63>), 이것은 어문魚紋, 혹은 와지문蛙肢紋으로부터 발전되어 나온 것으로, 여음女陰을 상징하는 동시에 생식숭배의 의미를 지니고 있다(조국화趙國華, 『생식숭배문화론生殖崇拜文化論』 참조).

〈그림 61〉 도안(圖案). 내몽고 아랍산(阿拉山) 암각화.

〈그림 62〉 인면어(人面魚) 무늬 형상.

〈그림 63〉 협서성(陝西省) 반파(半坡) 채도 문양

　여기서 특히 주목할 만한 점은 왼쪽과 오른쪽 두 사람의 머리 위쪽에 "▨"자형의 부호가 보인다는 사실이다. 이 신비한 부호는 중국 산서성 (1973년 산서성 예성芮城에서 발견된 도편陶片에 이 부호가 새겨져 있었다)으로부터 서아시아에 이르는 모든 지역에서 발견되고 있어 세계성을 보이고 있다.

　이 신비한 부호는 앞에서 언급한 "卐"자, "十"자 부호와 마찬가지로 원시 인류가 우주공간에 대한 관념을 상징하는 신성한 부호로 사용하였다. 따라서 우리는 이 부호에 담긴 문화적 의미를 분석해 보고 넘어가야 할 것이다. 연구 자료에 의하면, "十"자형으로 교차하고 있는 부호는 태양을 상징한다고 한다. 그렇다면 여기서 보이는 "十"자형 문양 역시 태양을 상징한다고 할 때, 정방형의 네 변이 대표하는 공간이 동서남북이라면, 네 개의 삼각형 가운데 네 개의 흑점은 무엇을 의미하는 것일까? 일찍이 호후선胡厚宣 선생은 40년대 갑골 복사卜辭 중에서 동서남북을 의미하는 네 개의 방위와 네 개 방위에서 부는 바람의 이름을 발견하였는데, 이것은 네 개의 방위에 대한 원시 인류의 숭배 관념을 보여주는 좋은 사례이다.

> 동방은 석析이라 말하며, 바람은 빈𠬝이라 말한다.
>
> 남방은 인因이라 말하며, 바람은 개凱라 말한다.
>
> 서방은 이夷라 말하며, 바람은 뢰耒라 말한다.
>
> 북방은 복伏이라 말하며, 바람은 빈𠬝이라 말한다.

네 개의 방위와 네 개의 방위에서 불어오는 바람이 모두 원시 인류의 마음속에서 제사를 받는 신神으로 여겼음을 볼 때, 그들을 신성하게 여겼던 것은 당연한 일이라고 본다. 그러나 선사시대 풍신風神은 오히려 "풍鳳"자를 가지고 그 형상과 상징을 표현하였다.

"옛 사람들이 봉鳳을 가지고 풍신을 삼은 까닭은 천제天帝의 사자를 봉鳳이라 여겼기 때문이다. 그래서 풍風을 천제의 사자로 보았던 것이다."(곽말약, 『복사집찬卜辭集纂』)고 했는데, 이 말은 다시 말해서 봉鳳(즉 風)이 천제, 즉 태양의 사자였다는 의미이다. 그리고 봉鳳에 대한 표현은 신석기시대 채도 중에서도 이미 형상화의 변화 규칙을 엿볼 수 있다. 초기에는 새의 형상을 사실적으로 묘사하였으나, 마지막에 가서는 간략하게 축소하거나, 흑원점黑圓點(장붕천張朋川, 『중국채도도보中國彩陶圖譜』 참고)으로 발전되었다. 그래서 필자가 보기에, 암각화 도안 가운데 보이는 삼각형 속의 흑점은 바로 간략하게 축소된 봉조鳳鳥를 가리키는 부호라고 생각된다. 네 개의 흑점은 각각 네 개의 방위를 나타내고 있는데, 마침 네 마리의 봉조鳳鳥로 풍신風神을 상징하고 있다. 그러므로 중심이 교차하는 "十" 자 문양은 태양의 부호를 상징하며, 네 개의 봉조를 상징하는 흑점은 태양이 네 방위에 파견한 사자로 볼 수 있다.

또 한 가지 지적하고 넘어가야 할 점은 원시 인류가 관념적으로 네 개의 방위와 네 계절을 구분하지 않고 사용했다는 사실이다. 즉 동서남북과 춘하추동을 동일하게 보았다는 점이다. 그래서 이 "圝"자형 부호 안에는 우주공간에 대한 원시 인류의 추상적 표현이 함축되어 있을 뿐만 아니라, 또한 태양숭배와 사방四方숭배, 그리고 사계四季숭배에 대한 그들의 종교적 관념이 내포되어 있다. 그들에게 있어 이 모든 것이 신성하고 신비로우며, 또한 아름다움을 느끼게 하는 대상이었던 것이다.

한 가지 우리가 더 주의를 기울여야 할 점은 암각화 아래 부분에 출현하고 있는 "ᵜ"자형의 부호이다. ᵜ자형과 ᵜ자형은 고문자에서도 보이는데, "과일이나 혹은 낟알 형태"로 "벼의 낟알이 익으면 수확을 하는데, 원의를 확대했을 때 일반적으로 '미美'를 가리킨다. …… 등의 뜻을 가지고 있다."(강은康殷, 『고문자형발미古文字形發薇』). 예를 들면, "목穆"자는 ᵜ와 같이 과일이 익어 아래로 처진 형상을 하고 있다. 그래서 우리가 이를 근거로 암각화에 보이는 일곱 개의 ᵜ자형에 대한 문화적 의미를 추론해 보면, 대체로 과일과 곡식이 익어 주렁주렁 매달려 있다는 뜻을 표시하며, 원시 인류의 행복을 기원하는 의미를 나타내는 부호로 굳어지면서 심령

心靈이 물화物化된 것이라고 볼 수 있다.

끝으로 우리는 암각화의 중심 인물 아래 중앙에 "⊙"자형 부호가 새겨져 있는 것을 볼 수 있는데, 이에 대한 해석은 학술계에서 이미 공통된 인식을 가지고 있다. 즉 이것은 여음女陰을 나타내는 부호라는 점이다. 이로써 미루어 짐작컨대, 암각화 중간 부분에 "지之"자형의 물결이 끊어지는 문양 중간에 보이는 여섯 개의 흑점은 아마도 유방을 표시한 것으로 추측되며, 이와 같이 흑점을 이용해 유방을 표시하는 경우를 상형문자인 갑골문과 금문 중에서도 찾아볼 수 있다. 예를 들어, "후後"자는 그 가운데 여인의 유방을 표시할 때 두 개의 흑점을 사용하여 표시하였다(<그림 64>).

〈그림 64〉 갑골문과 금문 중의 "後"字

만일 우리가 위에서 서술한 여성의 특징을 나타내는 두 가지 부호를 연계해 살펴본다면, 마치 원시 인류의 가슴 밑바닥으로부터 울려 퍼져 나오는 생식숭배에 대한 찬가를 듣는 것 같은 느낌을 받게 될 것이다.

여기서 우리는 암각화의 장식과 그 안에 담겨 있는 원시문화의 의미를 살펴보았다. 하지만 본장을 끝내기 전에 반드시 지적하고 넘어가야 할 점이 있다면, 그것은 바로 원시예술에 대한 우리의 평가 부분이다. 단순히 현대인들의 기호와 안목에 따라 원시예술을 평가하다 보면 많은 오류와 편견이 생길 수 있기 때문이다. 원시예술, 특히 상고시대 암각화에 보이는 구도와 형식은 심미적 필요에 의해서 나왔다기보다는 종교와 무술적 필요에 의해서 나왔다고 볼 수 있기 때문에, 만일 이 점을 이해하지 못한다면 원시 인류의 사유방식에 가깝게 다가갈 수 없을 것이다. 즉 우리가 직접 모든 선 하나하나에 원시 인류의 갈망과 초조함, 그리고 숭배와 신비감이 응집되어 있다는 것을 느낄 수 있어야 한다. 또한 암각화는 원초적 생명의 율동을 표현하고 있어 우리에게 편안함보다는 긴장감을 주기 때문에, 우리 현대인들이 연구를 진행함에 있어 이 점을 간과해서는 안 될 것이다.

제3장

원시예술과 민족문화의 원류

1. 원시문화의 교류는 민족문화 발육에 필수불가결한 길이다

그 어떤 민족의 문화도 오직 역사적 산물로 이해할 수밖에 없는데, 그 특성은 각 민족의 사회적 환경과 지리적 환경에 따라 결정되며, 또한 그 민족이 어떻게 자기의 문화를 발전시켜왔느냐에 따라 결정된다. 물론 이 문화가 외부에서 들어왔다거나, 아니면 본 민족이 스스로 창조했다고 하는 것과는 관계가 없다.

"객관적인 측면에서 볼 때, 문화형식은 그 자체가 풍부하고 다양하며, 또한 변화무쌍한 한 폭의 그림과 같다고 말할 수 있다. 각 민족의 정신적 변화에 따라 여러가지 현상이 하나의 정체성을 이루며 끊임없이 자신의 얼굴을 바꾸어 나간다. 다양한 문화적 요소가 결합될수록 그 문화는 더욱 더 풍부한 가치를 지니게 된다."(프란츠 보아스Franz Boas, 『원시예술』, 상해문예출판사, 1989년판, p.11)

역사적 측면에서 중국민족의 문화발전을 둘러볼 때, 위에서 언급한 논점은 비교적 역사적 사실에 부합한다고 볼 수 있다. 문화는 사실상 인류가 사회를 발전시켜 나가는 과정에서 창조한 물질적·정신적 자원의 결집체라고 할 수 있기 때문이다. 그래서 각 민족의 문화는 그 민족마다 각기 다른 역사적 발전 단계에 따라 생산된 물질적 측면과 정신적 측면을 모두 반영하고 있다.

그러나 만일 더욱 구체적으로 표현하자면, "문화"의 정의에 대해서 "하나의 집단에 의해 보편적으로 향유하는 것으로, 학습을 통해 배운 관념과 가치관, 그리고 행위라고 할 수 있다. …… 인류학자가 문화를 언급할 때 일반적으로 가리키는 것은 하나의 특정한 사회의 문화적 양식이다. 이 특정한 사회가 가리키는 것은 하나의 특정한 강역疆域 내에서 생활하며 인근의 다른 민족이 알아들을 수 없는 자신들만의 언어를 사용하는 주민을 말한다."(C·엠버Ember, 『문화적차이文化的差異』, 요녕인민출판사, 1988년판, p.49)고 할 수 있다.

그렇지만 현대적인 의미에서 볼 때, 이른바 "민족"이 아직 형성되기 이전의 각기 다른 유형의 문화는 일반적으로 특정한 시간과 지역의 조건에 따라 등장한 까닭에 각 문화마다 자신들만의 중심 지역을 가지고 있다. 그렇지만 수천 년이라는 세월 속에서 주민의 이주와 교류에 따라 문화의 변화 또한 크게 발생하였으며, 더욱이 주민의 이주와 교류에 따라 새로운 문화가 널리 파생되어 나갔다. 이러한 교류는 하나의 "민족문화"로 탄생하기 전까지 결코 피할 수 없는 것이었을 뿐만 아니라, 또한 유익한 것이기도 했다. 그래서 각 민족은 서로 다양한 문화를 흡수하며 "풍부한 문화적 가치"를 창조해 나갔던 것이다.

문명사에서 "문명"과 "물水" 양자는 매우 밀접한 관계를 가지고 있다. 이러한 사실은 세계적인 문명이 모두 큰 강 유역을 중심으로 발전한 역사적 사실에서도 충분히 엿볼 수 있다. 즉 이집트의 고대문명 역시 나일

강 유역을 따라 탄생하였고, 서아시아문명은 티그리스와 유프라테스라는 두 강 유역을 중심으로 발전하였다. 그리고 인도의 인더스강은 인도문명의 요람이 되었다. 현재 중화문명이 황화 유역을 중심으로 형성되었다고 알려져 있지만 역사시대 이전의 문화를 중심으로 볼 때, 적어도 장강長江 유역과 요하遼河유역까지도 포함시켜야 할 것이다.

오늘날 중화민족의 문화는 모두 역사시대 이전 드넓은 문화교류라는 토양 위에서 싹을 틔워 열매를 맺은 것이다. 따라서 원시문화의 직계 후손이라고 할 수 있는 신화를 비롯한 민속, 민간예술 등을 원시예술과 서로 대조해 나가며 역사시대 이전의 문화교류에 대한 종적을 찾아 나가야 야 할 것이다.

역사시대 이전의 문화교류는 서로 복잡하게 뒤엉켜 있어 연구에 커다란 어려움을 준다. 그래서 이러한 연구는 접근이 쉽지 않지만, 우리의 문화적 시야를 넓혀줌과 동시에 원시 인류의 문화적 비밀을 해결하는데 적지 않은 도움을 주고 있다.

황하의 중류 지역은 위수渭水를 중심으로 앙소문화 계통의 반파半坡 씨족문화가 일어났는데, 이것이 바로 중화문명의 기원 가운데 하나이다(본장 제2절에 상세하게 소개되어 있다). 반파 씨족문화의 문화가 중기 단계에 이르렀을 때, 동쪽 연해안 일대를 중심으로 대문구大汶口, 즉 청련강靑蓮崗 문화가 신속하게 일어나 서쪽으로 발전해 나가면서 서로 만나게 되었다. 그들은 앙소인들이 제작한 도자기 공예를 흡수해 본 민족의 상징을 제작하였다. 강채姜寨에서 발견된 채도에는 호문虎紋과 조어문鳥魚紋이 함께 그려져 있는데, 이것은 조鳥토템의 동이東夷문화와 서강西羌문화의 만남을 보여주는 예이며, 아울러 묘저구廟底沟에 새로운 씨족문화가 형성됨으로써 중화문화의 전신을 이루게 되었다.

여기서 독특한 특징을 지닌 호로병 형태의 도기가 대량으로 발견되었는데, 이는 중화문화의 특색을 잘 보여주고 있을 뿐만 아니라(서방의 채도에서는 호로형葫蘆形의 제품이 발견되지 않았다), 동시에 오늘날 서남부 지역의 소수민족 가운데 전해오는 호로신화葫蘆神話와 호로숭배 등의 문화와도 깊은 관련이 있음을 보여주고 있다.

여기서 주목할 만한 점은 반파半坡문화의 분포지역이 옛 강족羌族과 융족戎族 등 여러 민족이 활동하던 지역에 속한다는 사실이다. 따라서 이 지역이 중국 서남부 지역의 강족과 융족의 후예인 이족彝族과 납서족納西族 등의 선조들이 거주했던 곳이었음을 알 수 있다. 후에 그들이 또 다시 서쪽 황하의 상류로 이주하면서 현지 토착민과 융합해 창조한 문화가 바로 마가요馬家窯문화이다. 이러한 그들의 문화적 영향은 오늘날 이족과 납서족 등의 민족문화 속에서도 여전히 그 흔적들을 찾아볼 수 있다(본장 제3절에 상세히 소개되어 있다).

우리가 눈길을 잠시 멈추고, 그들 이후 청동기시대에 등장했던 황하상류의 신점문화辛店文化에서 채도 위에 유행했던 "쌍견문雙犬紋"의 특별한 문화적 연구가치에 대해 주목할 만하다. 이와 같이 견犬토템을 예술적 문양으로 표현한 것은 아마도 견융犬戎의 문화와 깊은 관련이 있어 보이기 때문이다.

비록 신점문화의 출현시기와 장소를 놓고 볼 때, 당연히 강족羌族 문화에 속한다고 볼 수 있으나, 상고시대 민족의 이주와 문화 교류 역시 상당히 복잡하게 얽혀있기 때문에 그 문화적 요소 또한 단일적 성격을 지닌다고 볼 수는 없다.

사실상 고고학적 발굴에서도 이미 이러한 경향이 두드러지게 나타나고 있다. 예를 들면, 민족적인 측면에서 가장 설명하기 쉬운 것은 아무래도 장례 풍속이라고 할 수 있는데, "신점문화의 매장제도는 단순한 한 가지 방식이 아니고, 다양한 장례 방식, 즉 토장土葬, 또는 화장火葬 등의 방식이 공존하고 있다." 강족 사이에서는 화장이 성행했다고 전해지고 있으나 실제로 신점문화 유적에서 발견된 화장묘火葬墓 유적은 그다지 많지 않으며, 이와 더불어 종교적인 측면에서도 강족은 양을 토템으로 한 "양신羊神"을 숭배했다고 한다. 따라서 변형된 양羊의 문양이 보이는 채도彩陶를 강족의 유물로 볼 수 있지만, "쌍견문雙犬紋"이 그려진 채도의 주인은 강족이 아닐 가능성이 높다고 할 수 있다(<그림 65>). 아마도 이 쌍견문 채도의 주인은 강족과 함께 섞여 살았던 견융족犬戎族의 일족일 가능성이 높아 보이는데, 이는 채도가 발견된 지역이 상대商代 견융족의 활동 중심과 인접해 있어, 문화나 지리적 측면에서 볼 때도 말이 통하기 때문이다.

『이윤사방령伊尹四方令』에서 "서쪽 곤륜산이 구국狗國이다."고 하였는데, 여기서 곤륜산은 신강新疆과 청해靑海를 가로 지르고 있으며, 더구나 상고

〈그림 65〉 상견(雙犬) 무늬 채도호(彩陶壺). 감숙성 동향족(東鄕族) 자치현(自治縣) 출토. 신점(辛店)문화.

175

시대에는 곤륜산 역시 기련산祁連山을 가리켰던 까닭에, "구국狗國"의 영토 역시 신점문화辛店文化가 분포된 지역과 서로 겹쳐진다. 『대황북경大荒北經』 에서 "백견白犬에는 암컷과 수컷이 있는데, 이를 견융犬戎이라 한다."고 하였으며, 곽박郭璞이 "황제黃帝 이후 변명卞明이 머리가 두 개인 백견白犬을 낳았는데, 암컷과 수컷이 서로 마주보는 형상을 하고 있었다. 드디어 나라를 세웠는데 구국狗國이라 불렀다."고 하였다.

이로써 볼 때, "구국狗國"이 분명 견융족이 세운 나라라는 사실은 의심의 여지가 없어 보인다. 하지만 여기서 또 하나 우리가 주의해야 할 현상은 "백견"이 항상 "이두二頭", 혹은 "자상빈모自相牝牡"로 언급되고 있다는 점이다. 만일 우리가 신점문화의 쌍견문양 채도와 대조해 본다면 양자가 서로 매우 유사하다는 사실을 발견할 수 있을 것이다. 따라서 이것은 당연히 견융족의 토템을 상징하는 것으로 볼 수 있다. "쌍견雙犬"이 바로 "자상빈모自相牝牡"의 상징이기 때문이다.

원가袁珂선생은 견융이 반호盤瓠 왕후의 귀속에서 나온 벌레가 변한 개로써, 벌레를 박瓠 속에 담아 두었기 때문에 호瓠라는 이름이 붙게 되었다는 신화와 관련이 있다고 여겼다. 반호신화는 지금까지 중국 서남부 지역의 묘족苗族, 요족瑤族, 동족侗族, 여족畲族 등 소수민족 가운데 전해져 오고 있으며, 요족이 숭배하는 반왕盤王은 바로 반호盤瓠로부터 반고盤古로 파생되어 나온 것이다. 묘족 역시 반왕을 숭배하는 신앙이 있다(원가, 『산해경교주山海經校注』, 상해고적출판사, 1991년판, p.307-310).

여기서 우리는 또 다시 광활한 대지 위에서 일어난 문화의 교류가 얼마나 많은 우여곡절을 담고 있는지 엿볼 수 있을 것이다.

문자가 없던 역사시대 이전에는 예술문양이 어떤 경우 각 문화의 한계를 규정짓는 거의 유일한 지표였기 때문에, 문화교류의 주요 참여자로 등장하기도 하였다. 가장 일찍 발견된 황하 하류와 강회江淮지역의 "대문구大汶口(청련강靑蓮崗) 문화" 중에서 "오문鳥紋", "팔각성문八角星紋" 등의 문양이 바로 이와 같은 경우라고 할 수 있다.

오문鳥紋과 팔각성八角星 문양은 홍산紅山문화와 소하연小河沿문화에서 모두 발견되고 있는데, 이는 동이東夷문화의 북상과 함께 요하遼河 지역의 문화교류, 심지어 민족의 이동 역시 믿을만한 사실이라는 점을 증명해 주고 있다.

팔각성八角星 문양은 오래된 팔괘八卦와 역법曆法에 관한 문화적 의미를 담고 있는데, 황화 상류지역의 마가요문화를 비롯해 러시아 예니세이강 Yenisei River 유역의 암각화 중에서도 발견되고 있다. 이러한 문화 현상은 무엇을 의미하고 있는 것일까? 이것은 아마도 우리에게 동해에 인접했던 동이족들이 서쪽과 북쪽으로 이동했다는 사실을 말해주는 것이라 하겠다.

요하 유역의 홍산문화는 어떤 의미에서 중원의 앙소문화와 북방 초원문화의 영향아래 발전된 원시문화 가운데 하나라고 볼 수 있는데, 여기서 우리가 주목할 사실은 이 역시 중화문화의 발상지 가운데 하나라는 점이다. 현재 우리가 볼 수 있는 초기 용龍의 형상은 모두 "미교수상尾交首上"의 형태를 보여주고 있는데, 상대商代의 옥용玉龍 역시 홍산문화로부터 발전되어 나왔다는 사실을 볼 수 있는 특징이 뚜렷하게 보이며, 또한 하가점夏家店 하층문화에서 발견된 도기陶器의 문양과 상대商代의 청동기 문양에서도 이와 유사한 특징을 보이고 있다. 이 때문에 상商과 북방의 문화교류에 대해 우리가 홀시할 수 없는 이유이다(<그림 66>).

끝으로 우리는 중국에서 발견된 가장 오래된 원시문화 가운데 하나라고 할 수 있는 약 7000여 년 전 장강 하류지역에서 출현한 하모도河姆渡 문

저두용(猪頭龍) 마두용(馬頭龍) 옥용(玉龍)
요녕성(遼寧省) 건평(建平) 내몽고 옹우특기(翁牛特旗) 상(商)문화 홍산(紅山)문화

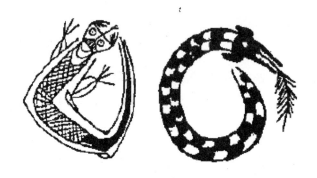

예어용(鯢魚龍)(혹은 도마뱀용이라 칭함) 반용(蟠龍)
감숙성 서평(西坪) 앙소문화 산서성(山西省) 양분(襄汾) 용산(龍山)문화

〈그림 66〉 상고시대의 용무늬 형상.

화를 언급하지 않을 수 없다. 이미 발견된 문물에 근거해 볼 때, 당연히
월越문화의 기원으로 볼 수 있다(임동화林東華.『하모도문화초탐河姆渡』, 절강인민
출판사, 1992년판, p.265 참조). 월인越人은 역사상 "만蠻" 또는 "삼묘三苗"와
밀접한 관계를 지니고 있다. 월인은 대략 상대 초기 이미 "묘만苗蠻 계통
에서 분리되어 나온 것으로 보인다(팽적범彭適凡,『백월민족연구百越民族硏究』, 강

서교육출판사, 1990년판, p.4 참조).

오늘날 우리는 옛 "묘만"의 후예라고 할 수 있는 묘족苗族의 다양하고 풍부한 문화예술 중에서 그들과 원시시대 선조 사이에 존재하고 있는 문화적 흔적들을 어느 정도 찾아볼 수 있다.

묘족의 선조는 일찍이 원시시대의 "구려묘만九黎苗蠻"의 무리 가운데 하나였으며, 그들의 활동 범위는 장강 중하류 지역과 강회江淮 일대에 걸쳐 있었다. 이러한 사실 역시 하모도문화 지역과 서로 일치되는 부분이다. 그들은 주로 새鳥를 토템으로 삼았다고 전해지는데, 일찍이 하모도문화 유적에서 두 마리의 "쌍두조雙頭鳥" 문양이 새겨진 상아 숟가락이 발견되기도 하였다. 그 새의 형태는 꿩류에 속하는 것으로 보이며, 두 개의 머리가 원형을 중심으로 서로 등을 지고 있는데, 이 원형은 태양으로 해석되고 있다. 재미있는 사실은 오늘날 묘족의 전통 수繡에서도 "쌍두조"의 문양이 보이는데, 그 형상이 매우 유사해 놀라움을 금치 못하게 한다. 선조들이 만일 양자가 아무런 관계도 없다면 어떻게 지하에서 발견된 물건이나 지상의 물건이 이렇게 같을 수가 있겠는가<그림 67, 68>)! 이 "쌍두조" 문양은 문명 생식과 관련된 문화적 의미를 담고 있으며, 또한 이를 통해 후대 문화에 적지 않은 영향을 주었다는 사실을 발견할 수 있다.

〈그림 67〉 쌍두조(雙頭鳥) 문양 하모도(河姆渡)문화 상아 골비(骨匕)

이외에 중국 서부 지역에서 발견된 마가요문화, 신점문화 등 서로 다른 유형의 문화 중에는 중원문화로부터 받은 뚜렷한 영향 이외에도 서아시아 지역으로부터 받은 영향 역시 우리가 소홀하게 다룰 수 없는 부분이다. 청해지역에서 출토된 유명한 무인채도분舞人彩陶盆과 신점 채도에 보이는 인물 풍격을 통해 서아시아 채도의 그림자를 뚜렷하게 엿볼 수 있는데, 이는 중서의 문화교류가 이미 원시시대부터 이루어졌던 상황을 설명해 주는 것이라 볼 수 있다. 이러한 모든 것은 오늘날 우리의 상상을 뛰어넘는다.

〈그림 68〉 쌍두조(雙頭鳥) 문양. 묘족(苗族) 자수(刺繡).

상술한 내용은 단지 역사시대 이전의 문화교류에 관한 상황에 대해 언급한 것에 지나지 않는다. 수천만 년 이래 드넓은 중국 대지 위에서 무수히 많은 상고시대 사람들이 민족의 융합과 문화의 교류를 통해 풍부하고 다양한 활동을 펼쳐왔으나, 점차 시간의 흐름에 따라서 이미 희미한 기억의 저 너머로 사라져버리고 말았다. 그렇지만 지금과 같이 그들이 남겨 놓은 다양한 문화예술작품을 통해 선사시대 사람들의 문화적 흔적을 명확하게 찾아볼 수 있다. 이러한 상황은 각 민족문화의 혈액 속에 서로 다른 민족의 문화를 주입해 발전을 촉진시켜주었을 뿐만 아니라, 또한 각 민족의 문화가 이와 같은 "잡교우세雜交優勢" 속에서 싹터 성장해 나왔다는 사실을 엿보게 해준다.

2. 채도 호로병葫蘆瓶과 중화문화의 기원

채도彩陶는 역사상 인류의 의지에 창조된 최초의 물건 가운데 하나이자, 또한 선사시대 사람들의 관념을 가장 자유롭게 표현할 수 있는 도구로서, 신비감으로 충만했던 원시문화의 정보를 응축시켜 놓았다. 즉 "원시사회에서 모든 사물은 모두 신성한 것으로, 그 어떤 물건도 종교와 관련되지 않은 것이 없다."(조지 톰슨George Thomson, 『희랍비극시인여아전希臘悲劇詩人與雅典』) 그래서 우리는 이러한 채도를 통해 원시 인류가 어려운 생활 조건에서도 채도의 조형과 문양을 고민하며 심혈을 기울였던 진정한 원인을 엿볼 수 있다.

분명한 것은 우리가 이러한 인식에서 출발해 유심히 관찰해 보면, 그 어떤 것도 쉽게 놓치지 않을 뿐만 아니라, 또한 우리의 연구에 유용한 자료로 활용할 수 있다는 사실이다.

우리가 협서성의 강채姜寨에서 출토된 채도 호로병을 자세히 살펴보면, 그 안에 역사와 문화가 상당히 풍부하게 퇴적되어 있다는 사실을 발견할 수 있다. 특히 그 중에서도 중화문명의 기원에 관한 여러 가지 귀중한 정보가 담겨 있어 사람들의 주목을 받고 있다. 예를 들어, 원시창세신화를 비롯해 음양철학, 원시팔괘, 원시역법, 기공氣功 등등(<그림 69>)이 망라되어 있다. 다음에서 몇 가지 측면으로 나누어 서술하고자 한다.

1) 호로葫蘆숭배—앙소인仰韶人의 선조 복희伏羲와 여와女媧에 대한 숭배 형식

기왕 원시사회가 "그 어떤 물건도 종교와 관련되지 않은 것이 없다."고 한다면, 그렇다면 도기陶器를 굳이 그렇게 실용적이지 못한 호로형태로 만들어야 했는지 현재로서는 알 수 없지만, 충분히 그럴만한 사정이 있었을 것으로 생각된다. 더욱이 이미 발견된 이와 유사한 형태의 채도병彩陶瓶에서도 사람의 모습이나 신령과 유사한 형상이 그려져 있는 상황을 보면 원시인들의 생활 속에서 분명 각별한 의미를 지니고 있었던 것으로 보인다. 따라서 이를 근거로 판단해 보면, 원시 인류가 조상에게 제사를 지내기 위해 특별히 제작했던 종교적 용품 가운데 하나가 아니었나 하는 생각이 든다.

호로 형상이 원시인들의 마음속에서 이와 같이 신성한 지위를 차지하고 있었다면, 당연히 그에 합당한 이유가 있었을 것으로 보여진다. 그들 간의 신비한 관계에 대해 일찍이 문일다聞—多 선생은 고증을 통해 "복희와 여와는 호로의 화신이다."고 주장하였다. 그는 『복희고伏羲考』에서 복회는 바로 포희包戲를 말하며, 여와는 바로 포와包媧를 일컫는다고 말하였다. 즉 "포包와 포匏의 음이 예전에는 서로 통했다. …… 여와의 와媧는 …… 모두 음이 과瓜이다. …… 포희包戲와 포와匏媧, 포호匏瓠와 포과匏瓜가 모두 하나의 단어에서 변화되어 나온 것이다. 그렇기 때문에 복희와 여와의 이름이 비록 두 개라고 하지만, 그 뜻은 하나이다. 두 사람 모두 호로葫蘆의 화신으로 일컬어진다(『문일다전집聞一多全集』제1권)고 밝혔다.

위의 말은 호로가 중화문명의 시조인 복희와 여와의 상징이었기 때문에 앙소인들이 호로형 도기陶器를 제조祭祖로 삼아 제사를 지냈다고 본 것이다. 비록 상고시대 사람들의 종교 예속禮俗이 연기처럼 사라져 현재 그 상황을 구체적으로 살펴볼 수 없지만, 다행스럽게도 아직까지 고적 가운데 이와 관련된 단서들이 전해져 오고 있어 그 실마리를 엿볼 수 있다. 『한서漢書·교사지郊祀志』하에서 "성제 즉위 초에 그 제사 그릇은 도기로 제작한 호로葫蘆가 사용되었는데, 이는 천지의 본성에 기인한 것이다."는 기록이 보이는데, 여기서 도포陶匏가 바로 도자기로 제작한 호로葫蘆를 일컫는 말이다. 『진서晉書·예지禮志』상에도 "제례를 지낼 때 그릇으로 도포陶匏를 사용했는데, 이는 모실 때 그 처음으로 돌아가 옛 선조의 위엄을 돋보이게 하고자 함이었다."는 기록이 보인다.

여기서 어렵지 않게 볼 수 있는 점은 도기로 제작한 호로를 제조祭祖의 예기禮器로 사용했다는 사실이다. 비록 오랜시간이 흘렀다고 하지만 인면상과 흡사한 채도彩陶 호로병의 발견으로 인해 이와 같은 습속의 기원을 조금 더 구체적으로 살펴볼 수 있게 되었다.

여기서 우리가 주목해야 할 점은 호로에 대한 숭배관념이 바로 "옛 선조의 위엄을 돋보이게 하고자" 하는 습속에서 나왔다는 사실이다. 지금

〈그림 69〉 A: 호랑이 머리의 유인면(類人面) 채도 호로병. 협서성 임동(臨潼) 강채(姜寨) 출토.
앙소문화 지금으로부터 5,000~6,000년
B: 인면상(人面像人面瓮) 국부. 서아시아 하소나(Hassuna) 유적지 출토.
사마라(samara)문화 약 7,000년 전
주의 : 두 눈과 호리병 비교

까지도 중국의 소수민족 가운데 이러한 습속이 전해지고 있어 위의 주장
을 뒷받침해 주고 있다. 예를 들어, 운남 이족彝族은 집집마다 조상을 모
시는 벽감壁龕을 설치하고 그 안에 호로를 모시는데, 속칭 "조령호로祖靈葫
蘆"라고 부른다. 그리고 벽감 양쪽에 이문彝文으로 호虎자와 용龍자를 써붙
여 놓았는데, 이는 복희와 여와를 상징한다. 대만의 고산족高山族 가운데
파완인派宛人 역시 작은 집을 만들어 그 안에 조상의 혼령을 상징하는 도
호로陶葫蘆를 모시는 습속이 전해져 오고 있다.

그렇다면 무엇 때문에 호로가 원시인들로부터 이렇게 경건하게 숭배

를 받는 신성한 존재가 되었단 말인가? 그 이유는 소수민족 가운데 유전
되어오고 있는 신화와 그들의 생활 습속에서 어느 정도 실마리를 찾아볼
수 있을 것이다. 즉 원래 호로가 원시 인류에게 큰 은혜와 덕을 베풀어
주었으나, 이 모든 것을 복희와 여와의 공덕으로 돌린 것으로 추측해 볼
수 있는데, 이는 아마도 그러한 일들이 모두 그 당시에 발생했던 까닭에
일어난 것으로 보여진다. 호로의 공덕에 대해서 대략 다음과 같이 몇 가
지로 열거해 볼 수 있다.

호로는 원시인들이 홍수를 피해 목숨을 구할 수 있는 구명 도구였다.
번탁樊緯이 일찍이 언급한 바와 같이 진만镇蠻이 심었다고 하는 호로는
"과호장장여瓜瓠長丈餘"라는 품종으로서, 큰 것은 둘레가 3척이나 되었다.
호瓠는 호로의 일종으로서, 이처럼 큰 호는 당연히 사람을 구할 수 있는
구명정으로 사용할 수도 있었을 것이다. 더욱이 홍수 속에서 노 젓기가
용이해 사람들이 목숨을 보존하는데 유리했을 것이다. 호로에서 잉태되
어 나와 홍수에서 벗어난 형매兄妹가 인류의 시조가 되었다고 하는 전설
은 지금까지도 소수민족 사이에서 광범위하게 전해오고 있는데, 그 범위
도 상당히 넓어 대략 2,30여개 민족에 이르며, 심지어 한족漢族의 문화 중
에서도 이와 관련된 단서를 찾아볼 수 있다. 『시경詩經』에서 "면면히 이어
진 오이덩쿨이여, 사람이 처음 생겨났을 때"라는 구절이 보이는데, 이 구
절은 인류가 처음에 호로 중에서 잉태되어 나왔다는 사실을 의미하고 있
다.

호로는 원시 인류에게 있어 생식숭배의 우상이었다. 호로의 형태 자체
가 마치 임신한 여체女體와 같은 형상이며, 특히 허리 부분의 곡선은 여신
의 형상과 꼭 닮아 있다. 또한 호로의 불룩한 배는 자손과 종족의 번창을
상징하는데, 혹시 이로 인해 지금까지 중국에서 서방의 여신상 같은 비

너스 조각상이 드물게 보이는 원인이 아닌가 싶다. 홍산문화와 하북성 북부 지역의 신석기 유적에서 겨우 몇 개 정도가 발견되었을 뿐, 서방의 비너스 여신상처럼 많이 발견되지는 않고 있다. 이는 아마도 이러한 종교적 기능을 도호로陶葫蘆가 대신하고 있었기 때문이라고 본다.

또한 호로는 원시 인류가 먹을 수 있었던 최초의 식물로서, 당시 원시 사회에서 생산성이 높고 관리가 편리한 식물이었다. 지금으로부터 약 7,000~8,000년 전의 절강성 하모도河姆渡문화 유적 중에서도 호로의 씨앗이 발견되고 있다.

호로는 원시 인류가 일상생활에서 사용했던 최초의 용기였다. 그래서 어떤 학자는 "도기陶器 이전의 시대를 호로葫蘆용기의 시대로 불러야 한다고 주장하기도 했다. 도기의 모양은 서로 다르지만 호로葫蘆처럼 물건을 담을 수 있는 조형물에 지나지 않았다. 이 역시 반파半坡 지역에서 대량 출토되고 있는 여러 가지 호로형태의 도기를 통해서도 증명이 되며, 더욱이 오늘날에도 어떤 지역에서는 호로를 일상생활의 용기로 사용해오고 있음을 볼 때, 이와 같은 추측은 비교적 합리적인 판단이라고 볼 수 있다.

고명강高明强은 『신비한 토템神秘的圖騰』에서 호로는 중화민족의 가장 오래된 씨족 토템으로 용봉龍鳳문화보다 더 오래된 문화라고 주장하였는데, 그 이유는 호로의 존재와 발견으로 중화민족이 모두 같은 뿌리에서 나왔다는 사실을 설명할 수 있으며, 호로의 화신이라고 여겨지는 복희와 여와 이외에도 여러 민족으로부터 개벽의 대신大神으로 추앙받는 반고盤古역시 호로의 화신으로 숭배되고 있기 때문이다.

유효한劉堯漢 선생은 일찍이 "반고盤古의 반盤자는 원래 '반槃'자로 쓰이며, 반槃은 호로葫蘆를 가리킨다. 그리고 '고古'의 뜻은 시작한다는 의미를 지니고 있기 때문에, 이른바 반고盤古라는 말은 바로 '호로로부터 시작되었다'는 의미가 된다. 또한 호로에서 '반호槃瓠'로 바뀐 까닭에 반호는 호로의 별칭으로 불리며, 반호槃瓠는 다시 천지를 개벽한 반고盤古로 바뀌었다."고 지적하였다(『논중국호로문화論中國葫蘆文化』, 『민간문학논단民間文學論壇』, 1987년, 제3기).

마침내 우리는 호로와 중화문명의 신비한 관계에 대해 그 베일을 벗길 수 있었다. 그렇다면, 이 호로병 채도彩陶의 역할 역시 자명해진다. 그러나 여기서 한 가지 더 주목해야 할 점은 바로 앞에서 언급했던 『시경』의 "면면히 이어진 오이 덩쿨이여, 사람이 처음 생겨났을 때, 저수와 칠수에 터전을 잡았다."라는 구절이다. 만일 우리가 『중국역사지도집中國歷史地圖集』을 펼쳐놓고 보면, 시 구절 가운데 언급된 저沮와 칠漆은 협서성 임동臨潼 부근에서 위수渭水 : 옛 강수羌水로 유입되는 강을 가리킨다는 사실을 발견할 수 있는데, 이 지역 역시 호로병 채도가 출토되고 있는 지역이다. 이것은 우연의 일치라기보다는 우리에게 두 가지 정보를 제공해 주고 있다. 우선 이곳이 앙소인, 즉 상고시대 강융족羌戎族이 거주하던 곳이었다는 점이며, 또 하나는 이곳이 중화문명이 탄생한 문화의 요람이었다는 사실이다.

그렇기 때문에 우리는 이 호로병 채도가 당연히 상고시대 강융족의 선조가 남겨놓은 유물이라고 판단할 수 있는 것이다.

2) 상고시대 강융족의 호虎 토템 숭배와 창세신화의 해석

일반적으로 사람들은 "용봉龍鳳문화"를 중국의 전통문화를 상징한다고

〈그림 70〉 호신(虎神) 선조(先祖) 형상의 채도 호리병. 협서성 임동(臨潼) 앙소문화.

말하기 좋아하지만, 중요한 역사적 사실 하나를 간과하고 있다. 그 점은 바로 유구한 중국문화의 역사적 흐름 속에서 용봉龍鳳 이전에 이미 상당히 오랜 기간 용호龍虎가 숭배되었다는 사실이다. 따라서 우리는 이로부터 중화문명의 문화적 기원을 찾아야 할 것이다.

용호를 숭배했던 유적은 하夏・은殷・주周 삼대三代 뿐만 아니라 선진시기의 역사적 유물 중에서도 어렵지 않게 찾아 볼 수 있다. 예를 들어, 각종 호형虎型과 호문虎紋이 청동기와 옥기에서 발견되고 있으며, 근래에 들어서는 고고학적 발굴을 통해서도 이러한 시기가 존재했었다는 사실을 증명해 주고 있다. 예를 들면, 하남성 복양僕陽 서수파西水坡 앙소문화 묘지에서 발견된 대형 용호방龍虎蚌 토우와 협서성, 감숙성, 청해성 등의 지역에서 각종 호문인두상虎紋人頭像의 채도가 발견되었는데, 이러한 유물은 상고시대의 인류가 호虎 토템을 숭배했다는 역사적 사실을 밝혀주고 있다.

그러나 또한 우리가 인정해야 할 부분은 일부 호수虎首 인면상 채도가 원시인들의 문화와 종교 관념에 따라 그 조형물이 과장되거나 신비하게 만들어져 쉽게 식별이 되지 않으며, 심지어 잘못 판단할 수 있는 가능성 마저도 있다는 점이다.

그림 69와 70 가운데 보이는 호로병 채도의 호수虎首 인면상은 바로 이러한 경우에 속한다. 어떤 학자는 전자를 잘못 판단해 조두鳥頭로 보고, 후자를 어두魚頭로 보기도 했는데, 이것은 분명 정확하지 못한 판단이라고 하겠다.

우리는 이것을 호두신령상虎頭神靈像으로 판단할 수 있는 이유를 충분히 가지고 있다.

우선 <그림 70> 중의 형상을 보면 호두虎頭의 상징이 상당히 명확하게 보인다. 호시탐탐 노려보는 호랑이의 두 눈과 날카롭게 돌출되어 튀어나온 한 쌍의 호아虎牙가 피가 흥건한 큰 입 가운데 배치되어 있어 사납고 흉악한 형상을 표현하였다. 게다가 사자나 호랑이 특유의 넓은 코(주의 : 물고기는 코의 형태가 없고, 단지 두 개의 콧구멍만 있을 뿐이다)를 가지고 있다. 이 모든 것이 호랑이의 모습과 완전히 닮아있다. 특히 호반문虎斑紋은 인人자를 거꾸로 쓴 "∨"의 형태를 보이고 있는데, 이러한 형태는 은대殷代 부녀묘婦女墓에서 출토된 옥호반문玉虎斑紋과 완전히 일치한다(『부호묘婦好墓』, 문물출판사 참조). 따라서 이것은 분명 옛것을 그대로 답습한 호반문虎斑紋의 전통적 수법을 계승한 것이며, 그 기원 역시 매우 오래되었다는 사실을 엿볼 수 있다. 여기서 한 가지 더 주목할 점은 호랑이의 형상이나 조형적인 측면에서 오늘날 이 지역 민간에서 전해오고 있는 장난감 포노호布老虎와 판에 박은 듯이 똑같다는 사실이다.

앞에서 우리가 이미 자세하게 지적한 바와 같이 이러한 유물이 발견된 협서성 임동 지역은 공교롭게도 『시경』 가운데 언급되고 있는 저沮와 칠漆이 위하渭河로 유입되는 지역과 동일한 지역으로, 옛 강인羌人들이 활동하던 지역이었다. 그래서 유요한劉堯漢 선생은 『중국문명원두신탐中國文明源頭新探』에서 "위수渭水의 발원지는 천수天水 지역의 위원현渭源縣에서 흘러 나와 동쪽으로 천수현天水縣을 거쳐 협서성 경내로 들어가는데, 이것이 바로 옛 강수羌水이며, 강족羌族이 거주하던 옛 땅이다. 복희伏羲는 '복희虑戱'라고도 쓰는데, 복虑과 호虎자 모두 '虍'자를 쓰는 것은 복희가 상고시대 강융호씨족羌戎虎氏族 부락의 토템을 상징하기 때문이다. 현재도 이족彝族과 납서족納西族은 흑호黑虎를 토템으로 삼고 있다. …… 그리고 백족白族과 토가족土家族은 백호白虎를 숭배한다. …… 이것은 원래 하나의 호씨족虎氏族에서 흑호족과 백호족으로 갈라져 나와 호부락虎部落을 형성한 것이며, 이후 계속해 여러 분파로 나누어져 번식해 나갔다."고 고증하였다. 이를 근거로 우리는 대담하게 이 호수 인면人面 채도 호로병이 바로 상고시대 강융호복희씨족羌戎虎伏羲氏族의 유물이라고 판단해볼 수 있다. 그렇다면 이 호수虎首는 당연히 그들 선조가 숭배했던 토템신이었으며, 호로병은 복희의 상징이었다고 말할 수 있을 것이다.

우리가 지금 다시 <그림 69 A>의 도상圖像으로 눈을 돌려 살펴보고자 하는것은, 이 도상 역시 본 연구 가운데 중요한 부분을 차지하고 있기 때문이다. 이 도상이 <그림 70>과 다른 점은 전자가 추상적이라면 후자는 사실적이라는 점이다. 이러한 차이점은 예술풍격의 차이라기보다는 문화적 차이에서 발생한 결과라고 할 수 있다.

<그림 70>은 사실적 풍격이 두드러지는데, 이것은 완전히 단순하게 조상을 숭배할 목적으로 제작된 것이고, <그림 69 A>는 이와 달리 불

규칙하게 선을 그어 반문斑紋을 완성하였는데, 특히 두 눈 가운데 하나는 뜨고, 하나는 감고 있어 더없이 신비스러워 보인다.

보기에 이 그림의 의미가 매우 복잡해 보이지만, 필자가 생각하기에 <그림 69, 70>은 모두 상고시대 옛 강융씨족羌戎氏族이 숭배했던 호두상虎頭像이거나, 혹은 복희의 상징으로 보여진다. 그 첫 번째 이유는 그림이 모두 옛 강수 유역에서 출토되었으며, 더욱이 출토지점 역시 서로 근접해 있다는 사실이다. <그림 69>의 채도병彩陶瓶은 강채姜寨에서 출토되었는데, 강姜과 강羌의 고의古義가 서로 같을 뿐만 아니라, 이 지역 역시 일찍이 상고시대 강족羌族이 모여 살던 곳이었으며, 이들의 형상과 구조 또한 조상을 상징하는 호로형葫蘆形의 형태를 보여주고 있기 때문이다. 두 번째 이유는 우리가 그들의 살아 있는 화석이라고 할 수 있는 이족彝族의 문화 중에서도 이와 관련된 근거를 찾을 수 있기 때문이다. 예를 들면, 이족의 가면 "탄구呑口"에 그려진 호두虎頭와 완전히 일치그림 76 참조되는 형상을 보여주고 있어 <그림 69 A>의 인면상 비밀을 벗기는 데 적지 않은 도움이 되고 있기 때문이다.

우선 우리의 주의를 끌면서도 또한 우리를 어렵게 만드는 것은 그 두 개의 신비한 눈이다. 눈은 마음의 창이라고 했는데, 그렇다면 이때 상고시대 사람들은 마음속으로 무엇을 생각했단 말인가? 만일 우리가 자세히 관찰하기만 한다면 그 의미를 어렵지 않게 발견할 수 있을 것이다. 원래 이 두 눈은 바로 일日과 월月을 상징하는 것으로, 고문 중에서는 "일日"자를 "⊖"의 형태로 썼으며, "월月"자는 "☽"의 형태로 썼는데, <그림 69>의 좌우 눈의 형상이 이것과 완전히 일치한다. 분명 그림 속에서 왼쪽 눈은 태양日을 가리키고 오른쪽 눈은 달月 두 개의 "월月"로 구성된 것 역시 "음陰"의 짝수를 가리킨다. "괘卦"의 음양 부호-. --를 통해 일월의 상수

象數로부터 시작된다. 즉 '●'은 일—로서, 일日을 나타내기 때문에 양陽을 가리키고, '◖'은 이=로서, 월月을 나타내기 때문에 음陰을 가리킨다."(강국량江國梁, 『주역원리여고대과기周易原理與古代科技』, 로강鷺江출판사)

그렇다면 상고시대 사람들이 두 눈을 일日과 월月의 형상으로 표현하고자 했던 그들의 문화적 심리와 동기는 무엇이란 말인가? 우리는 그들의 후예인 이족彛族의 창세신화 『매갈梅葛』를 통해 그들의 마음속 비밀을 엿볼 수 있다. 원래 그들은 한 쌍의 눈으로 일日과 월月을 표현한 호안虎眼을 창조하였던 것이다.

"하늘에 태양도 없고 달도 없었다.……

호랑이 머리로 하늘의 머리를 삼고, 호랑이 꼬리로 땅의 꼬리를 삼았다.

호랑이 코로 하늘의 코로 삼았으며,

호랑이 귀로 하늘의 귀를 삼았다.(주의 : 이상 언급한 내용은 <그림 70> 속의 호랑이 형태와 완전히 일치하고 있어 호虎 창세신화의 종교적 직관 형식을 엿볼 수 있으며, 무술적 의미를 지니고 있다.)

왼쪽 눈으로 태양을 삼고, 오른쪽 눈으로 달을 삼았다."(주의 : 이 표현은 바로 <그림 69 A>에 가깝다.)

그렇다면 어째서 존귀한 태양을 왼쪽 눈으로 그렸을까? 그 원인은 강인羌人들이 "흑黑을 숭상하고 왼쪽을 귀하게 여긴데서 찾을 수 있을 것이다." 그렇기 때문에 전체 화면 역시 모두 흑색으로 칠해져 있다.

　우리가 주목할 만한 점은 서정徐整의 『오운역년기五運歷年記』와 같은 고적
에서도 "처음 반고가 태어났는데, 죽을 때 몸을 변화시켰다. 그 기운은
바람과 구름이 되고, 소리는 우레가 되었으며, 왼쪽 눈은 해가 되었으며,
오른쪽 눈은 달이 되었다."고 하는 유사한 기록을 볼 수 있는데, 이를 통
해서도 상술한 이족彝族의 신화와 같은 뿌리에 기원을 두고 있다는 사실
을 엿볼 수 있다.

　앞에서 우리가 이미 언급한 바와 같이 "반고盤古"와 호복희虎伏羲가 모두
호로葫蘆를 의미하기 때문에, 아마도 그 기원이 상술한 두 가지 신화로부
터 갈라져 나온 것이 아닌가 싶다. 그래서 어떤 학자가 "반고신화는 서아
시아 바빌론에 전해오는 혼돈의 신 'Bau'에 기원을 두고 있다."고 주장한
것을 보면, 반고신화와 이족의 호창세신화가 서로 유사하다고 해서 이상
할 것은 없다. 서북쪽에 거주하던 옛 강융족羌戎族과 서아시아의 문화교류
는 지리적으로 유리한 점을 가지고 있었다. 실제로 지금으로부터 7,000
여 년 전 서아시아의 사마라Samara문화에서 발굴되는 채도병 위에도 이와
유사한 형태, 즉 "왼쪽 눈은 뜨고, 오른쪽 눈은 감고 있는" 신면상神面像이
발견되었다<(그림 69 B)>. 이를 근거로 볼 때, 반고신화를 비롯해 이족彝族
의 호虎창세신화, 그리고 강채姜寨의 호두虎頭 변형 호로병 등이 모두 서아
시아의 문화로부터 영향을 일부 받은 것으로 추측해 볼 수 있다.

　이와 같이 상고시대 앙소인들이 호로 위에 호두를 그려 놓고 조상의
혼령에게 제사를 지냈던 풍습은 오늘날까지도 면면이 이어져 오고 있으
며, 또한 비록 시대적으로 멀리 떨어져 있지만, 검은색 호두虎頭를 복희의
상징으로 숭배하는 이족의 "호로표葫蘆瓢"에서도 그 흔적을 찾아볼 수 있
다.

3) 음양철학관념의 기원과 역易의 발생

음양철학은 중국철학에서 기원적 성격을 지닌 철학으로서 그 관념의 탄생은 적어도 신석기시대, 혹은 그보다 더 이전까지 소급해 올라갈 수 있다. 그 이유는 이 호수虎首 인면人面 호로병을 통해 투시된 원시문화의 흔적이 우리에게 그 신비한 세계로 나갈 수 있는 길을 열어 주었기 때문이다. 오랜 시간 속에 매몰되어 버린 역사의 대문을 하나씩 열고 들어가 보면, 원시 인류의 문명이 우리가 상상했던 것보다 훨씬 더 발달했었다는 사실을 발견할 수 있을 것이다.

『역경易經』은 줄곧 사람들에게 모든 경전 중에서 가장 으뜸으로 여겨져 왔으며, 또한 "역이 음양"을 말하는 것으로 이해되어 왔다. 그래서 "태극분양의太極分兩儀"가 음양철학의 출발이 되었던 것이다.

유요한劉堯漢 선생은 "태극太極"이 바로 "태일太一"을 의미하며, 그리고 "태일太一"이 바로 "노호老虎"를 가리킨다고 고증하였다. 그는 "이른바 태일太一은 천신 가운데 가장 존귀하지만 사실은 호신면虎神面에 지나지 않으며, 그것은 상고시대 옛 강융족羌戎族의 호랑이虎 토템이다."(『중국문명원두신탐中國文明源頭新探』)고 밝혔다. 이와 동시에 그는 또 "'태일太一'은 중국문명의 기원을 이해하는데 있어 가장 중요한 단서이다."고 매우 긍정적으로 말했는데, 사실에서도 이미 증명되듯이 이 길을 따라 가다 보면 분명 더욱 확실하게 중국문명의 기원에 다가설 수 있을 것이다.

지금 여기서 대담하게 우리가 한걸음 더 나아가 이 호로병 위에 보이는 호두虎頭가 당시 사람들이 숭배했던 호신虎神 "태일太一"을 가리킨다고 말할 수도 있는데, 이 점에 관해서는 이미 앞에서 이족彝族의 창세신화를 언급할 때 논의한 바 있으며, 만일 아래와 같이 분석을 통해 다시 증명해 본다면, 그 이유는 더욱 충분해질 것이다.

우리가 볼 수 있는 <그림 69 A>의 호수인면상虎首人面像 중에서 가장 두드러진 부분은 신비한 두 눈 이외에 바로 얼굴 부위 중앙에 상하로 관통해 얼굴을 둘로 나누고 있는 수직선이라고 할 수 있다. 당시 사람들의 의도가 무엇이었을까? 이 점에 대해 우리가 만일 화면을 구성하고 있는 예술적 효과를 고려해 본다면, 그 의도는 더욱 명백해진다. 즉 그들이 일日과 월月을 통해 그들 마음속에 있는 음양철학에 관한 관념을 표현한 것이라는 사실이다.

여기서 일日과 월月은 천신 태일太一의 눈을 가리킨 것으로, 뜨고 있는 눈은 대낮을 상징하고, 감고 있는 눈은 밤을 상징한다. 이것은 원시사유에서 볼 수 있는 낭만적인 사고로써 신화 속에서 "천일天一이 눈을 뜨면 태양이 웃는 얼굴을 보이고, 천일天一이 눈을 감으면 달과 별들이 함께 미소를 짓는다."고 노래한 경우와 같은 의미이다(이족彝族의 사시史詩, 『사모사모査姆』). 일과 월은 주야의 변화를 대표하며, 또한 일월의 운행에 따라 추위와 더위에 변화가 일어나고 만물이 흥망성쇠하게 된다. 그래서 일월과 관련된 소수민족의 신화 속에서 "일종의 원시적인 철학적 의미가 담긴 음양관념을 표현한 것이다. …… 하늘天은 양陽이고 땅地는 음陰이다. 그래서 태양은 양이고 달은 음이다. 음양이 교합하여 만물을 생성한다."(장복삼張福三, 『원시인의 마음 속 세계原始人心目中的世界』, 운남민족출판사, 1986년판)고 표현하였던 것이다.

지금 우리는 화면을 통해 이 그림을 그린 사람의 생각이 예술적 형식에 의해 투영되어 나오는 것을 보았다. 하나의 직선이 호면虎面을 둘로 나눠 "태극太極을 양의兩儀"로 나눈 현상을 설명하였고, 호안虎眼을 해日와 달月로 나눠 "양의兩儀가 음양을 낳았다"는 원시적인 철학관념을 직관적으로 표현하고 있음을 알 수 있다.

또 하나 우리가 주목할 만한 점은 거칠면서도 가늘게, 또한 순서대로 배열하면서도, 흑백을 서로 교차시키는가하면, 서로 상반된 모습을 표현한 것은(이에 관한 문화적 의미는 뒷부분에서 자세히 설명하겠음)은 분명 그림을 그린 사람이 의도적으로 심혈을 기울여 접근했다는 사실을 엿볼 수 있다는 사실이다. 전체 화면의 구조가 "S"자형의 율동을 보여주고 있어 일종의 "음양어태극도陰陽魚太極圖"와 "수화광곽고水火匡廓圖"식의 시각적 효과를 나타내고 있는데, 이는 마치 도가에서 말하는 "두루 행하면서 위태하지 않고", "운행하면서 서로 순환한다"와 같은 우주 본원本源에 대한 인지認知를 나타내고 있는 듯하다.

이 모든 것이 마치 우리에게 일월日月, 흑백黑白, 율동을 통해 우주의 음양 변화에 대한 본질적 의미와 "역경易經" 중의 "역易"자에 대한 심층적 의미를 설명해 주고 있는 듯하다. 허신許慎은 『설문說文』 중에서 "역易"에 대해 "일월日月이 역易이며, 그 상象이 음양이다."고 설명하였는데, 필자가 보기에 이것은 결코 학자들이 생각하는 그러한 단순한 의미가 아니라고 생각한다. 이러한 해석은 "망의석자望義釋字"처럼 단순한 해석에 지나지 않기 때문이다. 우리가 생각하기에 "설문說文 중의 해석 가운데 현실적 근원을 비롯해 신화와 전설적인 근원을 모두 담고 있지만, 이 호수인면상虎首人面像에서는 바로 이러한 의미를 형상적으로 표현한 것이라고 볼 수 있다.

그렇기 때문에 우리는 이 호수인면상虎首人面像의 채도가 시사하고 있는 의미를 토대로 중국에서 음양철학 관념의 탄생이 결코 양성의 차이에 대한 인식에서 비롯된 것이 아니라, 일월의 운행에 따른 밤과 낮, 추위와 더위의 변화로부터 비롯된 결과라고 설명할 수 있을 것이다. 그래서 『역찬언易纂言』에서 "일양日陽의 기운이 드러나 낮이 되고, 월음月陰의 기운이 드러나 밤이 된다. 일이 가면 월이 오고, 월이 가면 일이 온다. 음과 양이 서로 바뀌어 낮과 밤이 된다."고 하였는데, 이것은 일월의 주야 현상에서 음양관념이 형성되어 나왔다는 것을 설명해 준다. 그래서 『주역정의周易正義・논역지삼명論易之三名』에서도 "대저 역이란 변화를 두루 이르는 것이며, 바뀌어감의 다른 이름이다. 천지가 개벽하면서 음양이 운행하여 추위와 더위가 번갈아 찾아오고, 해와 달이 번갈아 뜨며……그러므로 변화와 운행은 음양의 기운에 따른다.……."와 같이 언급하였다.

이 말은 일월의 운행이 한서寒暑의 현상 속에서 비롯되었다는 음양관념을 표현한 것이다.

상고시대 사람들의 음양에 대한 인식은 "우러러 하늘의 형상을 보고" 판단한 결과에서 비롯되었다고 볼 수 있다. 그 이유는 "하늘에 매달려 밝게 나타나는 형상 중에 해와 달보다 큰 것이 없다."(『계사전繫辭傳』)고 할 수 있기 때문이다. 그래서 여자요黎子耀는 『주역비의周易秘義』에서 "일日의 음양이 낮과 밤이 되며, 세歲의 음양이 추위와 더위가 되며, 음양이 오고가며 만물이 끊임없이 나고 순환하니, 이것이 바로 역의 도이다."고 설명해 놓았다.

이것이 바로 "역易"의 본래 의미이다.

만일 우리가 이족彝族의 창세신화를 참조해 이 호수인면상의 채도를 다시 증명해 본다면, 이 주장이 결코 잘못된 것이 아니라는 사실을 알 수 있을 것이다. 그렇기 때문에 이와 같은 의미에서 볼 때, 이 채도 호로병 위에 보이는 호수인면상이야 말로 음양철학의 본의에 대한 형상적 해석이자 "역이 음양"이라는 주장의 기원을 설명해 준다고 볼 수 있다.

4) 가장 오래된 천상도天象圖와 팔괘八卦 설명

어떤 학자는 고고학자료 가운데 하나인 "점서占筮에서 은허殷墟 3기(약 늠신廩辛 강정康丁 시기부터 서주西周 시기의 대략 목왕穆王 시기까지)부터 그 숫자가 모두 팔八자까지만 보이고, 구九자가 보이지 않는다."(장정랑張政烺의 『백서육십사괘발帛書六十四卦跋』)는 사실에 주목하였다. 분명 이와 같은 팔八자의 출현은 아마도 팔괘가 상고시대 사람들의 생활 속에서 중요한 위치를 차지하고 있었다는 사실을 엿보게 해준다.

그러나 팔괘가 도대체 언제부터 어디에서 시작되었는지 그 기원에 대해서 아직까지 일치된 견해는 없지만, 필자가 호수인면상 채도를 근거로 살펴볼 때, 팔괘가 출현한 시기는 적어도 역사시대 이전의 신석기시대까지 거슬러 올라간다고 볼 수 있으며, 팔괘가 역법설曆法說에 기원을 두고 있다고 보는 것이 더 합리적이라고 생각된다.

일찍이 여자요黎子耀는 『주역비의周易秘義』에서 "세歲는 여덟 개의 절기가 있었는데, 팔괘는 이것을 표시한다."고 지적하였다. 여기서 팔괘는 당연히 1년 가운데 8개의 절기를 의미한다. 즉 이른바 이분二分(春分, 秋分), 이지二至(夏至, 冬至), 사위四位(立春, 立夏, 立秋, 立冬)을 말하는 것이다.

왕홍기王紅旗는 『신기한 팔괘문화와 유희神奇的八卦文化與游戱』 중에서 "팔괘가 기왕 사상四象에서 변화 발전되어 나왔다고 한다면, 그렇다면 그들의 원시적 의미는 반드시 방향, 시간과 관련이 있을 것이다. 다시 말해서 팔괘는 동, 서, 남, 북, 동남, 서남, 동북, 서북 등의 8개의 방위를 표시하는 것이고, 시간적으로는 동지, 하지, 춘분, 추분, 입동, 입하, 입춘, 입추 등 8개의 절기를 나타내는 것이다."고 날카롭게 지적하였는데, 이 말은 상당히 합리적이라 우리가 팔괘의 기원을 찾는데 그 근거를 제공해 주고 있다고 볼 수 있다.

　주지하다시피 역법은 천문학의 범주에 속하는 학문으로서, 그 기원은 상당히 오래되었다. 인류가 신석기시대로 접어들어 농경사회로 진입하면서 농업 생산의 필요에 따라 역법의 제정과 전수는 필수불가결한 것이었고, 이로 인해 천문학의 발전이 촉진되는 계기가 되었다. 고염무顧炎武가 "삼대三代 이전에는 모든 사람들이 천문을 알고 있었다"(『일지록日知錄』)고 밝힌 것처럼 현대와는 달리 그 시기에는 천문학 지식이 상당히 보편화되어 있었다고 볼 수 있다. 그렇다면 천문학은 그 시대의 기본적인 문화의 구성요소로서, 그 영향 또한 당시의 문화 유적에 반영되지 않을 수 없었을 것이다.

　실제로 어떤 학자는 근래에 들어 자신의 연구를 토대로 6~7,000년 전 앙소문화의 반파유형 채도분彩陶盆 중에서 당시 사람들이 이미 천간天干지식과 북두칠성을 근거로 역법을 제정하고 전수했다는 흔적들을 발견했다고 밝히기도 하였다.

　전지강錢志强은 『반파인면어문신탐半坡人面魚紋新探』이라는 문장 중에서 주목할 만한 새로운 견해를 제기하였다. 즉 그는 반파어문半坡魚紋의 채도분彩陶盆 입구 가장자리에서 여덟 개로 구성된 두 종류의 부호문양을 발견하고, 만일 채도분 밑바닥에 마주보는 두 개의 점과 하나씩 연결시키면 "十"와 "✕"와 같은 두 가지 형상이 나타난다는 사실을 밝혔다. 이것은 바로 갑골문과 금문에서 "갑甲"자와 "계癸"자를 가리키는 것으로 십간일十干日의 처음과 끝을 의미한다(<그림 71>). 그래서 그는 "갑자와 계자를 서로 중첩시킨다면 '·十·'과 '·✕·' 역시 중첩된다고 생각하였다. 그렇다면 이 채도분 입구 가장자리에 보이는 원형의 8등분이 예부터 중

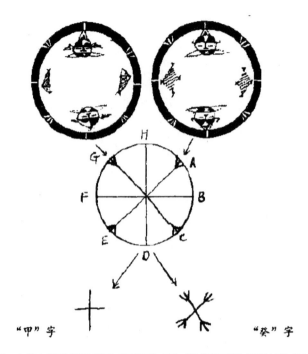

〈그림 71〉 물고기 무늬 채도분(彩陶盆)의 연용(沿用) 도안. 협서성(陝西省) 반파(半坡) 앙소(仰韶)문화

국에서 전해오는 8분 역법과 관계가 있는 것일까? 전하는 바에 따르면, 중국의 상고시대에 신농씨가 1년을 8등분으로 나누고 팔절八節(『주비칭경 周髀稱經』)이라고 일컬었다고 하는데, 지금까지도 일부 중국의 소수민족들 은 이를 팔방지년八方之年이라고 일컫는다고 한다. 이를 통해 반파시대의 사람들이 십진수인 갑甲과 계癸를 기본 역법 단위로 1년을 계산했다는 사실을 대략적이나마 엿볼 수 있다."고 주장하였다.

이러한 견해가 기본적으로 괜찮아 보이기는 하지만, 필자가 보기에 대체 로 두 가지 측면이 부족해 보인다. 이에 대한 보충은 우리가 뒤에서 토론하 고자 하는 내용과 밀접한 관련이 있기 때문에 반드시 필요하다고 생각된다.

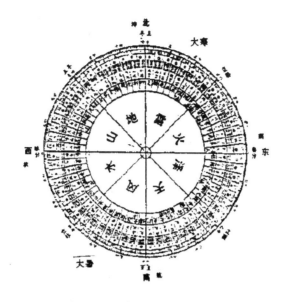

〈그림 72〉 원형 천상금역도(天象今譯圖). 복희(伏羲) 팔괘방위도

첫 번째는 갑甲자와 계癸자를 역법의 단위인 월을 기록하는 단위로 보는 것이 더욱 합리적이라 할 수 있다. 당연히 월月로서 년年을 말하는 것

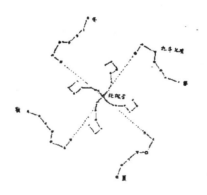

〈그림 73〉 사계절 북두칠성. 위치도.

201

이지, 일日로서 년을 말하지는 않기 때문이다. 더욱이 상고시대에는 갑과 계가 월月을 기록하는 단위로 사용되었는데, 그것이 바로 십월十月 역법이 다(이에 대해 뒷부분에서 상세히 언급하고자 한다).

두 번째는 우리가 만일 채도분彩陶盆 입구 가장자리에 보이는 8등분의 선을 복희팔괘방위도伏羲八卦方位圖(<그림 72>)와 대조해보면, 그 8개의 점이 8방위와 8개의 절기를 나타낸다는 것을 알 수 있을 것이다. 예를 들어, 우리가 영어의 자모로 표기하면 A(동북, 입춘), B(동, 춘분), C(동남, 입하), D(남, 하지), E(서남, 입추), F(서, 추분), G(서북, 입동), H(북, 동지) 등으로 나타낼 수 있다.

이러한 방위와 절기가 대응 관계를 나타내기 시작한 것은 대략 상고시대 북두칠성이 가리키는 방향에 따라 절기를 나눠 역법을 제정한 데서 그 기원을 찾을 수 있다. 즉 이른바 "북두칠성 중에서 두병의 병柄이 동쪽을 가리키면 천하가 봄이며, 두병이 남쪽을 가리키면 천하가 여름이며, 두병이 서쪽을 가리키면 가을이며, 두병이 북쪽을 가리키면 천하가 겨울임을 안다."는 말과 같다(『관관자鶡冠子·환류環流』<그림 73>).

지금 우리의 눈을 다시 <그림 69 A>에 보이는 호수인면상虎首人面像으로 돌려 보면, "6천 년 전의 중국 채도가 엄격하면서도 고정된 격식을 갖추고 있으며, 또한 오랜 세월 동안 변하지 않은 형식과 형태를 보여 주고 있으며, 과학과 종교에 대한 구체적인 인식과 정감을 전달하고 있음을 볼 때 결코 마음대로 모방하거나 조작하지 않았다."는 사실을 알 수 있다. 그렇다면 우리는 이 호수인면상의 형상 뒤에 숨겨진 원시문화의 의미가 도대체 무엇인지 살펴볼 필요가 있다.

우리는 이미 앞의 연구를 통해 우리의 사고를 넓힐 수 있었을 뿐만 아니라, 또한 이 "신의 한 획"을 통해 새로운 돌파구를 찾을 수 있었다. 즉 우리가 일월日月을 상징하는 두 눈을 일직선으로 긋고, 가로로 얼굴부위의 둥근 윤곽을 F와 B 두 지점과 교차시키면, 어문채도분魚紋彩陶盆 입구 가장자리의 문양과 유사한 형태가 우리 눈앞에 펼쳐진다는 사실을 발견할 수 있다.

이 FB의 가로선과 원래 얼굴 부위를 아래 위로 관통하는 수직선 HD와 교차시키면 "十"자형이 나타나게 되며, 이와 동시에 얼굴 부위에 원래부터 있던 "Ӿ"형상의 호반虎斑문양과 중첩되어 원주형의 윤곽 위에 8개의 교차점이 생기게 된다. 이 교차점이 바로 8개의 방위와 8개의 절기를 대표한다고 볼 수 있다. 영어 자모의 순서대로 배열하면 그 순서는 다음과 같다. 즉 A(동북, 입춘), B(동, 춘분), C(동남, 입하), D(남, 하지), E(서남, 입추), F(서, 추분), G(서북, 입동), H(북, 동지)(<그림 74>).

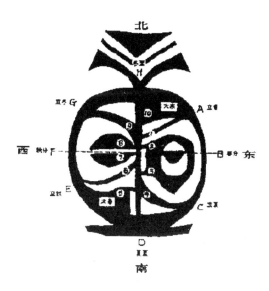

〈그림 74〉 호랑이 머리(虎首) 유인면상(類人面像) 분석도. 문자는 작자가 첨부한 것임.

만일 우리가 상술한 탐색의 결과가 성립될 수 있다고 한다면, 이것이 바로 팔괘의 기원이라고 생각하지 않을 수 없다. 단지 복잡하고 단순한 차이만 있을 뿐, 우리 눈에 보여지는 그것과 복희의 선천先天 팔괘천상도의 구성이 완전히 일치하고 있기 때문이다.

이외에도 두 가지 사실이 우리의 주목을 끄는데, 첫 번째는 호수인면상 중에서 위 아래로 관통하는 중앙의 수직선 윗부분에 보이는 "≫" 부호로써, 혹시 옛 곤坤자인 "≪"가 옆으로 선회한 형태가 아닌지 의심스럽다. 선천팔괘도가 후천팔괘도와 다른 점은 곤坤이 위에 있어 모계사회의 흔적을 엿볼 수 있다는 사실이다. 그렇기 때문에 중앙에서 수직으로 내려 그은 HD 역시 복희선천팔괘도의 자오선子午線으로 볼 수 있으며, 양자의 의미 또한 완전히 일치하게 된다. 이는 바로 천상도 중에서 한서寒暑를 나누는 분계선(동지, 하지)을 가리키며, 또한 팔괘도 중에서 음양을 나누는 분계선(건乾, 곤坤)을 가리킨다. 이것은 바로 "양陽에서 나와 오午에서 극에 달하고, 음陰은 오午에서 나와 자子에서 극에 달한다. 다시 말해서 양은 오일 때 극에 달하며, 음이 나오기 시작한다는 의미이다. 마찬가지로 음은 자일 때 극에 달하며, 양이 나오기 시작한다는 의미이다. 이것이 음양의 변화 발전이다."(종계록鐘啓祿, 『역경십육강易經十六講』)를 말하는 것이다. 즉 팔괘의 음양과 천상天象의 한서寒暑 변화와 운행이 서로 완전히 일치되는 모습을 보여주고 있다. 이러한 사실은 우리로 하여금 역법의 출현이 팔괘의 요람 속에서 나왔다고 생각하지 않을 수 없게 만드는 이유이다.

두 번째는 복희의 선천팔괘 중에는 건남乾南, 곤북坤北, 리동離東, 감서坎西 등 4개의 주요 방위(『주역周易』에서 인용한 소강절邵康節의 주석을 근거로 함)가 있는데, "이離가 일日이 되며, 감坎이 월月이 된다."는 말과 호수인면상도虎首人面像圖의 "왼쪽 눈은 일日이 되고, 오른쪽 눈은 월月이 된다."는 점을 비교해 볼 때 동서東西의 방위가 완전히 일치하고 있음을 알 수 있다. 이것은 아마도 일종의 문화의 변화와 발전의 결과에서 그 의미를 찾을 수 있을 것이다.

그렇기 때문에 우리는 이 호수인면도가 혹시 후대의 팔괘도와 직접적인 연원관계가 있을지도 모른다는 생각이 든다.

5) 상고시대 강융족羌戎族의 십월+月 태양력 실물 발견

이외에 또 하나 우리가 풀어야 할 흥미로운 수수께끼가 있다. 그것은 바로 우리가 발견한 바와 같이 호수인면상을 위에서 아래로 둘로 나누는 수직선 HD위에서 10개의 연결점이 각각 양쪽 호반虎斑문양과 연결되어 있다는 점이다. 특히 주목할 만한 점은 양쪽의 연결점이 각각 5개라는 사실이다(<그림 74>).

채도가 "마음대로 모방하거나 조작한 것"이 아니라면, 그것은 분명 당시 사람들이 심혈을 기울여 제작한 것일 것이다. 그렇다면 도대체 그것이 의미하는 것이 무엇이란 말인가? 자세히 관찰해보면 그것이 원래 상고시대 강융족이 남겨 놓은 십월역법도+月曆法圖라는 사실을 발견할 수 있다.

앞에서 우리가 인용한 전지강錢志强의 문장을 기억할 것이다. 즉 그는 반파半坡 어문채도분魚紋彩陶盆 위에 보이는 문양 장식이 "갑甲"자와 "계癸"자를 의미하며, 이는 일간日干의 처음과 마지막 자로서 날짜를 기록하는 "적일성년積日成年"의 기능을 가지고 있다고 말하였다.

그러나 필자가 생각하기에 여기서 갑甲자와 계癸자의 의미는 날짜의 기록이라기보다는 월月을 기록한 것으로 보인다. 그 이유는 앙소문화仰韶文化 시기에 이미 십월역법+月曆法이 존재하고 있었기 때문이다.

하신何新은 『제신의 기원諸神的起源』 중에서 "갑甲, 을乙, 병丙 …… 계癸 등의 십간+干은 처음에 일자를 기록하는 방법이 아니라 월月을 기록했던 방법이었다. 다시 말해서 아마도 상고시대에 이미 이러한 역법이 시행되고 있었던 것으로 보여진다. 1년의 주기를 10개로 등분해 나눈 것에 대해 어떤 사람은 10개의 태양을 '월月'로 나눈 다음, 각 월月을 십간의 글자로 그 명칭을 정한 것이다. 예를 들면, 갑월甲月, 을월乙月, 병월丙月 …… 계월癸月로 칭하였으며, 십간+干이 완전히 한 바퀴 돌면 1년이 된다. 그리고 1년의 365일을 대략 10개로 나누어 각 달을 36일로 하였으며, 나머지 5일을 윤달로 처리하였다. 그런 연후에 주기가 다시 시작된다."고 주장하였다.

필자는 『설문』 중에서 십간의 명칭에 관련된 해석을 찾아보았는데, 문장 곳곳에 그 시대의 흔적이 여전히 남아 있어 당시 십간+干을 이용해 월月을 기록하는 십월역법+月曆法이 존재했었다는 사실을 증명할 수 있다. 예를 들어,

甲 : 동방의 정월 기운이 싹을 틔운다.

丙 : 남쪽에 위치해 있으면, 만물이 성장하고 빛이 비쳐 음기가 일어나기 시작하고, 양기가 기울기 시작한다.

庚 : 서쪽에 위치해 있으면, 계절이 가을로 접어들어 만물에 열매가 맺힌다.

壬 : 북쪽에 위치해 있으면, 음이 극에 달하고 양이 나오기 시작한다.

우리는 이 십간十干의 명칭과 해석을 통해 방위, 물후物候(계절이나 기후에 따라 변화하는 만물의 상태), 음양 등의 의미가 담겨 있다는 사실을 파악할 수 있는데, 이것은 오직 1년 중에 발생할 수 있는 상황이다. 특히 "병丙"이 남방에 위치해 있다는 것은 "음기가 일어나기 시작하고, 양기가 기울어지기 시작한다."는 상황을 묘사한 것으로, 바로 건괘乾卦, 오중午中, 하지夏至의 위치를 가리킨 것이다. 그리고 "임壬"이 북방에 위치해 있다는 것은 "음이 극에 달하고 양이 나오기 시작한다."는 것을 의미한 것으로, 이 것은 바로 자중子中, 건괘乾卦, 동지冬至의 위치를 가르킨 것이다.

그래서 우리는 이와 같은 이유로 십간十干이 처음에 월月을 기록했던 명칭으로 사용되었다고 볼 수 있는데, 이는 마치 처음에 열두 마리 동물로 날짜日를 기록했던 상황과 같다고 볼 수 있다. 연구에 의하면, 열두 마리 짐승으로 날짜를 기록해 세 번 반복하면 한 달이 36일이 되는데(이족彝族은 현재까지도 사용하고 있음), 이것은 십월력에서 한 달을 36일로 계산했던 상황과 완전히 일치한다. 그리고 필자가 생각하기에, 이때 년年의 기록 역시 당연히 방위의 명칭을 가지고 사용했다고 보여진다. 따라서 여덟 개의 방위는 바로 "팔방지년八方之年"(東方之年, 東南方之年……)이 되는 것으로, 이 "팔방지년八方之年" 역시 년年을 기록하는 전통적인 방법이었음을 알 수 있다. 이것과 반파 어문채도분魚紋彩陶盆의 입구 가장자리 문양과 호수인면상 가운데 보이는 8개 방위의 작용이 완전히 일치하고 있음을 볼 때, 방위 역시 년年을 기록하는 상징으로 사용되었다는 사실을 엿볼 수 있다. 종합해 보면, 이 여덟 개의 방위가 년年을 기록한 것이며, 열 개의 간지는 월月을, 그리고 열두 마리 동물은 일日을 기록한 것으로 볼 수 있다.

지금 우리가 다시 호수인면상에 보이는 열 개의 연결점으로 돌아가 관찰해 볼 때, 이것은 분명 앙소仰韶시대 사람들이 십월역법十月曆法의 월月을 각 순서대로 구분해 그림으로 표시한 것으로 보인다.

진구김陳久金 선생은 『음양오행팔괘기원신설陰陽五行八卦起源新說』 중에서 "이른바 '태극太極'은 바로 1년의 통수通數이다. '양의兩儀'는 바로 1년을 반년씩 두 개로 나눈 것으로, 반년은 5개월이며, 1년은 10개월이 된다. 서남부 지역의 소수민족이 사용했던 가장 오래된 역법으로, 오행팔괘의 기원이 모두 이와 관련이 있다."(『자연과학사연구自然科學史研究』, 1986년 제2기)고 주장하였다.

그렇다면 우리는 이 호수인면상에 보이는 십월태양력十月太陽曆의 세수歲首를 어디서부터 시작해야 할까? 우리가 알고 있다시피 하대夏代의 역법은 십월태양력十月太陽曆을 사용하였다. 그래서 "夏建寅"이라는 말 역시 세수歲首의 시작이 바로 입춘 전후인 "인寅", 즉 입춘 전후라는 것을 말한다.(그림 72 참조) 그렇기 때문에 <그림 74> 중에 ①의 선을 표시해 놓은 것이다. 그 나머지를 이에 근거해 유추해 보면, 동지에서 끝나게 되는데 마침 10개월이 된다.

특히 우리가 주목할 점은 ⑤와 ⑩ 두개의 달月이 삼각형의 검은색으로 표현되어 다른 선과 분명하게 구분되고 있다는 점인데, 이것은 임의적으로 배치한 것이라기보다는 당시 사람들의 의도를 담고 있다고 볼 수 있다. 우리가 <그림 72>와 대조해 보면, 그 사실이 더욱 명백해진다. 원래 그 위치는 대서大暑와 대한大寒을 가리키며, 이 두 절기는 십월역법 중에서 화파절火把節과 성회절星回節을 가리키며, 그 의미는 이족彝族의 십월역법과 습속을 통해 엿볼 수 있듯이 두 개의 설날을 가리킨다. 일반적으로 이족의 "성회절"은 한족漢族의 음양역법에 의하면 12월 16일에 해당된다. 즉 입춘을 전후한 십월역법의 10월에 해당되는 것이다. 그리고 화파절火把節

은 한족의 음양역법으로 6월 24일에 해당되며, 십월역법의 5월에 해당된다.

이외에 위에서 언급한 우리의 연구에 대한 정확성을 증명하기 위하여 다음과 같이 하도팔괘河圖八卦를 예로 들고자 한다.

"하도팔괘는 십월태양력의 증거라고 볼 수 있는데, 하도팔괘의 구체적인 구조를 살펴보면, 그 결과는 더욱 명확해진다. 위에서 인용한 『하도河圖』의 흰색 테두리는 양陽을 대표하고, 검은색 테두리는 음陰을 대표한다. 그림圖은 3개의 층면으로 나눠져 있는데, 안쪽 층면은 1에서 4, 바깥 층면은 6에서 9, 그리고 5와 10은 중앙"에 배치되어 있다(유요한劉堯漢, 노앙盧央, 『문명중국적이족십월력文明中國的彝族十月曆』 아래 인용과 같다).

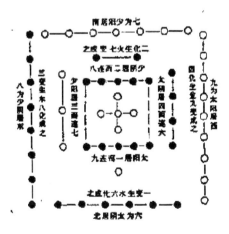

〈그림 75〉 주역(周易) 하도(河圖).

우리가 <그림 74>와 대조해 보면, 1에서 4는 바로 호수虎首 동반부 내에서 월月의 순서를 나타내고 있고, 6에서 9는 바로 서반부 내에서 월月의 순서를 나타내고 있다. 그리고 5월과 10월은 바로 중앙, 즉 하지에서 동지의 위치를 나타내고 있다.

『하도河圖』 중에서 "태양太陽은 1에 거하고 9를 연하며, 소음少陰은 2에 거하여 8에 연한다. 소양少陽은 3에 거하여 7에 연하고, 태음太陰은 4에 거하고 6에 연한다."고 하였는데, 여기서 "음, 양, 태, 소라는 추상이론을 제외하면 남는 것은 바로 1이 9를 연하고, 2가 8을 연하고, 3이 7을 연하고, 4가 6을 연하는 것뿐이다. 십월태양력 중에서 5월이 가장 덥고, 10월이 가장 춥다. 그러니 자연히 1월과 9월, 2월과 8월, 3월과 7월, 4월과 6월이 기온적으로 대칭되는 것이다. '연호'는 바로 같거나 대등하다는 의미이다."고 설명하였다.

이러한 해석은 <그림 74>를 통해 완전하게 서로 합치된다는 사실을 한 눈에 알 수 있다. 동과 서 가운데 부분의 일一과 구九, 이二와 팔八……서로 대칭하고 있다.

『하도』에서 또 "1이 변하여 물水을 낳으면 6이 화하여 이루고, 2가 화하여 불火을 낳으면 7이 변하여 이루고, 3이 변하여 목木을 낳으면 8이 화하여 이루고, 4가 변하여 금金을 낳으면 9가 변하여 이룬다."고 하였으며, 이어서 "오행이론을 제외하고 나면 남는 것은 바로 1이 변하여 6이 화하여 이루고, 2가 변하여 7이 화하여 이루며, 3이 변하여 8이 화하여 이루고, 4가 변하여 9가 화하여 이룬다는 것뿐이다. 십월태양력에서는 1년을 둘로 나누었으며, 이를 또한 1년 두 계절로 일컫기도 하였다. 이 점은 이족의 태양력에서도 명확하게 엿볼 수 있다. 5월 말 화파절이 되고, 화파절이 지나면 6월이 된다. 10월 말은 성회절이 되고, 성회절이 지나면 1월이 된다. 성회절과 화파절이 서로 반년 떨어져 있다. 이 두 개의 절기가 모두 설날이다. …… 상반년의 1월이 변하여 하반년의 6월이 되며, 상반년의 2월이 변하여 하반년의 7월이 된다. …… 이것이 바로 하도 변화의 과학적 의미이며, 변한다는 것은 바로 바뀐다는 의미이다."고 설명하였다.

이러한 해석 역시 <그림 74>를 통해 검증해 볼 수 있다. 예를 들어, 1월과 6월이 대칭되는 줄무늬 양쪽 끝에 있어 서로 대칭되면서도 동일선을 보여주고 있는 것처럼 4월과 9월 역시 "S"형태의 줄무늬 양쪽이 있어 서로 대립되면서도 동일성을 나타내고 있다. ……

이 모든 것이 팔괘와 역법의 밀접한 관계를 표명해 주는 동시에, 또한 직접적으로 십월+月 태양역법이 원시시대에 이미 존재했다는 사실을 증명해 준다고 볼 수 있다. 그 중에서도 여기 <그림 74> 가운데 보이는 호수인면상虎首人面像이 바로 가장 훌륭한 증거라고 할 수 있다.

주지하다시피 "팔괘는 처음에 계절의 변화 규칙을 점치는 것이었다. …… 선천의 팔괘나 후천의 팔괘를 막론하고 모두 팔괘의 열 가지 수는 바로 중국의 이족이나, 혹은 한족의 십월태양력에서 10개월을 의미하는 것이다." 그렇기 때문에 "팔괘의 기원이 강융羌戎의 문화와 밀접한 관계가 있다"는 주장은 분명 믿을 만한 견해라고 볼 수 있다.

6) 영혼관념과 기공氣功의 원시 정보에 관하여

호수인면상虎首人面像의 정수리 중앙 부분, 즉 "자중子中"의 부위에 "≫" 형태의 무늬가 보이는데, 앞에서 우리가 이것을 "지곤地坤"을 나타내는 부호라고 언급한 바 있다. 그러나 사실 이 보다 한층 더 깊은 의미를 함축하고 있는데, 이를 조금 더 전문적으로 말해서, 정수리의 신문神門을 빠져나온 영혼의 영생을 상징한 부호라고 말할 수 있다. 따라서 이러한 관념은 기공의 기원과 밀접한 상관관계를 가지고 있다고 볼 수 있다.

우리가 알다시피 앙소문화기仰韶文化期에 이르러 영혼에 관한 관념이 상당히 보편화되기 시작했다고 볼 수 있는데, 이와 관련된 예들은 수없이 많다. 예를 들어, 반파半坡 옹관장甕棺葬 속에서 도관陶棺 위에 보이는 작은 구멍은 알려진 바와 같이 "영혼의 통로"를 가리킨다. 감숙甘肅 등의 지역에서 출토된 서너 개의 앙소문화 도소인두陶塑人頭 정수리에서도 "노란 콩크기의 작은 구멍"(『감숙에서 출토된 서너 개의 앙소문화인상仰韶文化人像 도소陶塑』, 『문물』 1979년 11기)이 보이며, 반파半坡에서 출토된 채도어문인면상彩陶魚紋人面像 중에서도 그 정수리 신문神門 부분에 "삼각형의 작은 구멍天窗"이 뚫려 있는데, 학자들에 따르면 이 구멍이 상고시대 사람들이 영혼의 "출입구"로 여겼던 구멍이라고 한다.

장영명張榮明의 연구에 의하면, 이렇게 영혼이 정수리 구멍으로부터 빠져나온다는 관념은 "기공을 단련 할 때 심신心神이 둥둥 떠오르는 듯한 일종의 몽롱함이나 또는 환상을 느끼게 하는 느낌"(『중국고대기공中國古代氣功과 선진철학사상先秦哲學思想』)과 같다고 하였다.

상고시대 강융羌戎에 기원을 두고 있는 수많은 도교道敎 문헌 기록을 살펴보면 약속이라도 한 듯이 하나같이 이와 같은 견해를 보이고 있다.

『서산군선회진기西山群仙會眞記·연신합도편煉神合道篇』에서 일찍이 "기가 가득하여 충만하면 양신陽神이 밖으로 나오려고 한다.……천문이 스스로 열려 껍질을 버리고 나간다."라고 하였다.

이른바 "천문天門"은 정수리의 백회혈百會穴을 가리키며, 또한 "천궐天闕", "정문頂門"이라고 칭하기도 하는데, 이것은 호수인면상虎首人面像 중에서 "≶"의 문양이 위치한 곳과 일치한다.

이른바 "양신陽神"은 사람의 영혼을 가리키며, "혼魂은 양陽이며", "백魄은 음陰을 이른다." 도소인상陶塑人像 정수리 위의 작은 구멍과 그림 74 중의 호수인면상虎首人面像 정수리 중앙에 보이는 "≋"의 문양이 있는 곳에 모두 기가 가득하여 충만하지만, 사람이 사망할 때는 "양신이 밖으로 나오고자"하기 때문에 스스로 "천문天門"이 열리게 된다.

그렇다면 우리가 어째서 호수인면상虎首人面像에 기공과 같은 관념이 내포되어 있다고 생각하는 것일까? 기공은 도가에서 나온 일종의 전통적 인식으로, 즉 이른바 "천지는 대우주이고 인체는 소우주"라는 관념을 일컫는다. 그래서 기공은 사람이 대우주에 대한 일종의 모방에 지나지 않는다고 여긴다. 그렇다면, 이 그림 속에 표현된 상고시대 사람들의 우주 관념, 즉 음양철학, 역법, 팔괘 등등을 포함한 도식 가운데 기공관념이 내포되어 있다고 보는 것 역시 전혀 이상할 것이 없다. 왜냐하면 이 그림이 "사람은 천지의 기운에 상응하고, 일월과 서로 상응한다."(『영구靈樞·세로논편歲露論篇』)고 하는 일종의 정신적 관념을 구현한 것으로 볼 수 있기 때문이다.

그렇기 때문에 기공 역시 자연히 천상天象과 밀접한 관련을 가지고 있다. 도교에서는 하루 가운데 기공은 "반드시 한밤중의 자시子時 기운을 운용해야 한다."고 하였는데, 오직 이 시간에 "천지가 개벽하고, 일월이 합쳐지며 …… 사람의 몸에 음양이 모이기" 때문이다.(『성명규지性命圭旨·이집利集』)

분명한 점은 이 호수인면상에서 영혼이 빠져나오는 신문神門이 바로 자중子中을 가리킨다는 사실이다. 또한 곤복坤復은 두 괘卦 사이를 말하는 것으로, 곤坤은 바로 "음극陰極"이고, 복復은 바로 "양이 시작"됨을 말한다. 그렇기 때문에 자시子時 역시 음양이 교차하는 시간이며, 이와 동시에 태양_日은 동쪽에 머물고, 달_月은 서쪽에 머문다. 그러므로 "자시_{子時}" 역시 "일월이 합쳐지는 시간"으로 공교롭게도 음이 극성하여 "양신_{陽神}"이 나오기 시작하는 곳을 말한다.

이 외에 십월태양력_{十月太陽曆} 측면에서 보면, 이곳이 바로 열 번째 달에 해당하는 곳이다. 그렇다면 "열달이면 태가 이루어지고, 정문_{頂門}에서 신이 나오려고 한다."(『신전도서오편주_{新鐫道書五篇注}·백구장_{百句章}』)는 말 역시 이러한 문화적 의미와 관련이 있단 말인가?

끝으로 우리가 주의를 기울여야 할 점은 이와 같은 도교의 "양신_{陽神}이 나와 능히 환골탈태하면 장생불사 할 수 있다."는 관념 역시 도교의 신선설_{神仙說}에 근간을 두고 있어 기공과 불가분의 관계를 가지고 있다. 따라서 그 근원적 문화 정보 역시 이 호수인면상_{虎首人面像}에서 찾아 볼 수도 있다는 사실이다.

비록 지금 중화문명의 기원이 황하 중심설에서 다원설로 대체되어 가고 있지만, 필자가 생각하기에 전통적인 중화 문명의 주체는 역시 황하 유역에서 찾아야 할 것이다.

3. 원시예술과 이족_{彝族}문화 원류

이족의 원류에 대해서는 일찍부터 이견이 존재한다. 그 가운데 하나는 서남부 지역의 이족은 원래 현지에서 나고 자란 본토박이라는 설이고, 또 하나는 서남부 지역의 이족이 서북 지역의 옛 강융_{羌戎}으로부터, 혹은 서북 지역의 옛 강족이 남하하여 서남부 지역의 토착민족과 융합되어 형성되었다는 설이다. 만일 예술적 측면에서 조금 더 자세하게 들여다보면, 후자가 더 합리적인 주장으로 보인다. 그 이유는 원시예술에 대한 연구가 우리에게 몇 가지 단서를 제공해 주고 있기 때문이다. 그 가운데 가장 중요한 이유는 사람이 문화를 담는 그릇이라는 점이다. 만일 우리가 문화의 원류와 관련된 어떤 정보를 얻을 수 있다면, 민족의 이주와 관련된 일말의 실마리라도 잡을 수 있을 것이다. 필자가 아래에서 일부 잔존하는 원시예술, 혹은 일찍이 사람들이 주의를 기울이지 못했던 자료들을 민간신앙에서 찾아 낼 수만 있다면, 그것은 이족의 뿌리와 원류를 밝히는데 더없이 귀한 단서가 될 수 있다고 본다.

1) 이족의 호두호로과虎頭葫蘆瓢와 앙소仰韶 호두虎頭 호로병

이족은 흑호黑虎를 토템으로 삼고 있다. 일반적으로 이족은 제사의식이나 혹은 조상의 영혼을 제사지내는 의식을 거행할 때, 필마畢摩(제사祭司)를 초청해 호로표葫蘆瓢의 볼록한 부분을 붉게 칠하고, 그 위에 검은색으로 호랑이 머리를 그려 대문의 문미 위에 걸어놓는데, 이것은 호조虎祖에게 제사를 지내고 있는 것을 나타내는 것이다. 온전한 조롱박은 쉽게 고정을 시킬 수가 없는 까닭에 항상 하나를 둘로 쪼개 그 위에 호두虎頭를 그려 넣고 호두虎頭 조롱박을 상징한다. 이족의 전설에 의하면, 복희伏羲를 그들의 시조로 여겨 "조상에게 제사를 지낼 때 대문 위에 걸어 놓는 호두표虎頭瓢가 바로 복희를 대표한다."(유요한劉堯漢, 『이족사회역사조사문집彝族社會歷史文集』)고 보았다. 이 호두표虎頭瓢는 역귀를 쫓는 나문화儺文化 중에서 "탄구吞口"라고 불리는 가면을 가리키는데, 이를 통해 우리가 엿볼 수 있는 사실은 이 가운데 응집되어 있는 문화적 관념이 사실상 그들의 토템숭배와 조상숭배사상을 하나로 합쳐 놓은 것이라는 점이다(<그림 76>).

〈그림 76〉 이족(彝族) 호랑이 머리 조롱박. 〈그림 77〉 호랑이 채도(彩陶) 조롱박병.
아가리 협서서 임동(臨潼) 약 5,000~6,000년 전

바로 구소련의 문화인류학자 코스번COSVENTI이 언급한 바와 같이 "가면은 조형예술 가운데 하나의 특수한 영역을 차지하고 있으며, 이러한 가면이 아득히 먼 고대부터 출현했다는 사실이다.……."(『원시문화사강原始文化史綱』).

이처럼 이족의 호두호로虎頭葫蘆 탄구呑口 역시 "상고시대에 가장 먼저 출현한……" 것으로 볼 수 있지만, 문제는 우리가 어떻게 그 시대의 초기 형태를 찾아 볼 수 있는가 하는 점이다. 다행히도 이 문제를 해결하는데 고고학적 발굴이 많은 도움을 주고 있다. 앞의 절에서 우리가 언급한 바

와 같이 이족의 선조인 강융족羌戎族의 세거지世居地였던 위수(渭水 : 옛 명칭
은 강수羌水) 유역에서 호두채도호로병虎頭彩陶葫蘆瓶(<그림 77>)이 출토되었는
데, 그 재료만 서로 다를 뿐 양자가 놀라울 정도로 닮아 있어 경이로움을
느끼게 한다. 양자의 제작 형태와 풍격이 얼마나 닮았는지 거의 시공상
의 차이를 느끼지 못하게 한다.

　우선 양자 모두 호로의 튀어 나온 부위에 검은색 호두虎頭가 그려져 있
으며, 또한 양자 모두 크고 작은 두 개의 동심원으로 호안虎眼이 묘사되어
있다. 그리고 마늘쪽을 닮은 호비虎鼻와 시뻘건 큰 입가의 크고 긴 이빨은
공포감을 불러일으킬 만큼 흉악스러워 사람을 놀라게 한다. 특히 콧부리
가 이마 사이까지 이어져 있고, 그 사이에 "ﾍﾍ"형태의 호반虎班 문양이 예
술적으로 처리하여 마치 한 사람의 손에서 나온 것처럼 보인다. 이족의
호두호로표虎頭虎蘆瓢 탄구呑口가 조상의 신령을 의미하는 복희伏羲를 대표한
다고 한다면, 위수 유역에서 발견된 호두호로병虎頭葫蘆瓶 역시 당연히 복
희를 숭상하는 초기 형태의 모습으로 볼 수 있을 것이다. 그렇기 때문에
사실상 이것은 호랑이를 숭배하는 토템으로 볼 수 있다. 이 부분은 앞 절
에서 이미 충분히 논증한 바 있어 이것과 이족의 호두호로虎頭葫蘆가 서로
일맥상통하고 있다는 사실을 쉽게 알 수 있다. 그래서 이족은 이것을 "나
나ﾍﾍ"라고 일컫고 있는데, 그 의미는 "호랑이虎"라는 뜻이다.

　그러나 여기서 특별히 강조하고자 하는 점은 이족의 호두호로표虎頭虎蘆
瓢 탄구呑口가 이족의 문화 원류에 대한 탐색 과정에서 특별한 의미와 가
치를 지니고 있다는 사실이다. 분명한 사실은 이족이 이제까지 서남 지
역의 궁벽한 산촌에 거주해 왔던 까닭에 상대적으로 상고시대 원주민들
의 원시적 문화와 풍습이 상당히 많이 보존되어 있어 사람들로부터 "살
아 있는 화석"으로 불린다는 점이다. 그렇기 때문에 이들의 문화와 풍습

이 출토된 문물과 놀랍도록 서로 가깝다는 사실은 이상하기보다는 오히려 우리에게 큰 기쁨을 가져다준다고 할 수 있다.

그러므로 우리는 당연히 이족의 호두虎頭 가면탄구이 가장 오래된 형상 가운데 하나라는 사실을 믿을 수 있다. "원시인들은 토템을 숭배하는 과정에서 여러 가지 토템 가면을 제작하였다. 토템은 본래 씨족의 신으로 숭배되는 대상인 까닭에, 토템의 신화와 연계되는 여러 가지 표현 형식이 다양한 층면의 내용을 구성하고 있다. …… 토템은 대부분 동물을 대상으로 하기 때문에 이러한 토템 가면 역시 최초의 가면 가운데 하나라고 할 수 있다."(이자화李子和, 『신앙信仰, 생명生命, 예술적 교향藝術的交響』, 귀주인문출판사, 1991년판, p.184). 이족의 호두가면(탄구)은 인류 초기의 가면형식을 보존하고 있어, 토템신화와 관련된 일종의 표현 형식이라고 볼 수 있다. 즉 이것은 이족의 창세신화 가운데 보이는 호랑이 시해尸解와 밀접한 관계를 지니고 있으며(이족의 신화 『매갈梅葛』 참조), 더욱이 호랑이가 이족의 토템신과 조상신으로 숭배되었다는 사실 역시 두 가지의 경우가 하나로 합쳐진 예라고 할 수 있다. 이것이 바로 호두탄구가 수천 년 동안 변하지 않고 지속적으로 전승되어 내려온 내재적 원인이었다고 볼 수 있다.

따라서 우리는 이 호두가면탄구이 바로 상고시대 옛 강융 호씨족의 토템신으로부터 변화 발전되어 온 것이며, 또한 그 자체로 우리에게 문화적 정보를 전달해 주고 있다고 믿을 수 있다. 그 중요성은 우선 오늘날 이족의 호두가면탄구이 상고시대 호랑이를 숭배했던 강융羌戎족의 토템문화로부터 확대되어 나타났으며, 또한 그 원시종교와 무술무술이 민간에서 지속적으로 계승되어 오고 있다는 사실에서 찾아볼 수 있을 것이다. 더욱이 이러한 문화적 원류가 서북지역 황토고원에 위치한 황위湟渭에서 비롯되었다는 사실을 우리에게 분명하게 제시해 준다는 점에서 그 중요성을 재확인해 볼 수 있을 것이다.

2) 이족의 신비한 팔각성八角星 무늬와 원시시대의 팔각성 문양

이족이 거주하는 거의 모든 지역과 생활상에서 팔각성 문양의 도안이 발견되고 있는데, 그 가운데 직물과 자수품 중에서 손쉽게 찾아 볼 수 있는 문양은 모두 그림 78에서 엿볼 수 있다. 심지어 화장묘火葬墓의 묘표, 혹은 이족 부락끼리 싸움을 할 때 사용하는 쌍방의 깃발 위에도 팔각성 문양이 보인다(<그림 79>).

〈그림 78〉 팔각성(八角星) 문양. 이족(彝族) 도화위요(挑花圍腰) 도안.
주의 : 동서남북 등의 방위를 화살표로 나타냄.

이처럼 팔각성문화가 거의 모든 이족의 전통문화 가운데 깊숙하게 침

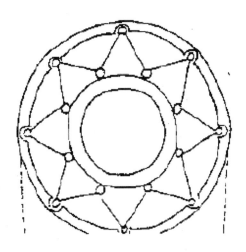

〈그림 79〉 팔각성(八角星) 문양. 이족(彝族) 화장묘(火葬墓) 묘지 표시 도안.

투되어 있다고 말할 수 있다. 팔각성 문양이 이족의 마음속에서 이와 같이 신성한 지위를 지니고 특별히 숭상되었던 것은 단순한 민족의 기호에서 출발했다기보다는 종교적인 의미와 깊은 관련을 가지고 있다. 즉 일종의 신비한 상징성을 지니고 있는 부호로써 실질적으로 우주의 구조를 설명하는 이족의 팔방八方 관념을 대표하는 이족의 팔괘, 역법과 밀접한 관련이 있다.

"이족의 팔각원륜八角圓輪은 이족의 팔괘를 상징적으로 표현하고 있는데, 이는 다시 말해서 당시 이족의 팔괘도八卦圖를 의미한다."(진구금陳久金, 유요한劉堯漢, 『이족천문학사彝族天文學史』, 운남인민출판사, 1991년, p.315). 그러나 이족의 팔괘는 공간을 묘사하는 작용뿐만 아니라 시간을 묘사하는 작용도 함께 갖추고 있었다. 이 팔각성 문양은 팔괘도 뿐만 아니라 역법의 팔방지년八方之年, 즉 동방지년東方之年, 동남방지년東南方之年, 남방지년南方之年, 서남방지년西南方之年, 남방지년南方之年, 서북방지년西北方之年, 북방지년北方之年,

동북방지년東北方之年 등을 가리키기도 한다. 이것은 8년을 주기로 순환하며, 이족의 독특한 기년법紀年法이다.

이와 동시에 팔각성 문양 또한 8개의 절기, 즉 봄春, 여름夏, 가을秋, 겨울冬, 춘분春分, 추분秋分, 하지夏至, 동지冬至를 대표하고 있다.

위에서 상술한 몇 가지 내용을 토대로 팔각성 문양 가운데 함축된 문화적 의미가 얼마나 풍부하고 심오했으면 이족이 마음속으로 신명神明처럼

〈그림 80〉 팔각성(八角星) 문양. 대문구(大汶口) 문화 채도 사발 도안. 강소성 비현(邳縣) 출토.

〈그림 81〉 팔각성(八角星) 문양. 소하연(小河沿) 문화 채도 도안. 내몽고 오한기(敖漢旗) 출토.

221

〈그림 82〉 팔각성(八角星) 문양. 대계(大溪)문화 채도 도안 하남 출토.

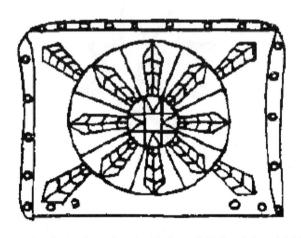

〈그림 83〉 옥편(玉片) 팔각성(八角星) 문양. 안휘성(安徽省) 함산(含山) 출토 약 5,000년 전.

떠받들었는지 그 기본적인 이해를 어느 정도 구할 수 있었을 것이다. 물론 여기에 담겨진 문화적 의미가 여기에만 국한된 것이 아니라, 또한 태양의 상징적 의미도 함축하고 있다는 사실을 간과해서는 안 될 것이다.

그러나 재미있는 사실은 팔각성 문양이 결코 서남 지역에 거주하는 이 족의 토착문화가 아니라는 점이다. 팔각성 문양의 역사는 5천 년 전 신

석기시대까지 거슬러 올라가며, 발견되고 있는 지역이 모두 서남 지역과
멀리 떨어진 동북, 화북, 동남 등의 지역이라는 사실이다. 예를 들어, 강
소성 비현邳縣의 대돈자大墩子(<그림 80>), 내몽고의 오한기敖漢旗(<그림
81>), 호남 대계문화大溪文化의 탕가강湯家崗(<그림 82>), 안휘성 함산含山의
장강향長崗鄕(<그림 83>) 등의 지역에까지 이른다.

이 가운데 특히 최근 안휘성 함산에서 출토된 옥편玉片에서 팔각성 문
양이 발견되어 사람의 눈길을 끌고 있다.

옥편玉片 정면에 중심을 둘러싸고 두 개의 크고 작은 둥근 원이 새겨
져 있는데, 그 안쪽 원안의 네모를 중심으로 팔각형 도안이 새겨져 있
고, 안쪽과 바깥쪽 원 사이에 8개의 직선으로 8등분되어 있다. 그리고
각 등분 가운데 화살촉이 하나씩 새겨져 있으며, 바깥쪽 원과 옥편 네
귀퉁이 사이에도 화살촉이 각각 하나씩 새겨져 있다. 옥편의 좌우 양쪽
끝부분에는 5개의 둥근 구멍이 각각 뚫려 있으며, 움푹 들어가지 않은
긴쪽에는 4개의 둥근 구멍이, 움푹 들어간 긴쪽에는 9개의 둥근 구멍이
뚫려 있다.

학자들의 연구에 의하면, 옥편에서 큰 원 위에 새겨 놓은 것은 8개의
방위, 그리고 8개의 계절과 관련 있으며, 그리고 네 귀퉁이에 보이는 4개
의 화살촉은 팔괘의 사상四象과 관련되어 있다고 한다. 이것은 당연히 선
사시대 원시 팔괘의 도형으로 볼 수 있으며, 더욱이 옥편 둘레의 4, 5, 9,
5의 수는 낙서洛書와 완전히 일치되고 있어 이 옥편은 5천 년 전의 하력夏
曆, 즉 십월태양력十月太陽曆이 이미 존재했었다는 사실을 뒷받침해 주는 귀
중한 자료라고 하겠다(진구금陳久金, 장경국張敬國, 『함산출토옥편도형시고含山出土玉
片圖形試考』, 『문물』, 1989년 제4기).

여기에 이르러 우리는 이족의 팔각성 문양 가운데 내포된 여러 단계의

문화적 의미와 팔각성 문양의 기원에 대해 어느 정도 이해를 구할 수 있었을 것이다.

그렇다면 저 멀리 떨어져 있는 북방의 팔각성 문양은 어떻게 이족의 선조들이 지금 서남 지역에 거주하는 이족에게 전해 주었을까? 이 문제는 분명 사람의 관심을 끄는 부분이다. 그러나 팔각성 문양이 발견되고 있는 지역이 대부분 동이문화東夷文化의 범주에 속한다는 사실을 고려해 볼 때, 이족의 문화와 동이문화의 연원관계는 소홀히 다룰 수 없는 문제이다.

3) 이족문화 가운데 융합된 서부 강羌족과 서아시아문화 요인

일찍이 운남에서 변체變體 이문彝文으로 쓰인 서적이 하나 발견되었는데, 이 책의 명칭을 일반적으로 "변체이문종교시의서變體彝文宗敎示意書"라고 부른다. 이 책은 필사본으로 거친 비단 지질을 사용하였으며, 표지는 마포麻布로 둘러쌓여 있는데, 모두 100여 페이지에 이른다. 그 내용은 주로 제신祭神, 제산祭山, 제수祭樹, 소재消災 등을 소재로 한 원시종교 활동 내용(표정, 동작, 함축어, 도형 등으로 의사를 표시)을 담고 있다. 하지만 이 책에 기록된 문자가 어떤 문자인지 아직 확실하게 고증을 하지 못하고 있는 상황이다(이 책은 중국사회과학원민족연구소 보존되어 있다).

그렇지만 필자의 주의를 끄는 부분은 충만한 원시적 의미를 담고 있는 도보圖譜이다. 특히 인물 조형에 보이는 예술풍격은 의외로 우리가 이족문화의 기원을 찾는데 더없이 중요한 단서를 제공해 주고 있다.

주목할 만한 점은 인물조형이 명확하게 두드러진 특징을 갖추고 있다

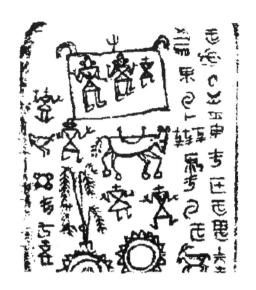

〈그림 84〉 변체이문종교시의서(變體彝文宗敎示意書). 중국사회과원민족연구소 소장.

〈그림 85〉 신점(新店)문화 채도 인물형상. 감숙성 출토.

는 사실이다. 그 몸은 일률적으로 두 개의 맞꼭지각 삼각형으로 구성되어 있으며, 양팔은 구부렸다 약간 위로 들어 올린 형상을 하고 있다. 그리고 다리는 대구 모양의 직선으로 처리되어 있다. 두부頭部는 "品"자 형태나 혹은 간단한 "十"자 형태를 보여주고 있는데, 여기서 분명한 점은 인물 화법이 이미 도식화, 혹은 부호화 되어 있다는 사실이다.

의미심장한 것은 중국의 감숙성 청해성 지역에서 발견되고 있는 청동기시대의 신점辛店문화 채도彩陶에서도 뜻밖에 이 화법과 풍격이 완전히 일치되는 인물 조형이 발견되었다는 사실이다(<그림 85>).

〈그림 86〉 인물 형상. 서사이사 사마라문화 채도 도안.

〈그림 87〉 인물 형상. 이란 서남부 채도 도안. 약 6,000~7,000년 전.

더욱 재미있는 것은 만일 우리가 시야를 조금 더 멀리 서아시아 쪽을 바라보면 더욱 놀라운 사실을 발견할 수 있다는 사실이다. 그것은 바로 출토된 초기의 채도彩陶 중에서도 상술한 예술풍격과 거의 완전하게 일치되는 인물조형이 발견되었다는 점이다(<그림 86, 87>). 우리는 잠시 이러한 풍격을 "신점辛店풍격", 혹은 "서아시아 유형"으로 일컫고자 한다.

신점문화의 인물풍격과 이족의 "변체이문종교시의서"에 보이는 인물풍격이 완전하게 일치하는 점 이외에도 우리가 주목할 만한 점은 신점문화의 족속族屬에 관한 문제이다.

비록 신점문화에 내포된 의미가 결코 단순한 것은 아니지만 고고학자들의 연구에 근거해 볼 때, 신점문화의 주인은 당연히 옛 강인羌人이며, 고고학 자료와 문헌에도 "황하 상류의 여러 청동기문화 중에서 옛 강인羌人과 가장 밀접한 문화는 당연히 신점문화이다"(사서거謝瑞琚, 『신점문화족속려측辛店文化族屬蠡測』, 『화하문명華夏文明』 제2집, 북경대학출판사)고 기록되어 있다. 특히 신점문화의 매장埋葬풍습은 토장土葬도 있고 화장火葬도 있는데, 이러한 풍습은 옛 강인羌人 및 이족彝族의 습속과 완전히 일치하고 있다.

이로서 볼 때, 이족문화와 신점문화의 밀접한 관계는 우연의 일치라기보다는 원래 이족이 바로 남쪽으로 이주한 서강족西羌族의 후예라는 사실을 밝혀주고 있다고 볼 수 있다. 사료와 고증의 결과를 근거로 해 볼 때, 옛 강인羌人이 서북의 황위湟渭 지역에 거주하였으며, 또한 협서陝西, 감숙甘肅, 청해靑海 지역에도 거주했다는 사실을 알 수 있다. 옛 강인羌人의 역사는 매우 유구하며, 또한 그 활동 지역도 매우 광범위하였다. 일찍이 몇 번의 이주를 거치면서 동쪽과 남쪽 방향으로 발전하였는데, 그 중에서도 지금의 사천과 운남 지역에 가장 많이 거주하고 있다. 특히 사천을 거쳐 운남 지역으로 이주한 사람들이 가장 많으며, 서쪽으로는 신강의 파미르

고원에 이르기까지 넓은 지역에 분포하고 있다. 여기까지 말하고 나서 근래 신강 알타이 지역에서 발견된 동굴 암각화 중에서 신점문화와 이족종교시의서彝族宗敎示意書 상에 보이는 조형인물과 완전히 동일한 인물조형이 발견되었다는 사실을 언급하지 않을 수 없다(<그림 88>).

〈그림 1〉 그림 88 인물 형상. 신강(新疆) 알타이산 동굴 암각화.
주의 : 인물 구조와 풍격이 〈그림 89〉의 지격아용支格阿龍과 완전히 일치한다.

전체적인 주요 구조는 두 개의 맞꼭지각 삼각형이 몸을 이루고 있어 이 역시 전형적인 "신점문화"에 속하는 형태로 볼 수 있는데, 이 조형이 신점문화와 같은 시기의 옛 강인羌人들의 유적에서 발견되었다는 사실을 고려해 볼 때, 이족과 깊은 연원 관계가 있다는 점에 대해서는 의심할 여지가 없어 보인다.

여기에서 우리는 부득이하게 다음과 같은 문제에 대해 고려해 보지 않을 수 없다. 즉 필자가 언급한 "신점풍격"이 어째서 천편일률적으로 상고시대의 채도와 암각화, 그리고 이족의 문화 중에서 반복적으로 출현하고 있느냐 하는 점이다.

이 점에 대해 아마도 다음과 같은 해석이 비교적 합리적이라고 볼 수 있다. 즉 이러한 유물들이 모종의 신비한 종교적 의미를 나타내거나, 혹은 옛 강인의 신성한 족휘를 상징했던 것으로 볼 수 있다.

4) 이족의 신화 지격아용支格阿龍과 서방신화

그림 89에 표현된 것은 이족의 유명한 신화 가운데 등장하는 거인 지격아용과 그가 비마飛馬를 타고 있는 모습이다.

우리가 이족의 민간에서 유행하는 원시적 색채가 충만한 이 그림에 대해 관심을 가지는 이유는 그림 자체뿐만 아니라 그림에 표현된 신화고사의 문화학적 의의 때문이라고 할 수 있다.

우선 우리는 이 그림의 예술풍격에서 여전히 "신점풍격"과 동일한 풍격을 엿볼 수 있다. 두 개의 맞꼭지각 삼각형으로 구성되어 있는 몸, 구부렸다 약간 위로 들어 올린 양팔과 수직선 형태의 다리와 밖으로 벌린 발, 그리고 못의 형상을 하고 있는 목 등의 조형을 살펴볼 때, 그 화법이나 예술풍격에서 신점문화, 서아시아 채도, 심지어 신강의 알타이 암각화 가운데 보이는 인물조형에 이르기까지 모두 일치된 모습을 보이고 있다. 따라서 이것은 분명 중국의 서북일대에 거주했던 기마민족 강인羌人의 전형적인 형상이라고 할 수 있다. 즉 이미 부호화된 "서아시아 유형"으로 자리 잡게 된 것이다. 종합적으로 상술한 내용을 검토해 보면, 이것이 우리가 이족문화의 원류를 찾는데 중요한 이정표 역할을 해주고 있다는 사실이다.

이외에 지격아용支格阿龍신화 자체에서도 역시 몇 가지 주목할 만한 가
치를 찾아볼 수 있다.

(1) 매鷹는 서방신화 계통에서 토템이자 성물聖物이다

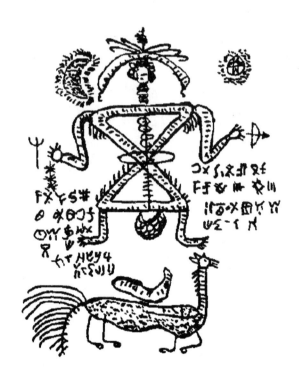

〈그림 89〉 지격아용상(支格阿龍)과 그의 비마(飛馬)와 안장. 이족(彛族) 고대민간예술

이족의 신화에 의하면, 지격아용은 매鷹의 아들이라고 한다. 일찍이 그
는 포마열일蒲瑪列日이라고 하는 아가씨가 신응神鷹의 피를 받아들이고 잉
태되어 태어났다고 한다.

서방신화 계통에서 거의 모든 주신主神과 영웅이 모두 매鷹와 불가분의 관계를 가지고 있다. 이집트신화 중에 보이는 태양신과 유명한 호루스 Horus신의 모습도 매鷹의 형상을 하고 있다. 희랍신화 중에서는 주신 제우 스를 대표하는 성물로 매鷹가 등장한다. 그리고 서아시아의 유명한 신화 사시神話史詩 『길가 메쉬Gilgamish』에 등장하는 주인공 길가 메쉬 역시 매鷹와 깊은 관계를 가지고 있다. 그는 태어나자마자 사람들에 의해 탑 위에서 아래로 던져졌는데, 그가 땅에 닿기 전에 어디선가 매 한 마리가 날아와 구해 주었다고 한다. 신화학자들은 이 매鷹를 태양신의 화신(스펜서 (Spence), 『바빌로니아와 아시리아의 신화전설』)으로 여기고 있다.

(2) 신마神馬 - 유목민족의 신화사시 중에 등장하는 두 번째 주인공

거의 모든 유목민족 가운데 탄생한 영웅의 형상은 예외 없이 모두 말 과 깊은 관계를 가지고 있으며, 또한 주인공이 말과 특수한 관계에 있다 는 사실을 언급해 놓고 있다. 장족藏族의 영웅사시 중에 보이는 격살이格薩 爾로부터 몽고족의 영웅사시에 보이는 격사이가한格斯爾可汗, 그리고 가이 극자족柯爾克孜族의 영웅사시에 등장하는 주인공 마납사瑪納斯에 이르기까지, 심지어 희랍신화 가운데 출현하는 영웅에 이르기까지 말과 밀접한 관계 를 보여 주고 있으며, 여기에 등장하는 말 역시 모두 신마神馬로 묘사되고 있다.

이족신화 가운데 등장하는 영웅 지격아용支格阿龍 역시 사모도덕四母都德 이라 부르는 신마를 가지고 있었는데, 여기서 우리가 주목할 점은 신마 가 한 쌍의 날개를 가지고 있어 하늘을 날 수 있다는 점이다. 이러한 사

231

실은 우리가 희랍신화 속의 영웅 벨레로폰Bellerophon이 타고 다니는 날개 달린 말 페가수스Pegasus를 떠올리게 한다. 날개 달린 말의 형상은 한 무제 때 서역 교통로가 연결된 후 서방으로부터 중원에 전래된 것으로, 이러한 흔적은 회화와 조각에서도 살펴볼 수 있는데, 이것은 분명 서방에서 전래된 형상이라고 하겠다.

(3) 순마馴馬 — 유목생활에서 목축생활로 접어든 상징

이족신화 속에서 영웅 지격아용支格阿龍은 말을 처음 길들인 사람으로 등장하고 있다. 전설에 의하면, 이전에 말은 사람을 잡아먹었다고 한다. 어느 날 지격아용이 길을 떠났다가 길에서 말의 무리와 만나게 되었다. 이때 말들은 그가 혼자인 것을 보고 자신들의 무리가 배불리 먹을 수 없음을 알고, 그에게 사람을 잡아먹을 수 있도록 길을 안내 하도록 하였다. 그러자 그는 가는 것은 좋지만 길이 너무 멀어 어렵다고 말하였다. 그러자 말들은 그를 자신의 등 위에 타도록 하였다. 이때 그는 이렇게 가면 말 위에서 떨어져 내릴 수 있기 때문에 밧줄로 입에 재갈을 물린 다음 밧줄 끝을 자신이 잡고 가는 것이 어떻겠냐고 말에게 제안하였다. 그리 하여 그는 밧줄을 찾아 재갈을 만들어 말의 입에 물린 다음 말 위에 올라타서 밧줄을 꽉 잡자 말에서 쉽게 떨어져 내리지 않게 되었다. 이로부터 인류가 말을 길들일 수 있게 되었다고 한다(『이족민간고사선彝族民間故事選』).

우리는 또한 희랍신화에 등장하는 영웅 벨레로폰을 떠올리게 되는데, 그 역시 말을 처음으로 길들인 사람이라고 전한다. 그는 여러 차례 페가수스를 길들여 타고자 했지만 누차 실패하고 말았다. 마지막에 그는 코린토스Corinth인들이 그를 유혹하여 아테나Athena의 제단 위에서 잠들도록 하였는데, 이 때 꿈속에서 아테나가 그에게 금으로 만든 재갈을 하나 주었다. 꿈에서 깨어나 보니 과연 자신의 몸 옆에 금재갈이 있었다. 그는 샘 근처에 숨어 있다가 페가수스가 물을 마시려고 할 때 곧바로 달려들어 재갈을 씌웠다. 이때부터 사람들이 말을 길들일 수 있게 되었다고 한다.

또 한 가지 여기서 강조할 점은 지격아용과 벨레로폰이라는 두 영웅의 비극적인 결말이 서로 매우 유사하다는 사실이다. 지격아용은 최후에 질파서락跌爬暑落이라고 부르는 곳에 갔다가 말의 날개가 꺾여 말과 함께 대해大海 속으로 떨어졌으며, 벨레로폰은 페가수스를 타고 올림포스산으로 가다가 등에서 떨어져 불구가 되어 죽음을 맞이하게 되었다고 한다.

끝으로 우리가 주목할 만한 또 한 가지 사실은 지격아용과 함께 묘사된 무기에 관한 것이다. 그의 왼손에는 활과 화살이 그려져 있고, 오른손에는 삼차극三叉戟, 혹은 삼치어차三齒魚叉가 그려져 있다. 활이나 화살은 동방이나 서방에서 모두 나타나지만, 삼차극三叉戟 혹은 삼치어차三齒魚叉는 오직 서방에만 존재하는 무기로써 희랍신화 가운데 여러 차례 등장한다. 예를 들면, 바다의 신 포세이돈이 항상 이 무기를 들고 등장하는 경우이다. 하지만 이러한 무기가 중원에서 제작된 적이 없기 때문에 삼차극이나 혹은 삼치어차와 같은 무기가 이족의 영웅 지격아용과 함께 출현했다는 사실은 당연히 의미를 지니고 있다고 볼 수 있다.

위의 내용을 종합해 볼 때, 지격아용신화나 희랍신화의 주제가 여러 가지 측면에서 유사성을 지니고 있다는 사실을 알 수 있다. 이러한 상황을 규명하기 위해서는 동서문화의 교류라는 넓은 의미에서 살펴봐야 할 것이다. 이족의 선조라고 할 수 있는 서북의 옛 강융족羌戎族은 동서 교류의 교통 요충지에 거주하며 유목과 농업이 공존하는 경제 형태와 문화를 이루고 있어 중원처럼 비교적 단순하고 폐쇄적인 농업문화와는 많은 차이를 가지고 있었다.

만일 개괄적인 말로 동서문화의 특징을 표현하면, 신화학적 입장에서 서방의 문화는 "마문화馬文化"라고 할 수 있으며, 동방의 문화는 "용문화龍文化"라고 표현할 수 있을 것이다. 이렇게 볼 때 이족신화에 등장하는 지격아용은 분명 전자에 속하는 인물로서 서방의 문화적 색채가 가미된 유목문화의 산물이라고 볼 수 있다.

우리가 제한적인 범위 내에서 예술 작품에 대한 몇 가지 초보적인 연구와 토론을 진행하면서 이족문화의 기원에 대한 몇 가지 단서를 유추해 볼 수 있었다. 이족의 문화는 유구한 역사 속에서 서북 지역의 옛 강융족 羌戎族 문화를 계승하는 동시에 동이東夷문화를 흡수하였으며, 또 한편으로는 서방으로부터 전래된 문화와 현지의 토착문화를 융합시키고 발전시켜 왔다고 할 수 있다.

분명한 것은 이족의 문화가 오래된 중화민족의 기원에 대한 연구, 그리고 동서문화의 교류와 융합이라는 측면에서, 특히 중화민족의 문화를 보존하고 발전시켜 주었다는 측면에서 가늠하기 어려운 큰 의미와 가치를 지니고 있다는 사실이다.

4. 내몽고 암각화와 동이東夷문화의 흔적

내몽고의 고원을 가로지르는 음산陰山과 구불구불 동쪽으로 흘러가는 서랍목론하西拉木論河유역은 중국의 북부 지역에 위치한 원시문화의 요람이라고 할 수 있다. 그 곳에서 대량으로 발견된 암각화 위에서 역대로 수

많은 종족이 남겨놓은 문화의 흔적을 찾아볼 수 있는데, 상고시대 유민들의 과거 유목생활을 비롯해 사냥, 제천祭天, 사조祀祖 등 당시 생활 속 사람들의 모습을 재현해 놓았다.

그 중에서도 신비한 원시적 종교 색채를 지닌 인면상人面像은 유난히 많은 사람들의 이목을 끌고 있다.

앞의 논술 중에서 우리가 이미 지적한 바와 같이, 인면상人面像은 특정한 역사시기에 출현한 일종의 고유한 예술형식으로써 미술사적인 측면에서 볼 때, 이는 대체로 신석기와 청동기시기에 출현하였으며, 또한 세계사적인 성격을 갖추고 있다. 도기나 청동기에 보이는 인면상을 제외하고 대량의 인면상은 원시적인 암각화에서 더 많이 보인다.

이렇게 인면상은 원시종교의 숭배대상으로서 대체로 세 가지 형식으로 나눠볼 수 있는데, 그 첫 번째가 자연신령숭배(예를 들어, 태양신 인면상), 두 번째가 동물토템숭배(예를 들어, 수면상獸面像), 세 번째가 조상신령숭배(예를 들어, 인면상, 유인면상類人面像)이다.

앞에 보이는 두 가지 형식은 비교적 쉽게 식별할 수 있으나, 세 번째 조상신령숭배 인면상은 비교적 복잡한 성격을 지니고 있다. 인류가 처음에 동물을 토템으로 숭배하였던 까닭에 후에 조상 숭배에 대한 관념이 등장하면서도 종종 토템숭배 성향에서 벗어나지 못하는 상황이 지속되었다. 그래서 어떤 조상의 형상은 동물의 토템 형상을 변형시켜 놓았거나, 혹은 대부분 종합해 재창조함에 따라 초기의 얼굴 형상 역시 인면人面의 형상을 지니고 있었다. 만일 우리가 세심하게 이러한 요소들을 분석해 보면, 문화발전상에서 나타나는 이들의 연원관계를 종종 찾아 볼 수 있다.

본문에서는 이 방면에 노력을 기울여 내몽고에서 발견된 인면상 유형,

즉 예를 들어, 오랍특후기烏拉特後旗에서 발견된 두 조의 인면상전체가 아닌 일부분과 서랍목론하西拉木論河 유역에서 발견된 동일한 유형의 인면상에 대해 종적 횡적인 고찰을 진행해 보고자 한다.

이러한 유형의 인면상, 혹은 유인면상이 사람을 가장 흥미롭게 하는 것은 다른 암각화와 달리 일률적으로 서쪽을 향하고 있는 암석 위에 새겨져 있으며, 또한 항상 성진도상星辰圖像과 함께 동시에 출현한다는 점이다(<그림 90, 91>).

〈그림 90〉 인면상, 유인면상(類人面像)   〈그림 91〉 천신상(天神像) 후면상(猴面像).
내몽고 음산 오랍특후기烏拉特後旗 암각화   내몽고 음산 암각화

얼굴이 서쪽을 향하기 때문에 참배하는 사람들은 약속이라도 한 듯이 모두 동쪽을 향해 예禮를 취하게 된다. 이러한 형태는 우연이라기보다는 그림을 그린 사람의 계획적인 의도아래 심혈을 기울여 만든 결과라고 하겠다. 원시적 종교 입장에서 볼 때, 신령스러운 암각화를 그리기 위해서 장소나 혹은 방향 등과 같은 요건을 우선적으로 고려하지 않을 수 없었

을 것이다. 이러한 것들이 모두 일종의 신비함을 추구했던 원시 인류의 관념에서 나온 것으로, 이 또한 바로 우리가 이해하기 어려울 정도로 집착했던 원시 인류의 종교적 심리였다고 볼 수 있다.

그렇다면 동쪽을 향하고 조상 신령에게 예를 올리는 이유가 그들의 조상이 원래 동방으로부터 왔다고 생각하기 때문일까? 하는 의문이 드는데, 이 점은 또한 우리로 하여금 아메리카의 인디안을 연상하게 만든다. 그들이 조상을 제사지내거나 숭배하는 방향은 이와 반대되는 서쪽 방향을 향하고 있다. 전하는 바에 의하면, 이들이 바로 은상대殷商代의 후예이기 때문에 서쪽 방향을 바라보게 되었다고 한다. 그들 선조의 발상지는 원래 중국의 화북 지역으로, 이 지역 역시 동이東夷 사람들의 고향이었기도 하다.

상술한 음산의 암각화를 그린 사람들이 혹시 그들과 함께 같은 지역, 즉 중국의 북방 연해안 지역에서 이주한 사람들이라고 한다면, 이들 역시 상족商族의 일족 가운데 하나일 가능성이 매우 높다고 볼 수 있다.

비록 현재 상족商族의 기원에 대해 동방과 서방설西方說 두 가지로 나누어져 있기는 하지만, 이와 같은 사실에 비춰 볼 때, 상족의 기원이 동방에서 기원했다고 하는 동방설이 유력한 힘을 얻는다고 할 수 있다. 마치 역사학자 여진우呂振羽 선생이 『사전기중국사회연구史前期中國社會研究』 중에서 "대체로 태고시기에 오늘날 몽고 지역의 지층과 기후에 커다란 변화가 발생하여 일부 우리의 원시 선조들이 그 곳을 떠나 아시아 동북부 지역으로 옮겨가면서 후에 퉁구스족의 각 부족이 형성되었다. 다시 퉁구스의 일부 부족이 해안가에 도착한 후 연해안을 따라 남하하면서 지금 산동山東반도에 도착하였으며, 이들이 또 다시 서쪽으로 이주하게 되면서 상족商族 부락연맹과 그 이후 상조商朝를 형성하는 주체가 되었다."고 밝힌 바와 같다고 하겠다.

이와 같이 상족 발전의 선동후서先東後西 추세는 우리가 선상先商 문화와 밀접한 관계에 있는 대문구大汶口와 용산龍山문화가 서쪽으로 발전해 나갔던 상황을 통해서도 알 수 있으며, 또한 연운항連雲港 장군애將軍崖에서 발견된 암각화와 내몽고의 음산 암각화를 통해서도 그 안에 내재된 문화적 의미가 서로 상통하고 있다는 점을 알 수 있다.

상족商族은 동방의 동이족 가운데 하나로 원래 소호씨족少昊氏族의 후예이다. 일찍이 왕대유王大有는 『용봉문화원류龍鳳文化源流』 중에서 연운항 장군애 암각화에 소호씨족의 문화가 남겨져 있다고 지적하였으며, 『연운항 장군애암화유적조사連雲港將軍崖巖畵遺跡調査』의 저자인 이홍보李洪甫 역시 연운항 장군애 암각화가 음산陰山의 일부 암각화와 어느 정도 모종의 유사성을 가지고 있다고 보았다.

우리는 상술한 두 지역의 암각화에 대한 대략적인 비교를 통해 주목할 만한 세 가지 유사점을 발견할 수 있다. 첫째는 인면상(효응면상鴞鷹面像)숭배, 둘째는 성신星辰숭배, 셋째는 태양석太陽石에 구현된 태양숭배 습속의 일치 등이다.

이상에서 언급한 세 가지 특징이 위에서 열거한 두 지역의 암각화를 지탱하고 있는 예술적 구성의 주요 틀이다. 이 점이 매우 중요한 것은 연운항 장군애의 암각화가 음산陰山 암각화에 숨겨진 비밀의 문을 열 수 있는 열쇠가 될 수 있다고 봤기 때문이다. 그렇기 때문에 우리가 이 명제를 전개하기에 앞서 부득이하게 연운항 장군애 암각화를 논의하지 않을 수 없는 것이다.

비록 현재 장군애 암각화에 대한 해석이 일치하지 않고 있지만, 이 암각화가 신석기시기에 출현했다고 하는 점에 대해서는 커다란 이견이 보이지 않는다. 어떤 학자들은 심지어 "이 암각화가 현재 중국에서 발견된 유일한 원시 농업부락의 사회생활을 반영한 석각石刻"이라고 말하기도 한다<그림 92>). 그러나 전체적으로 볼 때, 대부분의 학자들이 모두 어떤 특정한 측면만을 가지고 해석한 까닭에, 어떤 사람은 그림 속에 보이는 새부리처럼 뾰족한 입 모양의 인면人面이 "일중준조日中踆鳥"를 나타내는 태양신으로 보기도 하였으며, 또 어떤 사람은 천신天神을 나타내는 암각화로써 "대량으로 등장하는 인면 하나하나가 모두 태양 광관光冠을 쓰고 있는 태양신의 형상"이라고 주장하기도 하였다. 또 어떤 사람은 암각화에서 표현된 것이 "일종의 봄 제례祭禮"를 뜻하는 것으로 해석하기도 하였다. 이러한 견해들이 모두 어느 정도 이치에 합당할 뿐만 아니라, 또한 서로 그렇게 커다란 모순적 차이를 보이지 않고 있어 모두 어느 정도 참고할 만한 가치를 지니고 있다고 볼 수 있다.

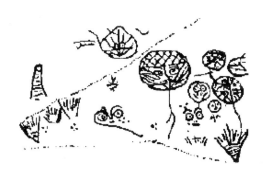

〈그림 92〉 연운항(連云港) 장군애(將軍崖) A. 암각화.

필자는 장군애 암각화에 상당히 풍부한 문화적 의미를 담고 있다고 생각되며, 상족의 선조와 관련된 거의 모든 신화와 전설 속에서도 이를 입증할 만한 자료를 찾아볼 수 있다. 따라서 우리가 만일 암각화 속에 함축되어 있는 문화적 의미를 대략적으로 정리해보면, 적어도 아래와 같은 몇 개의 층면을 엿볼 수 있을 것이다.

"하늘이 현조玄鳥에 명하시어, 지상에 내려가 상商을 낳게 하였다"는 전설 가운데 보이는 현조玄鳥숭배는 바로 효응鴞鷹에 대한 토템 숭배를 의미한다. 이전에는 일반적으로 현조가 바로 흑색黑色의 제비燕子 혹은 까마귀烏鴉를 가리킨다고 생각하였는데, 사실 현조玄鳥의 현玄자에 담긴 의미는 그렇게 좁은 의미가 아니라 상당히 넓은 의미를 내포하고 있다. 이것은 바로 곽말약郭沫若이 언급한 것처럼 "현玄"자는 바로 신神의 의미를 가지고 있기 때문에 "현조玄鳥" 역시 신조神鳥의 의미를 가지고 있다고 볼 수 있다. 상족의 문화 유적에서 대량으로 출현하는 "효응鴞鷹"은 상족商族이 숭배하는 새鳥 토템 가운데 주요 토템이라고 할 수 있다. 그렇기 때문에 장군애 암각화 가운데 보이는 뾰족한 새부리와 동심원의 눈은 한 눈에 그것이 상족이 숭배하는 새鳥 토템, 즉 효응鴞鷹의 형상이라는 사실을 알 수 있다.

봄의 신이자 동방의 신神인 "석析"에 대한 숭배는 『상서尙書・요전堯典』 중에서 일찍이 언급했던 그 유명한 봄의 신이 바로 "석析"이다. 또한 이것은 갑골문 가운데 보이는 그 동방의 신인 "석析"을 의미한다. 양수달楊樹達이 "동방의 신을 석析이라 하는데, 이는 대개 초목의 싹을 틔우는 일을 한다."고 주장하였는데, 여기서 이른바 "초목의 싹을 틔우는 일"은 바로 식물의 종자가 발아하는 것을 가리키는 것으로, 흙을 뚫고 생장 발육하는 상황을 말한 것이다. 이러한 형상은 마치 암각화 중에서 면상面像 아래 부분이 땅과 이어져 있는 광경과 매우 유사하다. 식물의 성장을 주재하는 "정령精靈" 역시 면상面像 중에서 인격화된 현조玄鳥, 즉 효응鴞鷹을 말하는 것으로서 사실상 여기서 현조는 농업을 보호하는 신의 역할을 담당하고 있다.

태양신 숭배에 대해 어떤 학자들은 봄의 신이자 동방의 신인 "석析"이 바로 선진 전적 중에서 그 명성 높은 태양신 "희화羲和"를 가리킨다고 주장하였다. "그런데 희화 역시 태호太昊를 가리키며, 태호太昊 역시 제곡帝嚳으로 쓴다. 제곡은 또한 이름을 제준帝俊이라 하며, 중국 신화 중에서 태양신의 별칭으로 불린다. 한편, 또 어떤 학자들은 제준帝俊 역시 소호少昊라고 부르기도 하는데, 이러한 현상의 출현은 전혀 이상할 것이 없어 보인다. 원래 태호족太昊族, 소호족少昊族, 희화족羲和族 등의 삼자가 매우 밀접한 관계를 가지고 있었으며, 이들 모두 태양을 부족의 토템으로 삼아 숭배했었기 때문이다. 그래서 "태호太昊, 소호少昊를 호昊라고 일컫는 이유이며, 이들이 태양신을 대표한다."고 말하는 것이다.

또 하나 주목할 만한 점은 상고시대 전설 중에서 준俊이 상족의 선조로 등장한다는 사실이다. 그래서 굴원屈原의 『천문天問』 중에서도 순舜을 상족의 시조신이라고 밝혔던 것이다. 사료에 의하면 순舜은 "동이지인東夷之人"이기 때문에 동방의 조이鳥夷인 상족商族의 선조로써 역사적 사실과 부합된다. 학자들의 고증에 의하면, "순舜"은 바로 준俊이 음전音轉된 것으로 사실상 순舜과 준俊은 한 사람이다. 그리고 갑골문에 보이는 준俊은 상형자로써 뾰족한 새머리의 사람 양 옆에 하나의 손혹은 발톱과 하나의 다리가 놓여 있는 형상이며, 그 조두鳥頭는 살구씨 모양으로 분명한 효조鴞鳥의 형상(효鴞는 사실상 속칭 부엉이의 일종이다)을 하고 있다. 이러한 점 역시 상족이 숭배하는 현조, 즉 효응 토템과 서로 일치하고 있다.

여기에서 우리는 이미 봄의 신 "석析", "제곡帝嚳", "제순帝舜", "제준帝俊" 등이 사실상 모두 같은 의미로서 상족商族의 선조를 다르게 부르는 명칭이며, 또한 모두 효응鴞鷹을 토템의 상징으로 삼았다는 사실을 알 수 있다. 이 점이 매우 중요한 이유는 앞으로 우리가 연구하고자 하는 그림 90, 91 중의 음산 암각화, 특히 그 가운데 이른바 "후면猴面" 천신상天神像 문제를 해결하는데 필수불가결한 단서가 되기 때문이다. 이들 양자 사이에 존재하고 있는 연원 관계에 대해서, 이 점이 앞으로 우리가 퇴적된 양자의 문화적 침전물을 발굴할 때 중요한 방향을 제시해 줄 수 있을 것이다. 우리가 지금 다시 내몽고 음산의 암각화 "후면猴面"상을 펼쳐놓고 볼 때, <그림 90, 91> 두 폭의 암각화 가운데 "후면猴面"상이 처해 있는 중심적 위치로 보아 이 후면상이 주신상의 신분적 지위를 갖추고 있다는 사실을 발견할 수 있다.

위의 문장을 통해 우리가 이미 알고 있다시피 상족의 선조는 제곡帝嚳, 제순帝舜, 제준帝俊 등의 여러 가지 이름을 가지고 있었으며, 상대商代 갑골복사卜辭 중에서는 그 선조를 고조기高祖夔라고 일컫기도 하였다. 학자들의 고증에 의하면, 앞에서 언급한 세 가지 명칭은 사실 한 사람을 가리키는 것이라고 한다.

곽말약은 『선진천도관지진전先秦天道觀之進展』 중에서 제곡帝嚳은 사실 원숭이오랑우탄로써 은인殷人이 숭배했던 토템이라고 주장하였다. 그래서 그는 "내가 보기에 제준帝俊, 제순帝舜, 제곡帝嚳, 고조기高祖夔는 사실 한 사람이다.", 또 "은인殷人의 제帝는 바로 '고조기高祖夔'를 가리키는 것으로 위에서 이미 증명하였다. 그러나 기夔자는 원래 동물의 명칭이다. 『설문說文』에서 '기夔는 탐욕이 많은 짐승이다. 모후母猴라고 하는데 사람과 유사하다.' 모후母猴는 미후獼猴 또는 목후沐猴라고도 하는데, 대략 호랑우탄Orangutan을 가리킨다. 은인殷人이 이러한 동물을 그들의 '고조高祖'로 삼았음을 볼 때, 이와 같은 동물이 당초 은인의 토템이었다는 사실을 알 수 있다."고 하였다. 호리자胡里玆 역시 『고대의 전통사상古代的傳統思想』 중에서 은인의 고조高祖가 은인의 토템이라고 여겼으며, 맹세개孟世凱 역시 『하상사화夏商史話』 중에서 일찍이 "갑골문 가운데 한 글자의 자형字形이 원숭이猴와 유사하여 ……. 대다수의 학자들이 모두 기夔라고 해석하였다. 복사卜辭 중에서 상왕商王에게 제사를 지낼 때 그를 일컬어 '고조기高祖夔'라고 하였다고 하는데, 이것은 상족의 선조가 …… 원숭이와 유사한 자형적 측면에서 볼 때, 상인商人들의 마음속에 시조가 원인猿人이었다는 사실을 반영한 것으로 볼 수 있기 때문에, 그들의 시조 계契 역시 대체로 바로 이러한 원인猿人으로부터 발전해 나온 것이라 할 수 있다."고 주장하였다.

그렇기 때문에 우리는 음산 암각화 가운데 보이는 이른바 천신天神 "후면猴面"상이 사실은 바로 은상인殷商人의 고조高祖인 "기夔"의 토템상이라고 판단할 수 있을 것이다.

그렇다면 이러한 토템상과 우리가 앞에서 언급한 상족의 선조로 숭배되는 효응鴞鷹과 또 어떤 관계가 있는가? 이 문제에 대해 우리가 직접적으로 효응鴞鷹이 바로 상족이 숭배했던 최초의 토템이라고 단정지어 말할 수는 없지만, 적어도 후면猴面토템이 효응鴞鷹토템으로부터 진화되어 나온 것이라고 확실하게 말할 수는 있다. 이들 양자 사이에는 원류관계 뿐만 아니라 시간적으로도 전후前後의 구분이 있기 때문이다.

만일 우리가 자세히 관찰해 보면, 이른바 "후면猴面"상은 두 개의 테두리로 구성되어 있는데, 그 안쪽 테두리는 살구씨 형상이며, 그 가운데 동심원의 눈은 날카롭게 부릅뜬 모양이다. 얼굴 하부가 날카롭게 돌출되어 있는 형상으로 묘사되어 있는데, 이는 매鷹의 주둥이 모양을 형상화 한 것으로 전체 얼굴상의 조형 특징 또한 효응鴞鷹의 얼굴 특징과 매우 닮아 있는 모양이다(<그림 91>). 이러한 형상은 연운항 장군애 암각화의 효면상鴞面像과 갑골문에서 "준俊"자의 조두鳥頭 행핵형杏核形과 지극히 유사하며, 또한 출토된 상고시기의 효조鴞鳥 형상과 완전히 동일한 형상을 보여주고 있다(<그림 93, 94, 95, 96>).

〈그림 93〉 부엉이. 상(商)대 청동기 말미 장식.

〈그림 94〉 도기(陶器) 부엉이. 신석기시대 하남 출토.

이러한 도상圖像과 음산 암각화의 "후면猴面"상을 비교해 보면, "후면猴面"상의 전후관계를 분명하게 엿볼 수 있으며, 또한 후면상의 강렬한 시각적 인상은 우리에게 조금도 주저없이 다음과 같은 판단을 내리도록 한다.

이른바 "후면"은 바로 전형적인 효면상鴞面像 바깥쪽에 원으로 테두리를 하나 더 그려 놓음으로써 교묘하게 "예술적 효과"를 거두고 있는데,

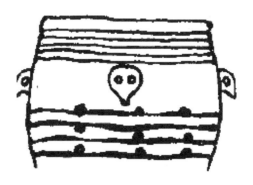

〈그림 95〉 부엉이 얼굴 도기 항아리 앙소문화. 하남 임여(臨汝) 중산채(中山寨) 출토.

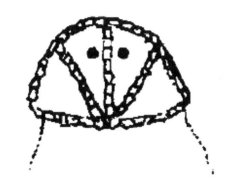

〈그림 96〉 부엉이형 도관(陶罐). 부분 청해(靑海) 유만(柳灣).

이것은 원시인류의 대단히 의미있는 일종의 예술적 창조라고 볼 수 있다.

은인들은 효조鴞鳥를 신명神明처럼 떠받들며 강렬한 토템숭배 의식을 표출해 내었다. 양화삼楊和森은 『토템층차론圖騰層次論』 중에서 "원숭이 형상의 기夔는 일종의 토템숭배 위에 조상숭배라는 형식을 끌어다 덧붙여 놓은 것으로, 역시 토템숭배의 색채를 띠고 있다. 요堯, 순舜, 그리고 은인의 선조시기에 이미 은인들은 부계사회로 접어들어 조상숭배에 대한 관념이 발생하는 동시에 발전하기 시작하였다. …… 고대인들이 인류 자신의 기원을 탐색할 때 비록 인류가 원인猿人으로부터 진화되었다는 과학적 이치를 깨닫고 있지는 못했지만, 인간과 원숭이가 유사하다는 직접적인 관찰을 통해 인류가 원숭이로부터 진화되어 나왔다는 관념을 가지게 되었으며, …… 그렇기 때문에 우리는 이러한 원숭이 형상의 기夔는 은인殷人의 현조玄鳥 토템이 조상숭배의 관념이 출현한 이후에 등장하게 된 일종의 변화된 형태라고 볼 수 있다."고 지적하였다.

인류발전의 역사적 사실에 비춰볼 때, 이러한 상황은 매우 합리적인 주장이라고 할 수 있다. 전하는 바에 의하면, 황제족黃帝族의 토템은 원래 천구天黿, 즉 속칭 거북이라고도 한다. 그러나 부계사회로 접어들어 조상을 숭배하기 시작하면서 아마도 거북이를 조상으로 섬기는 것이 보기 좋지 않았던 까닭에 일종의 새로운 토템이라고 할 수 있는 "용龍"을 자신들의 조상 신령으로 숭배하기 시작했던 것으로 보인다.

이렇게 볼 때, 차원적인 측면에서 후기의 토템이 원래의 토템에 비해 한층 더 높은 차원을 보여주고 있는데, 이것은 끊임없이 발전해 온 인류의 문화적 심리가 가져온 결과라고 볼 수 있다.

이상의 고증을 근거로 우리는 음산 암각화의 이른바 후면상猴面像이 연운항 장군애 암각화의 효면상鴞面像 문화에서 확대 발전되어 내려왔다고 볼 수 있을 것이다. 이것은 단지 동이 소호의 후예인 상족의 문화에 지나지 않았으나, 문화의 발전 과정에서 조상숭배시기에 출현한 또 다른 일종의 예술형식으로 볼 수 있다. 이들 양자의 문화적 특징상에서 드러나는 원류 관계를 조금 더 자세히 증명하기 위해 다음과 같이 두 가지 측면에서 그 이유를 살펴보고자 한다.

우리가 처음에 연운항 장군애 암각화의 문화적 차원을 분석하면서 직접적인 언급을 피하고 말하지 않았던 성신星辰숭배에 관한 부분이 있는데, 이는 음산 암각화를 구체적으로 분석 할 때 다시 언급하고자 함이었다. 그 이유는 여기서도 성신숭배의 문제가 대두되기 때문이다.

<그림 91>에서 천신을 표현한 이른바 후면상猴面像의 배경 가운데 성신도상星辰圖像이 보이는데, 이러한 화면은 자연스럽게 장군애 암각화의 효면상鴞面像 배경을 떠올리게 한다. 여기에서도 <그림 91>과 마찬가지로 일종의 성상星像을 표현한 화면이 배치되어 있다.

신화와 전설에 의하면, 소호씨는 그의 어머니가 천상의 태백금성太白金星과 결합해 낳았다고 한다. 즉 이른바 "황제 때 큰 별이 무지개와 같았는데, 화저華渚라는 섬에 내려왔다. 여절女節이 이를 받아들여 감응을 받고 백제白帝 주선朱宣을 낳았다."(『춘추위원명포春秋緯元命苞』)는 말에 대해 위송균魏宋均은 주석에서 "주선朱宣이 소호씨少昊氏이다."라고 하였다. 이처럼 성신星辰은 소호족의 후예와 깊은 인연을 가지고 있었다. 따라서 소호의 후예인 상족 역시 당연히 예외가 아니라고 하겠다. 이렇게 볼 때, 음산 암각화의 성신星辰이 단순히 공중에 있는 천신을 묘사했다기보다는 조상숭배라는 심오한 의미를 내포하고 있음을 엿볼 수 있다.

이외에 또 한 가지 주목할 만한 사실은 바로 연운항 장군애 암각화 근처에 있는 운태산雲台山 위에 옛사람들이 태양신에게 제사를 지내던 성지가 있는데, 사람들이 이를 태양석이라고 불렀다고 하는 점이다. 그런데 이른바 음산의 "후면猴面 천신상天神像" 근처에 있는 태양석에도 이와 유사한 암각화가 그려져 있어 마치 한 쌍의 쌍둥이처럼 보인다(<그림 97, 98>).

〈그림 97〉 태양석. 강소성 연운항 암각화

〈그림 98〉 태양석. 내몽고 음산 암각화.

만일 우리가 이 두 개의 태양석 도상圖像을 비교해 보면, 어렵지 않게 놀라울 정도로 서로 닮았다는 사실을 발견할 수 있다. 이들의 예술적 처리 수법이 거의 같을 뿐만 아니라, 모두 태양을 중심으로 하나의 원핵圓核을 그린 다음 바깥쪽에 다시 두 겹의 동심원을 그려 태양의 윤곽을 만들어 놓은 현상도 완전히 일치한다. 더욱 사람을 놀라게 하는 것은 그 위에 그려진 22개의 태양 광선도 모두 일치한다는 점이다.

어떤 학자의 연구에 의하면, 태양석의 광선이 얼마나 되느냐에 따라 태양족의 부족수를 대표한다고 하는데, 여기서 보이는 22개의 광선이 혹시 22개의 씨족을 의미하는 것인지도 모르겠다.

이러한 문화 요인의 유사성은 이미 우리에게 명백하게 그들이 모두 태양족에 속하는 부족이라는 사실을 말해 줄 뿐만 아니라, 어쩌면 그 가운데 어떤 씨족의 후예일 수도 있다는 가능성을 시사해 주고 있다. 여기서 태양석은 후면 천신상과 마찬가지로 조상숭배를 위한 일종의 예술적 형식일 수도 있으며, 또한 그 기원을 찾는데 중요한 단서가 될 수도 있을 것이다.

역사적 측면에서 은인殷人은 신령을 대단히 신봉했던 민족이었다. 그들은 갑골문의 복사卜辭 방식을 통해 신령의 지시를 따랐을 뿐만 아니라, 또한 조상에 대한 제사 활동을 통해 신령과 직접 대화를 나누기 위한 조상숭배가 성행하였다.

『국어國語‧노어魯語』의 기록에 의하면, "상나라 사람들은 체제禘祭를 순임금에게 지내고 조제祖祭를 계契에게 지냈다. 교제郊祭는 명冥에게 지냈으며, 종제宗祭는 탕湯에게 지냈다."고 하였고, 『예기禮記‧제법편祭法篇』에도 "은나라 사람들이 체제禘祭를 곡嚳에게 지냈고, 조제祖祭를 계契에게 지냈다. 교제는 명에게 지냈으며, 종제는 탕에게 지냈다."고 하는 기록이 보인다. 여기서 양자가 말하는 순舜과 곡嚳 역시 우리가 앞에서 언급했던 고조기高祖夒와 마찬가지로 은상인殷商人을 대표하는 인물이었다. 또한 유기우劉起釪의 『아국고사전설시기종고我國古史傳說時期綜考』에 의하면, "농업을 보호하는 수호신의 성질을 가지고 있는데, 이 반인반신半人半神의 몸에 모계사회 시절의 몽롱한 기억들이 응집되어 있다. ……"고 하였다. 은상인殷商人처럼 농업이 비교적 발달했던 민족이 그에게 수시로 보호를 구하고자 했던 일은 지극히 당연한 일이었을 것이다. 따라서 "후형기狰形夔"의 암각화 역시 바로 이러한 시대적 요구에 따라 생겨난 것으로 볼 수 있다. 당시의 사람들에게 암각화는 예술적 의미를 지닌 작품으로 이해되었다기보다는 신과 사람이 소통할 수 있는 일종의 도구로 활용되었다고 보는 것이 더 옳을 것이다.

"체禘·조祖·교郊·명冥"이 신령을 깊이 신봉했던 상인商人들의 일상생활에서 없어서는 안 되는 주요 제사활동으로 자리잡게 되었을 때, 암각화가 그려진 장소 역시 그들이 조상에게 제사를 지내는 신비한 장소로 자리잡게 되었음은 자명한 일일 것이다. 더욱이 "후면猴面" 신상과 태양신을 새긴 암각화, 그리고 거석巨石은 분명 그들이 제사를 지내는 주요 활동 장소이자 또한 그들의 정신적 지주로 작용했을 것이다. 그래서 사람들은 그 앞에서 수많은 가축과 사람을 제물로 받치고 제사를 지냈던 것이다.

만일 이상에서 논술한 내용을 가지고 내몽고의 효응식鴞鷹式 인면상 암각화나 연운항 장군애 암각화를 증명하기에 부족한 모종의 또 다른 어떤 문화적 원류와 관계가 있다고 한다면, 그렇다면 우리는 이보다 더 설득력 있는 예를 들 수 있는데, 그것은 바로 음산 동쪽에 위치한 서랍목륜하西拉木倫河 유역에서 발견된 인면상 암각화이다. 이 인면상의 예술형상과 장군애 암각화 인면상이 서로 완전히 일치하고 있어, 이에 대해 반박할 만한 여지가 전혀 보이지 않는다. 이처럼 예술적으로 약속이나 한 듯이 서로 일치된 풍격을 보여주고 있어, 이들 양자가 문화적으로 서로 밀접한 관련성이 있다는 사실을 긍정적으로 받아들일 수밖에 없다. 심지어 이 두 지역의 암각화가 시대적으로 멀지 않은 동일한 민족이 남긴 유적이 아닌가 하는 의심이 들 정도이다. 다시 말해서 암각화를 남긴 두 지역의 민족이 모두 하나의 민족에서 갈라져 나온 것이 아닐까 하는 생각이

들 정도로 서로 유사하다는 의미이다.

클로즈업 방식으로 묘사된 효응면상鴞鷹面像은 의외로 장군애 가운데 보이는 동일한 종류의 작품들과 서로 차이가 보이지 않아 사람을 놀라게 만든다(<그림 99, 100>). 심지어 사과형상의 인면상 역시 장군애의 인면상과 마치 하나의 틀에서 만들어진 것처럼 일치하고 있다(<그림 103, 104>). 우리가 이 유적들을 모두 동이東夷 소호少昊 후예의 문화적 유산이라고 말한다면 설마 아직도 어떤 의문을 제기할 수 있을까?

〈그림 99〉 부엉이 얼굴 형상. 내몽고 파림우기(巴林右旗) 암각화.

〈그림 100〉 부엉이 얼굴 형상. 강소성 연운항 장군애(將軍崖) 암각화.

251

〈그림 101〉 사과형 인면(人面) 형상. 내몽고 파림우기(巴林右旗) 암각화.

〈그림 102〉 사과형 인면(人面) 형상. 강소성 연운항 장군애(將軍崖) 암각화.

위에서 열거한 서랍목륜하西拉木倫河 파림우기巴林右旗의 인면상 암각화를
놓고 보면, 이들의 풍격이 연운항의 암각화와 더욱 가깝다는 사실을 알

수 있다. 그렇기 때문에 시대적으로 신석기 후기에 더 가깝다고 말하는 것이며, 음산의 이른바 두 폭의 "후면後面"상이 시대적으로 더 이르다고 보는 것이다. 그러나 양자 모두 동이족의 문화 유적이라고 하는 점에 있어서는 의심할 여지가 없다. 더욱이 우리가 내몽고에서 발견한 이러한 유형의 인면상은 그 지리적 분포 역시 역사적으로 동이족이 활동했던 범위와 일치하고 있다. "태호太昊와 소호少昊의 동이부족 가운데 일부는 동부 연해안 지역인 산동과 하남 일대로부터 서쪽과 남쪽 방향으로 발전하였고, 일부는 염제炎帝의 과부족夸父族과 함께 북부 초원 지역과 요서遼西회랑을 넘어 북쪽으로 발전해 아시아 동부에 도달하였는데, 이 가운데 일부가 북극권 부근까지 발전해 나갔다."(왕대유王大有, 『용봉문화원류龍鳳文化源流』)

연운항은 동부 연해안에 위치하고 있는데, 장군애 암각화를 그린 동이인들 가운데 일부가 위에서 서술한 해안선을 따라서 내몽고까지 가지 않았을까? 혹시 바로 이 동이인들이나 혹은 그들의 후예가 앞에서 서술한 그와 같은 인면상 암각화를 창조했던 까닭에, 내몽고 지역에서도 연운항의 장군애 암각화와 유사한 작품들이 발견된다고 하는 생각 역시 전혀 이상할 것이 없어 보인다.

연운항에서 내몽고까지 이와 같은 효응梟鷹 형상의 반복적 출현은 그 발전 과정에서 구체적으로 드러나는 역사의 연속성과 변화의 규칙성, 그리고 지역성 모두 토템의 휘식徽識 작용을 충분히 설명해 주고 있다. 그렇기 때문에 동이 소호의 후예, 특히 그 중에서도 상족商族이 조상에게 제사를 지내는 원시종교활동 가운데 없어서는 안 되는 물건으로 상족商族의 상조商朝가 건립된 이후에도 조상에게 제사를 지내는 문화적 유산을 잊지 않고 있었던 것이며, 수천 년이 흐른 지금에 이르러서도 황야 위에 우뚝 솟아있는 거석처럼 말 없는 인류의 진정한 문화사로 남게 되었던 것이다.

음산 오랍특후기烏拉特後旗 지역에는 또 하나 사람의 흥미를 끄는 암각화가 있는데, 앞에서 우리가 언급한 바와 같이 "후면猴面"상 이외에도 사방에 각기 다른 형상의 얼굴이 보인다. 그 중에서도 특히 기이하고 특이한 용모를 지니고 있는 사람이 우리의 주목을 끄는데(<그림 101>), 그 사람의 용모 특징은 타원형의 얼굴 부위 중앙에 수직선이 한 줄 그어져 있고 양쪽에 두 눈이 배치되어 있다. 이 얼굴이 도대체 어떤 종류의 신령을 말하는 것인지 사람을 정말 난처하게 만든다. 그렇지만 우리가 인내심을 가지고 자세히 살펴보면, 뜻밖에 의외의 결과를 얻을 수 있다. 만일 틀리지 않았다고 한다면, 이것은 분명 북방 귀족鬼族(또한 "귀방鬼方"으로 칭함)의 조상신령인 "사두蛇頭토템"을 가리킨다. 귀족鬼族 역시 소호의 후예로써 은상족殷商族과 친연親緣 관계를 가지고 있기 때문에 그 부족의 선조 역시 당연히 동방에서 왔다고 볼 수 있다.

『논형論衡・정귀편訂鬼篇』에서 인용한 『산해경山海經』에 의하면, "북방에 귀국鬼國이 있고, 리螭는 용의 종류를 말한다."(지금의 판본에는 없다)고 하였는데, 여기서 이른바 "용물龍物"이란 말은 분명 귀국인鬼國人이 뱀을 숭배하는 종족, 다시 말해서 뱀을 토템 신앙으로 여기는 민족이라는 의미이다. 또 『대황북경大荒北經』의 기록에 "어떤 사람의 눈 하나가 얼굴 가운데 있는데, 그 사람의 성이 위威이며, 소호의 아들로서 기장을 먹고 산다."는 내용이 보이는데, 여기서 귀鬼는 위음威音에 가깝다. 바로 귀국鬼國을 일컫는다고 볼 수 있다. 고증에 따르면, 중中은 바로 중간이라는 의미이며, 또한 "종縱"으로 해석할 수 있다. 즉 이마 중앙에 세로로 생긴 눈이 하나 있다는 것을 의미한다. 파촉巴蜀의 "촉蜀"자는 바로 "세로로 생긴 눈을 가진 뱀종목사縱目蛇"의 형상을 나타내는 말이다. 옛날에 "흑黑"자와 "귀鬼"자는 같은 글자로 뱀蛇과 사람人의 복합형이며, 이인夷人들은 검은 색黑을 숭상하였다.

그래서 우리는 갑골문과 금문 중에서 흑黑과 귀鬼 두 자를 하나로 보고 있는데, 그 형상은 뱀의 머리에 사람의 형상을 하고 있다〈그림 102〉. 우리가 이를 통해 명확하게 엿볼 수 있는 사실은 갑골문에서 귀鬼자와 흑黑자의 상형자 가운데 뱀 머리 얼굴에 하나의 수직선과 두 점이 보이며, 그 둘레를 타원으로 감싸고 있는데, 이는 공교롭게도 우리가 암각화 중에서 보았던 얼굴面像과 완전히 일치한다.

〈그림 103〉 인면(人面) 형상세부도. 내몽고 음산 오랍특후기(烏拉特後旗) 암각화.

더욱이 귀족鬼族은 상商과 주周대에 귀방鬼方이라 일컬었으며, 마침 음산 일대에서 유목생활을 했다고 한다. 그렇기 때문에 우리가 이러한 사실들을 근거로 볼 때, 하나의 수직선과 두 점, 그리고 그 둘레를 타원으로 감

〈그림 104〉 갑골문 금문의 "黑"字. 鬼"字와 기본적으로 같으며, 뱀 머리에 사람 몸의 형상을 하고 있다.

싼 얼굴 형상이 바로 귀족鬼族의 선조가 숭배했던 토템, 즉 사면상蛇面像이라는 사실은 의심의 여지가 없어 보인다(주의 : 우리는 일찍이 제2장 제2절에서 일련의 음산 사문蛇紋과 그것으로 구성된 인면상 암각화를 살펴 보았다).

또한 그들과 상족商族이 모두 소호少昊의 후예로써 얼굴을 조상숭배의 대상으로 삼았다는 사실 역시 기본적으로 일치하고 있다. 따라서 적어도 이들을 함께 논해도 사실에서 크게 벗어나 보이지는 않는다. 그러므로 이 효면鴞面 토템(즉 "후면猴面")과 뱀蛇 토템이 한 폭의 암각화에 동시에 출현하는 것 역시 전혀 이상할 것이 없다. 어쩌면 이러한 상황이 역사상 그들이 뒤섞여 함께 살았던 사실을 반영한 것인지도 모를 일이다. 일찍이 두 부족은 관계가 서로 상당히 밀접해 상조商朝의 귀족이 여러 차례 귀족鬼族과 혼인한 예들이 보이기 때문이다. 이 외에 이와 같은 사면상蛇面像은 이곳에서 멀지 않은 통속구通俗沟에서도 발견되었는데, 그 조형 역시 양자가 큰 차이를 보이지 않고 있어, 이 또한 소호少昊의 후예인 귀족鬼族이 남겨

놓은 유산으로 여겨지며, 그 연대 역시 당연히 상대商代보다 늦지 않아 보인다.

이외에도 등구현隥口縣과 오람특후기烏拉特後旗 합이랍哈爾沙 산골짜기에서 맷돌이라 불리워지는 암각화(<그림 105>)가 발견되었는데, 사실 이것은 잘못 해석한 것이다. 이것은 당연히 상족(商族 혹은 소호족의 후예)이 태양신을 숭배하기 위해 만든 일종의 부호로써 상대商代에 유행했던 동경銅鏡 중에서도 이와 일치하는 동일한 도형을 찾아볼 수 있다(<그림 106>).

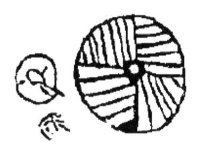

〈그림 105〉 태양신 숭배 부호맷돌 받침. 내몽고 음산 암각화.

상대의 선조는 태양숭배로 유명해 갑골 복사卜辭 중에도 "왕이 해日에게 제사를 지냈다."라는 기록이 보인다. 그래서 음산 지역에 거주하던 동

〈그림 106〉 은(殷)대 태양무늬 동경(銅鏡).

이의 상족 선조(혹은 소호 후예)들은 태양을 상징하는 도안을 그들이 신성하다고 여기는 장소에 새겨놓았던 것이며, 이는 사실에 부합된다고 보여진다. 실제로 이 암각화 옆에 이와 유사한 암각화가 하나 더 보이는데, 양자가 마침 선명한 대조를 보이고 있다. 서하西夏시기의 작품으로 여겨지는 이 암각화의 방향이 남쪽을 향하고 있는 반면에, 이 암각화만 유독 서쪽 방향을 향하고 있어 공교롭게도 두 암각화가 하나의 귀퉁이를 형성하고 있다.

이러한 사실은 우리가 문장 처음에서 언급한 논점을 증명할 수 있는 유력한 증거이다. 은상殷商인들이 동부 연해안으로부터 와서 태양을 숭배했기 때문에 그들이 음산 지역에도 암각화의 유적을 남겨놓은 것이며, 방향의 특징상 일률적으로 서방을 향하고 있는데, 이렇게 화면畵面이 서쪽을 향하게 되면 제례를 지내는 사람들은 자연이 그들 조상이 떠나온 태양이 떠오르는 곳을 향하게 된다. 이것은 분명 일종의 의미심장한 문화 탐색이라고 하겠다.

이외에 두 가지 점에 대해서 반드시 강조해 설명할 필요가 있다. 하나는 상고시기 음산 지역의 기후가 따뜻했다는 점이다. 전하는 바에 따르면, 은상시대의 기온은 적어도 지금의 위도보다 북쪽으로 약 10도 정도의 위도 차이를 보인다. 다시 말해서 지금 황하유역의 기후가 상대商代 동북의 송화강 유역의 기후와 비슷했다는 의미이다. 이것은 상고시기 음산 일대의 기온이 따뜻하고 수초가 무성해 당시 사람들에게 이상적인 생활 공간을 제공해 주었다는 것을 설명해 주는 것이다. 다시 말해서 암각화가 이곳에 출현하는데 알맞은 자연 조건을 제공해 주었다는 말이다. 두 번째는 이미 알고 있다시피 상족의 선조가 순舜이며, 동이족이라는 사실이다. 고증에 의하면, 순이 주로 활동했던 지역이 바로 옛 기주冀州 땅이라고 한다. 비록 아직까지 기주 땅의 범위를 명확하게 설정할 수는 없지만, 어떤 전문가에 의하면 "기주冀州의 북쪽 경계가 음산陰山에 이른다."고 한다. 우리가 알다시피 일찍이 상족商族은 건국建國 이전에 여덟 번이나 민족의 대이동을 하였다. 비록 그 노선에 대해서는 여러 가지 이견이 있으나, 필자가 생각하기에 상족의 선조는 적어도 국경밖에 있던 내몽고 동부지역까지 활동했던 것으로 보인다. 『순자荀子·성상편成相篇』중에서 "계契는 북방의 왕이었다. 이들은 요하가 발원하는 지석산砥石山에서 하북의 상나라로 내려왔다."고 하였는데, 고유高誘는 주석에서 『회남자淮南子·지형훈地形訓』을 인용해 "지석砥石은 산의 명칭이다. 국경밖에 있으며 요하가 발원하는 곳으로 그곳에서 남쪽으로 흘러나와 바다로 들어간다."고 설명하였다. 전설에 의하면, 상족의 조상 가운데 간적簡狄이 그 여동생과 함께 현구지수玄丘之水에서 목욕을 하다가 현조玄鳥의 알을 삼키고 계契를 낳았으며, 계가 상商나라에 봉해져 상족商族이 되었다고 한다. 현구지수玄丘之水와 지석산砥石山은 지금의 내몽고 동부 지역에 위치하고 있어 상족의 선조가 일찍이 국경밖에 거주했다는 사실을 엿보게 해준다. 따라서 파림우기巴林右旗의 효조鴞鳥 토템 암각화와 사과형 인면 암각화의 발견은 이를 증명하기에 충분하다고 보여진다.

다시 말해서 5, 6천 년 전 황하유역의 북쪽 몽고고원과 중국의 동북쪽 서부평원에 살았던 중국의 상고시대 민족 가운데 효조鴞鳥 토템을 신봉하는 동이족의 선조들이 이 오래된 암각화를 남겨 놓았다는 말이다.

5. 녹석麓石과 녹석풍鹿石風의 암각화, 그리고 진秦민족의 기원에 대한 수수께끼

진秦 민족은 중국역사에서 최초로 통일제국을 이룬 민족이다. 그렇지만 지극히 전기적 색채를 지니고 있는 민족의 역사와 관련해서는 아직까지도 확실하게 파악하지 못하고 있다. 비록 경학자들이 열심히 탐색을 했지만 최종 결론을 하나로 귀결 짓지는 못했다. 이것은 자연히 사람들의 흥미와 관심을 불러 일으켜 논자들이 혹은 "진秦이 동이東夷에서 일어났다."고 말하기도 하고, 혹은 "진이 서융西戎에서 나왔다."고 말하기도 하는데, 이러한 말들은 모두 부정할 수 없는 측면을 가지고 있다.

이와 같이 이견이 생기게 된 주요 원인은 진秦 민족의 발전에 대한 인식상의 착각에 기인한다고 볼 수 있다. 사실상 진秦 민족은 동이에 기원을 두고, 서융西戎에서 흥기하여 중원에서 번성하였던 까닭에 만일 이와 같이 오래되고 복잡한 역사의 발전과정을 처음부터 끝까지 자세하게 관찰해 보지 않는다면 당연히 한쪽으로 치우칠 수밖에 없을 것이다.

필자는 암각화와 결합하는 연구와 동시에 토템학, 민족학, 고고학, 신화학, 그리고 언어학 등의 도움을 빌려 상술한 문제를 보다 깊이 탐색해 봄으로써 녹석과 녹석풍 암각화에 대한 일종의 새로운 해석을 찾아보고, 동시에 진秦 민족의 기원에 대한 탐색을 시도해 보고자 한다.

1) 녹석鹿石과 녹석풍鹿石風 암각화 - 최근 고고학적 발견

녹석鹿石과 녹석풍鹿石風 암각화의 발견은 대략 금세기 50년대부터 60년대 사이에 이루어졌다. 주요 발견 지역은 몽고와 러시아의 시베리아 예니세이Yenisei강 상류의 알타이산 투바스Tuvas 지역이다. 당시 이러한 발견은 사람들의 관심을 크게 끌지 못했으나, 최근 10여 년 간 국외에서 이와 관련된 비중 있는 연구 성과들이 발표되었다. 특히 근래에 들어 중국에서 암각화 연구에 대한 바람이 불면서 중국의 신강新疆과 영하寧夏 등의 지역에서도 녹석과 녹석풍의 암각화가 발견되었다. 이러한 발견은 녹석 암각화 연구에 대한 우리의 시야를 넓혀주고 있을 뿐만 아니라, 새로운 활력을 불어넣어 주고 있다.

만일 우리가 녹석과 녹석풍의 암각화에 보이는 예술형식과 예술풍격을 조금 더 자세히 관찰해 본다면, 양자가 얼마나 서로 닮았는지 쉽게 알 수 있을 것이다. 비록 발견된 장소가 서로 아득히 멀리 떨어져 있다고 하지만 마치 한 집안에서 나온 것처럼 큰 차이를 보이지 않는다. 사슴鹿의 조형이 천편일률적일 뿐만 아니라, 그 풍격 역시 이미 완전히 양식화된 형태를 보여주고 있다. 분포상으로 볼 때, 녹석은 지역적인 문화적 특징을 잘 보여주고 있다. 더욱 중요한 점은 녹석이 이 지역에서 반복적으로 출현하면서도 전혀 번잡해 보이지 않는데, 그것은 분명 모종의 토템, 혹은 족휘族徽의 성질을 갖추고 있기 때문이다. 이것은 일종의 문화를 저장하는 매체 역할을 함으로써 그 가운데 어떤 특정한 민족으로부터 나온 모종의 특정한 문화적 개념을 응축하고 있는데, 이러한 특징이 분명하게 표현되어 있다.

그렇다면 이것이 도대체 어떤 민족의 문화유산이란 말인가? 또한 그 가운데 내포된 문화적 의미는 무엇이란 말인가? 이 매력적인 역사의 신비가 바로 인간을 신에게 갈 수 있게 만들어 준다. 비록 학자들이 다양한 측면에서 검토를 진행했다고는 하지만 그 사색의 발걸음은 여전히 역사의 신비한 곳까지 이르지 못하고 있으며, 또한 그 문화의 주류를 이루는 기원에 대해서도 아직까지 확실하게 밝혀내지 못하고 있는 상황이다 (<그림 107, 109, 110, 111>).

　서방의 학자들이 이른바 "야수문野獸紋"과 같은 문양에 대한 문제를 언급할 때도 항상 "스키타이Scythians인이 창조"했다고 하는 이 오래된 고정관념을 벗어나지 못하고 있으며, 더욱이 녹석鹿石과 같은 예술형식 가운데 스키타이예술과 상통되는 부분이 있다고는 하지만, 사실상 또 다른 그 자신만의 독특한 특징을 보여주고 있어 이에 관한 연구는 반드시 또 다른 방법을 모색해 봐야 될 것이다.

〈그림 107〉 사슴(鹿石). 몽고인민공화국.

〈그림 108〉 사람 머리 장식(동판에 새김). 협서성 봉상 진묘 출토.
주의 : 〈그림 107〉의 녹석(鹿石) 인물과 양자의 두형(頭型)과 매우 유사하다.

〈그림 109〉 녹석봉(鹿石鳳) 암각화. 영하(寧夏) 하란산.

263

마치 전 소련학자 A·T·사비노프Savinov가 말한 바와 같이 "녹석鹿石에 대한 문제를 분석하고 해결하기 위해서는 독립적인 풍격 연구 이외에,

〈그림 110〉 오봉석(五鳳石) 녹석(鹿石) 신강(新疆) 알타이.

또 다른 논증체계의 도움이 요구된다."고 할 수 있다(M·A·다프리에트 (Davlet) 『유목로상적암화游牧路上的巖畵』, pp.47-48, 모스크바, 1982년판 재인용). 이

〈그림 111〉 몽고 녹석(鹿石).

점에 있어서 그의 말은 대단히 옳다고 본다. 우리가 다음에서 진행하고자 하는 방향은 바로 이와 같이 민족학, 역사학, 민속학, 신화학 등등의 다양한 학문의 도움을 빌어 최종적으로 녹석鹿石이 담고 있는 수수께끼의 신비를 벗겨보는데 있다.

2) 녹석鹿石의 주역 − "조수녹신鳥首鹿身"의 신수神獸

비록 해외의 학자들이 녹석鹿石의 동물을 "사슴鹿"이라 일컫고, 아울러 이러한 예술을 "녹석鹿石"이라고 명명했지만, 사실 엄격하게 말해서 이러한 명칭은 그다지 정확한 것이라고 볼 수 없다. 얼핏 보기에 동물들의 모습이 "사슴鹿"을 닮아 보이지만, 자세히 살펴보면 이 그림은 분명 "조수녹신鳥首鹿身"의 형상으로 현실에서는 볼 수 없고 환상 속에서나 볼 수 있는 가공의 동물이기 때문이다.

그래서 해외에서도 일찍이 어떤 학자들 역시 이 점을 지적하였다. 그들은 이와 같은 특정한 풍격의 녹석을 가리켜 그 사슴鹿의 얼굴이 "새의 부리鳥嘴"(M·A·다프리에트Davlet 『유목로상적암화游牧路上的巖畵』, pp.47-48, 모스크바, 1982년판 인용)와 같다는 견해를 피력하기도 하였다.

바로 이와 같은 이유 때문에 중국 영하寧夏 하란산賀蘭山에서 발견된 녹석 암각화는 아예 "압취수鴨嘴獸"(<그림 109>)라고 명명되었는데, 발견한 사람은 이미 그 모습이 이것도 저것도 아니라는 사실을 알아차렸다고 볼 수 있다. 더욱 재미있는 점은 신강新疆 흡륵격이恰勒格爾(알타이 지역)의 고묘古墓 옆에서 발견된 녹석인데, 발견한 사람은 직접 이를 "오봉석五鳳石"이라고 불렀다는 사실이다. 이러한 설명은 그 위에 새겨진 동물의 형상이 봉조鳳鳥와 매우 흡사하다는 것을 의미한다고 볼 수 있다. 그러나 필자가 보기에 "오봉석"의 발견자가 녹석을 "봉조"라고 부른 까닭은 녹각鹿角을 "만초蔓草(조양봉趙養鋒, 『중국아이태산암화中國阿爾泰山巖畵』)로 오인했기 때문에 생긴 일로써, 그들은 그만 사슴鹿의 주요 특징을 잃어버리고 말았다. 사실 이것은 몽고와 전 소련에서 발견된 녹석의 형태와 완전히 닮아 있다(<그림 110>).

우리가 알다시피 이러한 "조수녹신鳥首鹿身"은 중국의 "용龍"과 마찬가지로 각기 다른 동물의 어떤 특정한 부분들이 합쳐져 이루어진 것으로, 모종의 복합적인 토템의 의미를 지니고 있다. 다시 말해서 이른바 녹석 중에서 "사슴鹿"은 응당 새鳥를 토템으로 숭배하는 씨족과 사슴鹿을 토템으로 숭배하는 씨족이 서로 융합되어 만들어진 산물이라고 할 수 있다.

이렇게 그 조형이 천편일률적이고, 또한 반복적으로 출현하는 일종의 도식화된 문화적 형태를 통해 볼 때 더 더욱 분명하다고 하겠다. 일찍이 해외의 많은 학자들은 녹석이 야수문野獸紋의 풍격을 보이고 있어 서방의 "스키타이인의 문화 유산"이라고 단정짓기도 하였다.

그러나 근래 해외의 학자들 중에서도 이미 이 문제가 그렇게 단순하지 않으며, 또한 이 암각화를 그린 사람이 서방인이 아니라 동방인이라고 인식하는 사람들이 등장하였는데, 그 대표적인 학자가 바로 M·A·다프리에트Davlet이다. 그는 "녹석은 두 개의 부족씨족 사이에 문화가 교류하여 창조된 것이다."고 주장하였다.

심지어 M·Π·그레즈노부는 "녹석의 창조자는 서방의 특정한 지역에서 온 것이 아니라 스키타이, 즉 시베리아 예술이 유행한 지역의 동반부에서 창조된 것으로 완전히 독립적으로 현지의 전통 위에서 창조된 것이다. 이것은 동방(알타이 살언령薩彦嶺 혹은 더 먼 지역)에서 흥기한 것으로 단일 민족이나 단일 역사 범주 내에서 창조된 작품이 아니다."(M·A·다프리에트Davlet 『유목로상적암화游牧路上的巖畵』, pp.47-56, 모스크바, 1982년판 인용)고 날카롭게 지적하였다.

필자는 이러한 그의 관점이 대단히 훌륭한 견해라고 생각된다. 그러나 만일 그들이 녹석이 동방의 어떤 지역에서 흥기하였으며, 또한 어떤 민족이 어느 시대에 어떤 이유로 창조했는가? 그 문화에 내포된 의미가 무엇인가? 등의 문제에 대해 서방의 학자들이 명확하게 대답하기에는 쉽지 않은 문제이다.

필자가 생각하기에, 이에 대한 해답은 오직 중국의 역사와 중국의 신화를 이해하고 난 후에 비로소 해결할 수 있는 문제이기 때문이다. 그래서 만일 우리가 이와 관련된 어떤 정보라도 찾을 수만 있다면, 그것은 분명 녹석의 수수께끼를 찾을 수 있는 돌파구를 찾을 수 있을 것이다.

3) "조수녹신鳥首鹿身" - 중국의 고대 풍신風神 비렴飛廉의 형상

우리는 중국의 신화 중에서 뇌신雷神, 우사雨師, 그리고 풍백風伯과 관련된 전설을 자주 접하게 된다. 그 중에서 풍백風伯이 바로 풍사風師인 비렴飛廉을 가리킨다. 『여씨춘추呂氏春秋』에서 "풍사風師는 비렴飛廉을 말한다."고 했는데, 여기서 우리가 주목할 만 한 점은 바로 풍사風師 비렴의 형상이다.

진작晉灼이 "비렴飛廉은 사슴의 몸에 머리는 참새와 같고, 뿔이 있고, 뱀의 꼬리를 가졌으며, 무늬는 표범과 같다."고 하였으며, 『삼보황도三輔黃圖』에서 "비렴은 신성한 동물로 바람의 기운을 다스릴 줄 안다. 몸은 사슴을 닮았으며, 머리는 참새와 같고, 뿔이 있으며, 뱀의 꼬리를 가졌는데, 무늬는 표범과 같다."고 한 설명으로 미루어 짐작해볼 때, 비렴 풍신의 형상이 "녹신작두鹿身雀頭"라는 사실을 알 수 있다. 『설문』에서 "작雀은 작은 새鳥이다."고 하였는데, 다시 말해서 비렴이 "조수녹신鳥首鹿身"이라는 말이다. 이것은 녹석 가운데 보이는 신수神獸의 형상과 완전히 부합될 뿐만 아니라, 특히 "뿔", "뱀의 꼬리", "표범무늬" 부분은 영하寧夏 녹석 암각화의 이른바 "압취수鴨嘴獸의 형상과 대단히 흡사하다(<그림 109> 참조). 이 암각화는 황하유역의 하란산賀蘭山 바위 위에 새겨져 있는데, 이곳이야말로 바로 중화민족이 자고이래로 활동하던 중심지역이었다고 할 수 있다. 녹석 암각화가 이곳에서 발견된 것은 중요한 의미를 지니고 있다.

재미있는 점은 중국의 한대漢代 화상석畵像石 중에서도 비렴飛廉의 형상을 찾아 볼 수 있다는 사실이다(<그림 112>).

〈그림 112〉 비렴(飛廉). 하남성 남양(南陽) 한(漢)대 화상전(畫像磚)
주의 : 그 형상은 새머리에 사슴의 형태를 하고 있으며, 녹석의 조수신문(鳥首神紋)의 주제와 상통한다.

　화상석 가운데 보이는 비렴은 전설에 근거해 그려져 있을 뿐만 아니라, 7, 8백여 년의 차이가 나기 때문에 소박하면서도 예스러운 모습은 이미 자취를 감춰버려 그 예술적 가치나 문화적 가치를 막론하고 더 이상 녹석과 비교할 수 없게 되었다. 하지만 이것은 우리의 녹석 연구에 참고할 만한 가치를 지니고 있다(특히 그 긴 형태의 새부리와 녹신鹿身은 녹석鹿石과 상당히 닮아 있다).

　미루어 짐작해 보건데, 상고시대 중국 경내에 남겨진 녹석鹿石, 혹은 녹석풍鹿石風의 암각화가 신강이나 영하 두 지역뿐만 아니라 고적古籍 중에서도 풍신風神 비렴의 형상이 전하는 것을 보면, 분명 그 근거가 존재했었다고 볼 수 있다. 녹석과 비렴 풍신의 형상이 이처럼 서로 유사하다는 것은 양자 사이에 분명 모종의 관계가 있음을 의미하는 것이며, 또한 중국의 고대문화사에도 반영되지 않을 수 없었을 것이다.

4) 비렴飛廉 풍신風神과 고대 진秦민족 신화

전기적 색채가 농후한 진秦민족과 관련되어 전해오는 원시신화가 매우 적고, 오직 비렴蜚廉(飛廉)만이 신화의 대열에 올라 있다. 그렇기 때문에 우리는 비렴이 진민족의 역사와 전설 속에서 가장 신화적 색채가 농후한 대표적 인물이며, 또한 "풍신風神"이라고 말할 수 있다.

비렴을 이야기하면서 우리는 태사공 사마천이 우리에게 남겨준 『사기』를 언급하지 않을 수 없다. 그 중에서도 『진본기秦本紀』 가운데 진민족의 역사와 관련된 일단락의 내용은 우리에게 진인秦人의 조상이 새鳥를 토템으로 숭배했던 동이東夷 소호少昊의 일족이며, 비렴蜚廉飛廉이 즉 그 후예라는 사실을 말해 주고 있다. "진秦의 선조는, 전욱顓頊의 먼 후손으로 여수女修라 한다. 여수가 직물을 짤 때 현조玄鳥가 알을 떨어뜨렸는데, 여수가 이를 삼키고 아들大業을 낳았다."는 말처럼 진의 선조는 새鳥를 토템으로 숭배하였으며, 또한 그들의 족원族源신화와 상족商族의 현조玄鳥신화 역시 문화적 공통점을 지니고 있다는 사실을 설명해 준다. "……대불大弗을 낳았다. …… 순임금을 도와 새와 짐승을 조련하니, 새와 짐승들이 그에 의해서 잘 길들여졌다. 이 사람이 백예柏翳인데, 순임금이 그에게 영씨嬴氏 성을 하사하였다. …… 자손들이 중원, 혹은 이적夷狄의 땅에 가서 살았다. …… 서융西戎에서 서수西垂를 지켰으며, 비렴을 낳았다. ……" 여기서 대불大弗은 바로 백익伯益, 백예柏翳를 말하며, "예翳"는 바로 "노鷺"를 가리킨다. 즉 백익伯益이 "노조鷺鳥를 토템으로 삼았다는 사실을 표명한 것이다. 그렇기 때문에 의심할 것도 없이 그 후예인 비렴 역시 새鳥를 토템으로 삼았다고 볼 수 있다. 그런데 그는 어째서 항상 사슴의 형상으로 등장하는 것일까?

『초사楚辭·천문天問』 중에 "여인이 백이와 숙제가 고사리 캐는 것조차 경고하니 사슴이 어떻게 도왔는가?"라는 말이 있는데, 이 말의 의미는 진민족이 도망가는 길에 비렴신飛廉神으로부터 보살핌을 받았다는 뜻으로, 여기서 녹鹿은 바로 비렴의 화신을 가리킨다. 사적에서 "녹鹿"을 진秦의 지역에 비유한 곳이 상당히 많이 보인다. 예를 들어, 『한서漢書·괴통전蒯通傳』에 "진秦이 사슴을 잃은 뒤 천하가 모두 그것을 쫓았다."(임경林庚, 『천문天問 중 진민족과 관련된 역사와 전설「天問」中有關秦民族的歷史傳說』, 『문사』 제7집, 1979년판)와 같은 경우이다.

종합해 보건데, 진인秦人의 운명은 항상 사슴鹿과 불가분의 인연을 맺고 있는 듯 해 보인다. 분명 새鳥를 토템으로 삼았던 비렴 또한 사슴의 몸鹿體을 하고 있는데, 이 사이에 또한 어떤 오묘한 변화가 있었단 말인가?

소병蕭兵선생은 비렴이 봉속鳳屬 신조神鳥의 화신인 동이東夷의 풍신風神이라고 말했는데, 비렴이 또 무엇 때문에 사슴鹿으로 변했단 말인가? 그 주요 원인은 동이의 조족鳥族과 모종의 어떤 녹씨족鹿氏族의 연계에서 찾아볼 수 있을 것이다. 중국의 동북부에 기원을 두고 동이東夷 지역에서 활동했던 전욱이 바로 "여녹씨女祿氏"를 처로 삼았다고 하는데, 만일 여기서 "녹祿"이 바로 "녹鹿"이라고 한다면, 동이 집단 안에 녹씨족鹿氏族이 있었다는 사실이 증명되는 것이다. 그러므로 비렴은 녹鹿과 조鳥를 주체로 하는 종합적인 성격을 지닌 토템이 되었다고 볼 수 있다(소병蕭兵, 『초사신탐楚辭新探』).

소병선생이 제시한 의견은 우리의 사고 방향을 결정하는데 귀중한 단서를 제공해 주었다. 그렇다면 이러한 실마리는 어디 가서 찾는단 말인가? 필자는 『진본기秦本紀』 중에서 언급되고 있는 융서헌戎胥軒이라는 인물, 즉 비렴의 조부에 대해서 주목할 필요가 있다고 생각한다.

5) 융서헌戎胥軒 —"녹록鹿"을 토템으로 삼았던 진인秦人의 사돈 씨족

융서헌戎胥軒은 진인秦人 역사 중에서 논쟁이 많은 인물이다. 그렇지만 그는 녹석鹿石문화에서 없어서는 안 되는 모종의 단서를 제공해 주고 있다.

『진본기』를 근거로 우리는 진秦의 세계世系를 엿 볼 수 있는데, 즉 진의 선조 여수女修, 대업大業, 백익伯益(대불大弗), 대렴大廉, 맹희孟戱, 그리고 중연中衍, 중휼中潏, 비렴蜚廉(飛廉)······ 등이다.

그러나 『진본기』 중에는 또한 신후申侯 입에서 나온 말 한 마디가 기록되어 있다. 즉 "예전에 우리 선조이신 여산酈山의 딸이 융족 서헌胥軒의 아내가 되어 중휼中潏을 낳았으며, 중휼이 주周에 귀의하여 서수西垂를 지켜 주와 친하게 지냈다." 여기서 진秦 세계世系 이외에도 또한 "융서헌戎胥軒"이 튀어나왔다. 신후申侯의 말에 의거하면, 융서헌은 중휼中潏의 생부이고, 비렴蜚廉의 조부가 된다. 그러나 『진본기』에 언급된 진의 세계世系에는 보이지 않는다. "세계에 집어넣지 않은 것은 융서헌이 정통 계승자가 아니라는 사실을 설명해주는 것으로, 아마도 서출이나 혹은 방계로 볼 수 있기 때문에 결코 중휼中潏의 생부가 될 수 없다."(하청곡何靑谷, 『영진족서천고嬴秦族西遷考』, 『고고문물』, 1991년 제5기) 이 말의 의미는 그가 진인 가운데 어느 문파의 사람인지 알 수 없다는 것을 설명한 것이다.

그러나 만일 진인秦人과 상당한 관계가 없었다고 한다면, 신후申侯 역시 그를 언급하지 않았을 것이다. 그렇기 때문에 융서헌의 신세에 대해서는 하나의 수수께끼로 남아 있다. 그래서 몽문통蒙文通선생은 일찍이 "서헌은 융戎을 말하는 것으로 중화민족華族이 아니다."(몽문통蒙文通, 『주진소수민족연구周秦少數民族研究』)고 말한 것이고, 또 어떤 사람은 융서헌을 해석하여 "그

맡은 직무로 인해 이름을 얻은 것으로, 그 본의는 대체로 병과兵戈로 국군 國君이 탄 수레를 호위하는 것을 가리킨다."(엄빈嚴賓, 『진인발상지추의秦人發祥地 芻議』, 『하북학간河北學刊』, 1987년 제6기)고 하였다. 이것은 분명 민족을 지칭 하는 "융戎"자를 무장을 뜻하는 "융戎"자로 해석한 결과로 볼 수 있다. 그 러므로 원래의 의미에서 너무나 벗어나 있어 이 말을 무조건 따르기에는 무리가 있어 보인다.

우리가 알다시피 상고시대에는 개인의 이름이 없었으나 시대의 발전 과 함께 "자아의식이 싹트면서 점차 사람의 이름이 생겨나게 되었다. 그 러나 최초의 인명은 토템의 명칭이나 토템의 명칭과 관련이 있는 것으로 지어 부르게 되었다.……"(하성량何星亮, 『중국토템문화中國圖騰文化』, p.112, 중국 사회과학출판사) 이러한 견해는 대단히 훌륭한 탁견이라고 할 수 있다. 실 제로 진의 선조인 백익伯益이 바로 노조鸞鳥토템이고, 중휼中矞이 바로 휼조 鷸鳥토템이기 때문이다. …… 그러한 까닭에 "융서헌戎胥軒"이라는 이름 역 시 응당 토템과 관련이 있다고 봐야 할 것이다.

여기서 우리가 주의를 기울여야 할 점은 "서헌胥軒 앞에 덧붙여져 있는 "융戎자이다. 몽문통 선생이 언급한 "서헌은 융戎을 말하는 것으로 중화민 족이 아니다."고 한 말이 설득력이 있어 보인다. 그것은 서헌이 상주商周 시기 소수민족이었던 까닭에 그를 폄하해 이름 앞에 "융戎"자를 덧붙여 놓았다고 볼 수 있기 때문이다.

이를 근거로 필자가 연구해 본 결과 "서헌胥軒"이라는 두 자는 일종의 토템을 소수민족 언어로 부르는 호칭으로 생각되며, 서헌의 원래 의미는 당연히 "녹鹿", 즉 돌궐어계에 속하는 유고어裕固語와 도와어圖瓦語의 "녹鹿" 자를 한역漢譯한 것으로 볼 수 있다.

돌궐어계에서 "녹鹿"자의 발음은 다음과 같이 몇 가지로 발음할 수 있다. 위구르어의 buʁa , 하사크어의 buʁa, 키르키즈어의 buʁu, 우즈베키어의 buʁe, 타타르어의 buʁa, 도와어圖瓦語의 sүүn, 사라어撒拉語의 buʁu 유고어裕固語의 suʁun 등의 언어를 비교해 보면, 오직 유고어와 도와어의 어음만 다른 언어와 다르고 양자의 발음은 거의 완전하게 일치한다. 그 발음은 "소은蘇恩"sүүn、suʁun, 또한 "서헌胥軒"으로 읽는다. "서胥"는 고음古音에서 sü私呂切로 읽고, "헌軒"은 고음에서 xan虛言切로 읽는다. 그러므로 "서헌胥軒"을 연이어 읽거나 혹은 빨리 읽으면 "소은蘇恩"süxan으로 발음하게 된다.

그렇기 때문에 우리는 "서헌胥軒"이 바로 "녹鹿"을 토템으로 숭배하는 사람을 지칭한다는 사실을 알 수 있다. 여기서 주목할 만한 점은 돌궐어계에서 오직 유고어와 도와어가 다른 언어와 달리 "녹鹿"을 발음할 때 자신들의 언어로 발음한 데서 기인한 것으로 볼 수 있다. 유고족은 당대 이전에 몽고 지역에서 거주하였으며, 도와족은 러시아 알타이산 살언령薩彦嶺 지역에서 거주하였다. 이 두 지역이 바로 녹석鹿石이 집중적으로 발견되는 곳이다. 고고학적 입장에서 볼 때, 이 두 지역의 녹석鹿石시대카라쇼크(Karasjok 문화기)에 출토된 문물과 중국 장성長城 일대에서 발견되는 유물이 같은 유형을 보이며, 그 곳에서 발굴된 인골人骨 또한 중국인종과 별다른 차이가 없다. 그래서 요대중姚大中은 일찍이 『고대북방중국古代北方中國』에서 "당연히 중국 북방에서 이주해 간 것이다."(대만, 삼민서국三民書局)고 주장하였다.

한 가지 더 언급할 점은 유고족은 원래 구성九姓 위구르족에 속하며, 그 가운데 오구스Oghuz 일족이 중국 진남(晉南 산시성의 남부지역) 고방䓛方에서 북쪽으로 이주한 몽고족의 후예(상말商末시기)이다. 그렇기 때문에 유고어와 도와어 중에 나타나는 "녹鹿"자의 발음 "소은蘇恩"은 바로 중국 북방에서 그들이 가지고 간 방언이라고 추측해 볼 수 있다. 그리고 진남晉南 역시 바로 서헌胥軒, 중휼中滿, 비렴飛廉 등이 활동하던 지역이었다(이 점에 관해서는 뒤에서 상세히 논하고자 한다).

필자가 녹鹿을 숭배하던 토템 지역, 그리고 그 민속과 풍습 등의 다양한 측면을 고찰한 내용을 토대로 살펴볼 때, 서헌胥軒은 응당 동호계東胡系의 선조와 관련이 있어 보인다(이 점에 대해서는 뒤에서 자세히 논하고자 한다).

여기서 우리는 비렴이 "조수녹신鳥首鹿身"이라는 혼합 양식의 토템을 구성하게 된 민족의 근원을 엿볼 수 있다.

6) "녹석鹿石"은 스키타이인 혹은 진秦 선조 일족의 유적

앞에서 우리가 이미 기본적인 입장을 밝혀 놓은 바와 같이 새鳥를 토템으로 숭배하는 진秦의 선조와 사슴鹿을 토템으로 숭배하는 동호계東胡系 선조가 서로 사돈관계를 맺으면서 "조수녹신鳥首鹿身"의 풍신 비렴과 같은 형상이 만들어졌다는 사실을 언급하였다. 그렇기 때문에 녹석문화의 출현은 당연히 이와 밀접한 관계가 있다고 추측해 볼 수 있다.

그러나 해외의 적지 않은 수의 학자들은 녹석鹿石이 스키타인의 문화유적이라고 생각하고 있다. 구소련의 학자 H.Л 치레노바는 『몽고와 시베리아의 녹석에 관하여關於蒙古和西伯利亞的鹿石』라는 문장 중에서 "……내가 일찍이 녹석이 스카타이시대에 널리 유전되었던 상황과 스키타이인이 자신의 민족을 호칭하던 살가薩迦(살가인薩迦人 혹은 살기인薩基人으로 번역)를 대조해 본적이 있는데, B・И・알마예프가 지적한 바와 같이 '살가薩迦'는 '녹鹿'자의 의미를 가지고 있다." 그렇기 때문에 그는 사슴鹿이 스키타이인의 토템이라고 여겼다.

그렇지만 녹석에 새겨져 있는 형상은 결코 현실 세계에서 볼 수 있는 "녹鹿"이 아니기 때문에, 이로 인해 "조수녹신鳥首鹿身"의 문제가 더욱 복잡해진 것이다.

우리 논점에 대한 보완과 이에 대한 합리성을 보다 더 명확하게 설명하기 위해 아래와 같이 몇 가지 측면에서 논증을 시도해 보고자 한다.

(1) 토템상의 확인

한 가지 명확한 점은 녹鹿토템이 스키타이인들의 전유물이 아니었다는 사실이다. 중국의 동호족이 바로 녹鹿 토템을 신앙의 대상으로 숭배했던 민족이었다. 비록 "동호東胡"라는 명칭은 『일주서逸周書』에 처음 나타나지만 사실 동호족은 오래된 역사를 가지고 있는 민족이다. 고고학적 측면에서 동호족의 문화는 일반적으로 하가점夏家店의 상층문화로 보고 있는데, 그곳에서 일찍이 수많은 녹鹿의 도상圖像이 그려져 있는 문물이 출토되었다. 특히 동호와 그 선조들의 활동 중심 지역이었던 내몽고 서랍목륜하西拉木倫河 유역, 백차하白岔河 지역의 암각화 중에서도 "녹鹿"의 비중이 상당히 클 뿐만 아니라, 그 화면에 보이는 수많은 녹鹿 역시 단독으로 숭배되는 신수神獸의 형식을 취하고 있다. 필자가 직접 고찰을 통해 발견한 자료에 의하면, 어떤 녹鹿은 옆에 항상 개狗를 동반하고 있는 형상으로 등장하는데, 이러한 장면은 시베리아 지역의 녹석 형식과 매우 닮아 있는 모습이다. 하지만 녹鹿이 "조수녹신鳥首鹿身" 형상이라기보다는 사실적 풍격으로 묘사되어 있는데, 아마도 이것은 진족秦族의 선조가 녹석과 연관이 있다는 사실을 표명한 것으로 보이지만, 결코 그러한 "녹석鹿石" 작품은 아니라고 판단된다.

또한 "동호지여東胡之餘"의 선비족鮮卑族 문물 중에서도 녹鹿의 문양이 대량으로 발견되고 있다. 그래서 어떤 학자는 "선비鮮卑", 즉 선비어로 "녹鹿"의 의미(주의 : "서헌胥軒"을 빠르게 읽을 때 나는 음에 가깝다)를 가지고 있다고 지적하고, 특별히 "옛날 동호족의 묘 앞에 녹鹿의 문양이 새겨진 석비石碑가 세워져 있었다. …… 분명한 것은 동호족의 문화 중에 녹석鹿石이 일찍부터 선비족의 동패銅牌 장식으로 존재하였다는 사실이다."(간지경干志耿, 『흑룡강고대민족사강黑龍江古代民族史綱』, 흑룡강인민출판사)고 강조하였다. 이 말은 이미 "녹석문화"를 동호족의 문화 범주에 귀속시켜 놓고 있다는 사실을 명확하게 밝힌 것이다.

주목할 만한 점은 만일 토템학의 각도에서 녹석의 "조수鳥首를 살펴보면, 그들의 조형이 모두 같은 특징을 구비하고 있다는 사실을 발견할 수 있다. 즉 일률적으로 긴 부리 형상을 하고 있는데, 이것은 분명 물고기를 잡아먹기에 유리하게 부리가 발달된 수조水鳥류에 속한다고 볼 수 있다.

"진秦의 선조 백익伯益이 바로 백로伯鷺이며, 노鷺는 새鳥의 토템으로 비렴飛廉의 생부 중휼中潏이 바로 휼조鷸鳥의 토템이다."(하광악何光岳, 『동이원류사東夷原流史』, p.3-25, 강서교육출판사). "노鷺"조鳥는 일종의 수조水鳥를 가리킨다. 『시경詩經·대아大雅·부예鳧鷖』에서 "물오리와 갈매기 경수에 있는데"라는 말이 보이며, 『창힐편蒼頡篇』에서 "예鷖는 갈매기이다."고 하였는데, 이는 일명 수효水鴞를 가리킨다. 여기서 "예鷖"가 수조水鳥, 혹은 구조鷗鳥의 일종이라는 사실을 알 수 있다. 구조鷗鳥는 긴 부리를 가지고 있는 물새로서 녹석 중의 조수鳥首와 모습이 유사하다. "휼조鷸鳥" 역시 일종의 물새로써 "가금류에 속하며, 머리가 둥글고 큰 입은 길이가 두 세치 정도 되며, 목 또한 길다. …… 작은 물고기를 잡아 먹는다."(『한어사전漢語辭典』, 상무인서)는 특징을 가지고 있다. 이러한 특징은 녹석의 조수鳥首형상과 더욱 가까워 보인다.

비록 스키타이인들의 신수神獸 역시 조수녹신鳥首鹿身의 형상을 하고 있지만, 대부분 맹금猛禽류에 속한 독수리鷹의 머리 형상을 하고 있다.

그렇기 때문에 우리는 진秦의 선조가 토템으로 숭배했던 새鳥의 종류와 녹석鹿石의 "조수녹신鳥首鹿身"에서 "조수鳥首가 서로 결합해 독특한 형상을 갖추게 되었다고 볼 수 있다. 이미 발견된 모든 녹석의 조수鳥首와 녹신鹿身은 어떠한 진화도 없이 하나의 조형적 양식을 보여주고 있는데, 이것이 바로 상징적으로 특정한 토템에 속한다는 사실을 설명해 주는 것이라고 볼 수 있다.

(2) 문화지리적 측면의 증명

비록 진秦나라를 건국한 진나라 사람들이 감숙성에서 협서성으로 동진해 왔다고는 하지만, 진의 선조들은 적어도 비렴飛廉 이전에 주로 산서와 동북 지역에서 활동하였다. 이 점이 바로 우리가 제기한 논점으로, 새鳥 토템을 신봉하는 동이족의 진秦 선조와 사슴鹿 토템을 신봉하는 동호족 사람들이 역사적으로 만나 교류할 수 있었던 지리적 환경에 대한 합리적 근거를 찾았는데, 그것이 바로 사슴鹿 문화권과 새鳥 문화권이 서로 만나는 교착지점이다. 이 점에 대해 아래와 같이 몇 가지로 나누어 논증해 보고자 한다.

우선 『사기·진본기』의 기록에 의하면, 진秦의 선조 가운데 맹희孟戱라는 인물이 있었다고 하는데, 『산해경山海經·해외서경海外西經』에서 "멸몽조

滅蒙鳥는 결흉국結匈國의 북쪽에 있다. ……"고 하였는데, 원가袁珂 선생은『산해경교주山海經校注』중에서 "멸몽조滅蒙鳥"는 바로 맹조孟鳥로써 진의 선조 맹희孟戱를 가리킨다고 주장하였다.『산해경·해내서경海內西經』에서 "맹조孟鳥는 맥국貊國의 동북에 위치한다."고 하였는데, 맥국貊國의 위치는 지금의 길림성 서부 지역과 동몽東蒙의 동북부 지역에 위치하며, 공교롭게도 진의 선조 맹희孟戱(즉 맹조孟鳥를 토템으로 삼은 진의 선조)가 활동하던 지역 역시 동호의 선조가 활동하던 무대와 같은 지역이었다. 따라서 새鳥를 토템으로 숭배한 진인秦人과 사슴鹿을 토템으로 숭배한 동호의 선조가 이곳에서 마주치게 된 것은 아주 자연스러운 일이었다고 볼 수 있으며, 양자가 결합해 "조수녹신鳥首鹿身"의 복합적 형상을 지닌 토템으로 발전했다는 것 역시 전혀 이상할 것이 없다.

두 번째,『사기·진본기』의 기록에 의하면, 신후申侯는 일찍이 비렴飛廉의 조부인 융서헌戎胥軒이 여산驪山의 여자를 아내로 취하였다고 언급했는데, 일반적으로 여산은 여융驪戎을 가리키며, 지금의 협서성 임동臨潼 일대를 말한다. 그렇지만 몽문통蒙文通 선생은『주진소수민족연구周秦少數民族研究』에서 "여융驪戎은 진晉의 동북에 있다."고 지적하였는데, 이 견해는 하광악何光岳 선생이『동이원류사東夷原流史』에서 "여융驪戎은 지금의 하북성 신성新城 서북에 있다."고 지적한 바와 같이 그 지리적 위치가 서로 맞아 떨어진다. 즉 융서헌이 활동하던 지역이 당시 진晉의 북방에서 멀지 않은 곳이었던 까닭에 자연스럽게 여융驪戎과 접촉하며 혼인관계를 맺을 수 있었다고 추정해 볼 수 있다. 그렇지 않고 누군가 말한 것처럼 융서헌이 감숙성 서수西陲 지역에 거주했다고 한다면, 거리적으로 멀리 떨어져 있던 여융驪戎 여자와 결혼한다는 것은 사실상 불가능한 일이었을 것이다. 이렇게 "서헌胥軒"을 현지에서 녹鹿으로 일컫다가 산서성을 벗어난 오구스

Oghuz인과 진秦의 선조 등에 의해 몽고와 알타이산 일대까지 전해지면서 기타 돌궐어계의 각 민족이 부르는 녹鹿에 대한 호칭 역시 서로 달라졌을 가능성도 완전히 배제할 수는 없다.

세 번째, 진秦의 선조 가운데 또 다른 중요한 인물, 즉 비렴飛廉의 생부 중휼中潏에 관한 것이다. 여기서 우리는 두 가지 문제에 대해 주목할 필요가 있는데, 하나는 중휼이 활동했던 지역이고, 또 하나는 중휼이 이름을 얻게 된 경위이다.

『사기‧진본기』에 의하면, 중휼이 "서융西戎지역에 살면서 서수西陲를 지켰다."고 하였는데, 여기서 쟁점이 되는 부분은 바로 "서수西陲"라는 지역이다. 이전의 역사학자들은 대부분 주周의 서부 지역인 협서성과 감숙성이 인접한 일대를 가리킨다고 주장하였는데, 사실상 중휼이 거주하였다고 하는 "서수西陲"는 당연히 큰 도시를 가리키는 것으로 상商을 말한 것이지 주周의 서부 지역을 말하는 것은 아니다. 즉 지금의 산서성 남부와 그 북쪽 지역을 가리킨다고 볼 수 있다. 신후申侯의 말에 근거해 보면, 중휼中潏과 서헌胥軒이 부족을 통솔해 상商의 서수西陲를 지켰기 때문에 주周의 서부 지역으로 이동하기는 어려웠을 것이다. 다시 말해서 주周를 뛰어 넘어 상商을 섬겼다는 말은 이치에 맞지 않기 때문이다.

이외에 어떤 학자는 중휼中潏이라는 이름을 얻게 된 이유가 휼수潏水와 관련 있다고 주장하였다. 실제로 두 개의 휼수潏水가 존재하는데, 하나는 협서성에 있고, 또 하나는 진晉의 지역에 있었다. 진秦의 선조들이 활동했던 범위를 놓고 볼 때, 중휼中潏이라는 이름을 얻게 된 휼수潏水는 당연히 진晉지역에 있는 휼수가 이치에 더 부합된다고 할 수 있다. 진晉지역에 위치한 휼수潏水에 관해 『산해경‧중산경지수中山經之首』에서 "우수牛首라는 산에서 노수勞水가 나오는데, 서쪽으로 흘러가 휼수潏水로 들어간다."는 기록이 보인다. 청대『가경일통지嘉慶一統志』에서 평천부平川府의 산천山川을 언급한 기록에 의하면, "흌수漷水는 임분현臨汾縣 북쪽에 있다. …… 임분현에 이르러 북쪽의 분수汾水로 들어간다."고 하였다. 이를 근거로 볼 때 중흌中漷이라는 이름을 얻게 된 흌수漷水는 당연히 진晉의 흌수漷水를 가리키는 것이며, 또한 중흌中漷이 서수西陲를 지켰다는 말과도 부합하게 된다. 그래서 심지어 위취현衛聚賢 선생은 "중흌中漷이 서수西陲를 지키기 전에, 산서 태원太原 동쪽을 지켰다."(위취현衛聚賢,『고사연구古史研究』, p.51, 상해문예출판사, 1990년판)는 주장까지 하였다.

끝으로 우리가 중흌中漷의 아들 비렴飛廉(蜚廉)을 다시 한 번 살펴보면, 그의 활동 범위 역시 산서성이었다는 사실을 알 수 있다.『사기·진본기』에 기재된 기록에 의하면, 무왕武王이 주紂를 칠 때 비렴飛廉은 마침 상商의 북방에 있었다고 한다. "이때 비렴은 은주를 대신에 북방에 나가있다가 돌아왔으나 보고할 곳이 없자 곽태산霍太山에 제단을 쌓고 주왕에게 보고하면서 석관을 얻었다. ……" 결국 비렴은 죽어서 산서성 곽산霍山에 묻혔다고 한다.

우리가 이렇게 깊은 흥미를 가지고 살펴본 것은 진秦의 선조들이 적어도 비렴 이전에 이미 산서성과 그 북쪽 지역에서 활동하고 있었으며, 이 지역 또한 녹鹿을 토템으로 숭배했던 동호족東胡族 선조들의 주요 활동 영역이기도 했기 때문이다. 그래서 간지경干志耿과 손수인孫秀仁은 "상대商代(기원전 16-11세기) 초기 동호족은 북방지역에서 활동하였다……. 전설시대인 당오唐虞부터 춘추전국시대에 이르기까지 동호족은 황하유역과 밀접한 관계를 가지고 있었다."(『흑룡강고대민족사강黑龍江古代民族史綱』, 상동)고 주장하였다.

여기서 우리가 지적하고 싶은 점은 새鳥를 토템으로 숭배했던 진秦의 선조와 동호족의 일족인 녹씨족鹿氏族이 혼인 관계를 맺기 위해서는 반드시 문화와 지리적인 측면에서 그 합리성이 요구된다는 사실이다.

(3) 민속방면의 고찰

지금까지 전해져 오는 진秦의 선조와 관련된 사료가 너무 적어 우리가 논술하는 데 많은 어려움이 있지만, 어찌되었건 우리는 계속 모든 노력을 기울여 자료를 수집하고, 그 수집된 자료들을 통해 필요한 정보를 찾아 보고자 한다.

위에서 우리는 이미 문화와 지리적 측면에서 진秦의 선조와 동호족의 선조 관계를 고찰해 보았다. 이제 우리는 다시 민속학적 측면에서 탐색을 시도해 보고자 한다.

"곤두습속髡頭習俗"(삭발한 머리)은 동호족 가운데 광범위하게 유행했던 습속이다. 하가점夏家店의 상층문화 유적지에서 출토된 동판銅版상의 인형人形은 모두 머리카락을 깎은 대머리 모습을 하고 있는데, 이것은 동호족계의 각 부족이 모두 "머리를 삭발"했다고 하는 역사적 사실에 부합되는 것이며, 또한 이러한 형태는 녹석鹿石에서 머리카락 없는 대머리로 등장하는 인물들과 완전히 일치한다<그림 107>. 더욱 재미있는 것은 협서성 봉상진鳳翔秦의 묘에서 장식 위에 인물이 새겨진 "동삭銅削"이 하나 출토되었는데, 이 인물의 머리 역시 대머리 형상그림 108을 하고 있었다는 점이다. 하지만 "스키타이인들은 수염을 길게 기르고 뾰족한 모자를 쓰고 있다……"(『스키타이문화』, Д·А·아프뚜신Avdursun)는 모습과는 완전히 다른 형상이다. 특히 주목할 만한 사실은 진묘秦墓에서 출토된 동삭銅削의 장식위에 보이는 얼굴 모습과 녹석鹿石에 보이는 인물의 얼굴 모습이 모두 아래 턱을 뾰족하게 깎아 놓은 듯한 형상을 하고 있는데, 그 모습이 매우 유사 하게 닮아있다. 따라서 위에서 언급한 삼자(녹석鹿石, 동판銅版, 동삭銅削) 위에 새겨진 인물상이 모두 "대머리禿頂"라는 문화현상에 대해 깊이 생각해 볼 필요가 있다. 적어도 그들 삼자 족속族屬 간에 어느 정도 관계가 있다는 사실을 설명해 주기 때문이다. 다시 말해서 인종과 습속에 있어서 "동호 족계東胡族系"와 직접적인 관련이 있는 "대머리禿頂"이라는 습속을 충실히 반영하고 있어 적어도 진秦의 선조와 동호족의 연관성에 대해 어느 정도 확신을 가질 수 있게 해 준다.

"석관장속石棺葬俗"은 동호족의 매장 풍속문화 중에서 중요한 특징 가운 데 하나이다. 그런데 일찍이 내몽고 해랍이海拉爾에서 석판石板으로 이루어 진 동호족의 묘가 발견되었다. 어떤 묘는 묘 앞에서 15미터 떨어진 곳에 돌을 세워 놓았는데, 이것은 묘비로 보인다. 구소련의 바이칼호 동쪽 지 역에서도 이와 유사한 석판묘가 발견되었는데, 역시 묘 앞에 가늘고 긴 돌이 세워져 있었다. 그 위에 종종 사슴鹿의 형상이 새겨져 있기 때문에 고고학적으로 "녹석鹿石"이라고 일컫는다. 이러한 석판묘 역시 구소련의 레나강Lena River, 앙가라강Angara River, 오논강Onon River, 실카강Shilka River 하류 등의 지역에 분포되어 있다. 또한 이러한 석판묘는 중국 내몽고의 적봉赤峰, 영 성寧城 등의 동호 석판묘와 매우 유사하다. 하지만 스키타이인들의 매장 풍속은 이와 반대로 목곽묘 문화를 가지고 있다.

여기서 주목할 만한 가치가 있는 사실은 진秦의 선조 비렴飛廉이 죽었을 때도 "석관石棺"(『사기・진본기』)에 넣어 매장했다고 하는 점이다. 일찍이 "황보밀皇甫謐이 석곽石槨은 북방의 습속이다."(서광徐廣, 『집해集解』)고 지적하 였는데, 이를 통해서도 석판묘가 유행했었다는 사실을 알 수 있는데, 이러한 특징은 중원의 목곽묘 매장 풍속과 완전히 다른 점이다. 따라서 이러한 매장 풍속 역시 진秦의 선조가 동호문화권과 깊은 연관성이 있다는 사실을 뒷받침해 주고 있다. 특히 매장문화는 그 문화적 특징이 명확하기 때문에 각 민족의 기원을 밝히는데 있어 중요한 지표로 활용되고 있다.

진秦인들은 초기에 선조들이 남겨 놓은 수많은 습속을 보존하고 있었다. 그래서 중원 사람들은 그들을 "융적戎狄"에 비유하여 "융족의 풍속이 섞여 있다"(『사기・육국년서표六國年序表』), 혹은 "이적夷翟으로 대우했다"(『사기・진본기』)고 보았는데, 이러한 상황은 상앙商鞅이 비로소 진秦의 "융적지교戎翟之敎"를 혁신할 때까지 계속되었다. 이 말은 문화습속에서 초기의 진秦인이 중원의 화하족華夏族과 많은 차이가 있었음을 설명해 주는 것이기 때문에 진秦의 선조가 동호東胡인들의 습속을 전승했다는 사실은 전혀 이상할 것이 없으며, 비렴이 장례의식에서 석관을 사용했다는 점 역시 당연히 사실로 봐야 할 것이다.

"비렴飛廉"은 알타이어의 "풍風"이란 발음과 같다. "비렴"은 상고시대 봉鳳에 속하는 신조神鳥로써 동이족의 풍신風神을 가리킨다. 재미있는 사실은 녹석鹿石이 분포되어 있는 지역의 거의 모든 민족이 "풍風"에 대한 발음을 "비렴飛廉"이란 말과 유사하게 발음한다는 점이다.

소병蘇兵 선생은 『초사신탐楚辭新探』 중에서 일찍이 "비렴"은 상고시대 "풍風"자의 석음析音, 혹은 완독緩讀으로, "풍風"의 고음은 pam 혹은 복자음자로 구성된 plam으로 발음한다고 주장하였다. 『계림유사鷄林類事』에서도 "풍風은 패람孛覽으로 말한다"("孛覽"의 음은 plam에 가깝다)고 하였으며, 이족彝族 역시 "풍風"을 brum(이족 역시 상고시대 서북 지역의 강융羌戎에 기원을 두고 있어 서북 지역에서 가지고 간 상고시대의 "풍風"으로 독음한다)으로 발음한다.

그래서 응림應琳 선생은 "패람沛覽"이라는 말이 한어漢語에 가깝다고 말하는 것 보다 차라리 알타이어에 가깝다고 말하는 것이 더 낫다고 주장하였다. 그리고 그는 한국어로 "풍風"을 parram으로 읽고, 위구르어로 "폭풍暴風"을 boran으로 읽지만, 이란어에서는 baran이 비를 가리킨다는 것을 예로 들었다. 하지만 러시아어 ВуРаН는 평원의 눈바람을 가리킨다. 영어에 돌궐어에서 차입한 puŋ은 오로지 시베리아 동북 대초원에 부는 눈바람을 가리킨다.

이상과 같이 언어의 발음 측면에서 "비렴飛廉"이라는 단어에 대한 고찰을 통해 우리는 일말의 단서를 찾아 볼 수 있었다. 즉 진秦의 선조들이 사용했던 "비렴飛廉"이나 "서헌胥軒" 등의 호칭이 한어漢語에 기원을 두고 있다기보다는 알타이어에서 전해졌을 가능성이 더 크다는 사실이다. 그렇다면 우리가 앞에서 진秦의 선조가 동호족계의 선조와 밀접한 관계가 있다고 언급한 주장은 더욱 더 설득력을 얻을 수 있다. 왜냐하면 "동호족의 언어가 바로 알타이어계에 속하기 때문이다."(방장유方壯猷, 『선비어언고鮮卑語言考』, 『연경학보燕京學報』 제8기).

지금까지도 우리는 북아시아 지역에서 유행하는 사만교 중에서 긴 날개가 달린 순록馴鹿의 모습을 하고 있는 풍신風神 형상을 볼 수 있는데, 이것은 분명 상고시대 새鳥와 사슴鹿이 합체된 "비렴飛廉" 풍신風神의 흔적이라고 볼 수 있으며, 또한 알타이어계의 북방민족 사이에서 오늘날까지도 보존되어 오고 있어 "배석배일풍속拜石拜日風俗"이 녹석과 진秦인, 그리고 동호족에게 전해져 왔다는 사실을 충분히 엿볼 수 있다. 녹석 그 자체가 바로 일종의 바위石 숭배를 의미하는 것으로, 동호묘 앞에서 이와 관련된 유물이 항상 발견되고 있다.

비록 진秦인이 중원으로 들어간 후 그들의 고유한 "이적지속夷翟之俗"이 거의 다 사라져 버려 더 이상 그들의 원시적 풍모의 풍속을 찾아보기 어렵게 되었지만, 우리는 아직까지 잔존하는 일부 자료를 통해 그와 관련된 정보를 찾아 볼 수 있다.

사료에 의하면, 진秦인들 사이에 "치畤"를 숭배하는 풍조가 대단히 성행했다고 한다. 예를 들면, 『봉선서封禪書』에서 진晉 문공文公이 "부치鄜畤"를 지었고, 양공襄公이 "서치西畤" 등을 지었다고 하는데, 이른바 "치畤"는 흙을 높게 쌓아 단을 만들거나 큰 바위를 높게 세우는 것을 의미한다. 『진태강지지晉太康地志』에 일찍이 진秦 문공 때 진창인陳倉人이 사내 아이 둘을 쫓아 산에 들어가자, 그 두 사내아이가 꿩雉으로 변했다고 한다. "꿩이 진창陳倉 산 북쪽 산기슭에 올라가 돌石이 되자, 진인이 그 돌에 제사를 지냈다."고 하는 말은 진秦인이 새鳥 토템을 숭배했다는 사실을 암시해 주는 동시에 봉석鳳石을 숭배하는 습속이 있었다는 사실을 시사해 주는 것이다. 치雉 역시 봉鳳의 일종으로 신강新疆에서 발견된 이른바 "오봉석五鳳石의 녹석과 매우 유사한 성격을 보여주고 있다. 사실상 이것은 진秦인이 봉조석鳳鳥石을 숭배한 습속을 은유적으로 표현한 것으로 볼 수 있다.

더욱 주목할 만한 점은 이미 발견된 녹석의 상부에 둥근 원의 태양이 그려져 있다는 사실이다. 필자가 보기에 이것은 진秦인이 동이東夷 소호계少昊系의 영성씨嬴姓씨로부터 갈라져 나온 역사적 사실과 관련이 있다고 생각된다.

『사기・봉선서封禪書』에서 "진秦 양공襄公이 …… 스스로 소호신少昊神의 제사를 주관해야 한다. ……"는 말이 보이는데, 소호少昊 역시 "원신圓神"으로 일컬어졌다. 즉 "태양이 둥글기 때문에 붙여진 명칭"(유성준劉城準, 『중국상고신화통론中國上古神話通論』)이라고 주장하였다. 그리고 진秦인은 소호 뿐만 아니라 "전욱顓頊에게도 제사를 지내고" 스스로 그 후예라고 자칭하였다. 최근에 협서성 봉상鳳翔에서 발굴된 진秦의 경공景公 묘에서 명문銘文이 새겨진 석경石磬 파편 조각이 출토되었는데, 이 역시 이러한 사실을 증명해 주고 있다. 그 위에 "고양高陽씨는 위엄이 넘쳐 사방이 다 복종하였다"는 명문이 새겨져 있었다. 고양高陽은 바로 전욱顓頊을 가리키며, 또한 고양高陽은 태양신을 가리킨다. 그래서 녹석 위에 항상 태양이 새겨져 있는 것이다. 즉 진秦인이 소호少昊와 전욱顓頊을 태양신으로 숭배했던 동이東夷의 습속과 종교 관념이 표현된 것이라 볼 수 있다.

녹석의 시대적 구분과 분포, 그리고 내포된 의미가 진秦의 선조 비렴飛廉의 역사적 흔적과 서로 꼭 들어맞는다.

녹석의 시대적 구분에 대해 몽고 경내에서 발견된 녹석을 대표하는 전형적인 작품을 근거로 놓고 볼 때, 다음과 같이 몇 가지 측면에서 시대를 구분할 수 있는 가치를 가지고 있다.

녹석 인물의 허리띠는 항상 두 줄의 평행선이나 혹은 넓은 선으로 표시되어 있는데, 그 선 안에 종종 삼각형 문양이나 혹은 마름모 형태의 능형菱形 문양이 보인다. 이를 일반적으로 망형罔形이라 부르는데, 사선을 교차시키면 망형罔形이 되며, 그 망격罔格이 마름모 형태의 능형으로 보이게 된다. 그래서 또한 능형菱形 문양이라고도 말하는 것이다(<그림 107>에 보인다.). 이러한 문양은 상대商代 초기 청동기(예를 들어, 작爵, 가斝) 위에도 보이지만 이후에는 아주 드물게 나타난다. 그렇기 때문에 녹석 위에 보이는 망형문양罔紋의 허리띠는 당연히 상대의 전통을 계승한 것으로 그렇게 아주 늦은 편은 아니라고 하겠다.

두 번째로 허리띠 위에 보이는 단검短劍을 비롯한 도刀, 전부戰斧, 궁형기弓形器, 궁전弓箭 등 모두 상주商周시기에 유행하던 기물이다. 특히 단검은 두 종류가 보이는데, 하나는 수수곡병직인검獸首曲柄直刃劍이고, 또 다른 하나는 직병직인검直柄直刃劍이다. 목전의 고고학적 발견을 근거로 해 볼 때, 수수곡병직인검獸首曲柄直刃劍은 중국의 북방 지역을 비롯해 몽고, 자바이칼 (Transbaikal : 러시아의 동시베리아에 위치한 지역으로 바이칼 호의 동쪽 지역에 해 당된다) 등의 지역에 분포되어 있으며, 연대는 상대商代 말기나, 혹은 조금 늦은 시기에 해당하며, 주대周代에 들어와 점차 도태되었다. 특히 활 형태 弓形의 옹기는 비록 그 용도에 대해 현재 여러 가지 이견이 있지만, 시대 적으로 볼 때는 오히려 일치하고 있다. 이 옹기는 상주대商周代 묘장墓葬으 로 성행하였다가 서주西周 이후 소실되었다. 그래서 녹석 위에 자주 보이 는 이러한 활 형태弓形의 옹기는 녹석이 제작된 연대가 상대商代와 주대周代 사이라는 사실을 뒷받침해 주고 있다. 또 하나 사람의 주목을 끄는 점은 녹석 위에 새겨져 있는 전부戰斧 도형이다. 이러한 형태의 도끼는 중국의 고고학 문헌에서 "관공부管銎斧"라고 일컫는데, 이 역시 상주商周시기에 중 국의 북방 초원문화 가운데 대단히 널리 유행했던 청동 병기이다.

남시베리아의 카라수크Karasuk문화 중에도 이와 유사한 형태의 병기가 보이는데, 학자들은 이에 대해 "이른바 카라수크문화, 다시 말해서 중국 의 상주商周시기 청동기문화가 시베리아와 몽고 지역으로 전파된 것이 다."(단련근段連勤, 『정령고차여철륵丁零高車與鐵勒』, p.70, 상해인민출판사, 1988년판) 고 주장하였으며, 심지어 러시아와 몽고의 학자들 역시 몽고의 고비사막 과 셀렝가강Selenga River 분지에서 발견된 이 시기카라수크문화 — 기원전 13세기에서 7세기 도기뿐만 아니라 예니세이강Enisei River과 알타이의 카라수크에서 발견 된 도기와도 매우 흡사하며, 또한 열하熱河적봉(赤峰) 지역의 석관 안에서 발 견된 순장용 토관土罐과도 매우 흡사하다(구소련과학원, 몽고과위합편蒙古科委合 編, 『몽고인민공화국통사蒙古人民共和國通史』)고 주장하였다.

상술한 바와 같이 상말商末 주초周初의 이러한 역사적 문화적 현상은 중국의 북방 지역 청동기문화가 몽고와 알타이 지역까지 전파되었다는 사실과 함께 북방 지역의 민족 이주 활동이 일어났다는 사실을 설명해 주는 것이다. 더욱이 이 시기에 중국역사에서 주周 무왕武王이 상商을 멸망시키는 대사건이 발생하였다.

이 대사건 속에서 상商의 주왕紂王에게 충성을 받치며 서수西陲를 지키던 진秦의 선조는 주周 무왕武王 세력의 잔혹한 진압에 못이겨 어쩔 수 없이 도망칠 수밖에 없었다. 그 결과 "무왕武王은 오래惡來(蜚廉子)와 비렴蜚廉(飛廉)의 성씨를 빼앗고, 그 백성들은 가축을 방목하는 노예로 삼았다."(양동신楊東晨, 『진인비사秦人秘史』, p.96, 협서인민교육출판사)고 한다.

그들이 도망간 방향은 당연히 그들의 친족이 거주하던 지역과 관련이 있었을 것이다. 즉 그 가운데 일족은 동쪽을 향해 동이東夷의 옛 땅으로 향했을 것이며, 또 다른 일족은 북쪽을 향해 동호 선조들이 활동하던 북방 지역으로 향했을 것이다. 왜냐하면 진秦의 선조는 새鳥를 토템으로 숭배하는 동이東夷 씨족과 사슴鹿을 토템으로 숭배하는 동호東胡 씨족의 혼합체였기 때문이다. 『맹자孟子·등문공하滕文公下』에 주공周公이 엄奄을 토벌할 때 "비렴(飛廉: 비렴의 후예)을 바닷가까지 쫓아가서 그를 죽였다."고 하였는데, 이 말은 다시 말해서 비렴飛廉의 잔당後裔 세력을 제거하기 위해서 주공周公이 지금의 산동山東 바닷가까지 쫓아갔다는 말이다. 또 다른 일족의 진秦 선조는 주周의 억압을 피하기 위해 북쪽으로 도망갔다고 하는데, 『천문天問』에 이와 관련된 전설이 시구에 보인다. "여인이 백이와 숙제가 고사리 캐는 것조차 경고하니, 사슴이 어떻게 그들을 도왔는가? 북쪽으로 회수에 갔는데, 갑자기 왜 기뻐하는가?" 임경林庚 선생은 이 구절에 대해 주周 무왕이 비렴의 아들 오래惡來를 죽인 후에 진秦 민족이 북쪽으로 도망가는 정경을 표현한 것이라고 설명하였으며, 또 "여인이 백이와 숙제가 고사리 캐는 것조차 경고했다."는 말은 도망가는 가는 길에 기아饑餓에 허덕이며 고사리로 연명해야 하는 곤경 속에서 진秦 민족은 신화 속에 보이는 풍신風神과 영웅 비렴飛廉鹿身의 비호를 얻고자 하는 바람을 노래한 것이다(임경林庚, 『천문 중의 진秦 민족과 관련된 역사전설天問中有關秦民族的歷史傳說』, 『문사文史』 제7집)고 설명하였다.

필자가 보기에 이 "녹鹿"은 비렴을 대표할 뿐만 아니라, 더 넓은 의미를 내포하고 있는데, 즉 진秦의 선조와 혈연관계가 있음을 밝혀주는 동시에, 북쪽으로 도망쳐 온 진秦의 선조를 사슴鹿을 토템으로 숭배했던 동호東胡족의 선조가 비호하고 구원해 주었다는 의미가 담겨 있다고 볼 수 있다. 당시 일부 사람들은 북상하여 산서성 분수汾水 유역의 조성趙城에 이르러 거주하다가 후에 조부造父 때 주周 무왕繆王의 은혜를 입어 협서성 위수渭水 일대로 다시 이주해 주周 왕실의 말을 길렀으나, 또 다른 일부 사람들은 계속하여 북쪽으로 달아났다고 한다.

당시 그들이 도망친 노선에 대해, 임경林庚 선생은 "북쪽으로 회수回水에 이르렀다."는 말은 분수汾水를 따라 북상했다가 산서성 북부로 도망간 것을 가리킨다고 주장하였으며, 서현지徐顯之 선생은 "산해경"을 근거로 산서성에서 북쪽으로 나갈 수 있는 길은 오직 세 갈래 뿐이라고 주장하였다.

즉 『산해경』에서 중국 북방의 여러 산수山水에 대해서 말하고 있는데, 이를 세 부분으로 나누어 서술할 수 있다. 『북산경지수北山經之首』에서 언급하고 있는 지역의 범위는 서쪽 천산 북쪽에서 시작해 동쪽으로 뻗어나가 음산陰山을 끼고 곧바로 지금의 내몽고 자치구에 이르는 길을 설명한 것이고, 『북차이경北次二經』에서 언급한 것은 지금의 산서성 북부 관잠산管涔山에서 곧바로 바이칼호에 이르는 길을 설명한 것이다. 그리고 『북차이경北次三經』에서는 태행산太行山과 연산燕山을 거쳐 곧바로 흑룡강 지역으로 가는 길에 대해 설명한 것이다."(서현지徐顯之, 『산해경탐원山海經探原』, p.174, 무한출판사, 1991년판).

상술한 내용을 통해 우리가 충분히 엿볼 수 있는 것은『북차삼경北次三經』에서 언급하고 있는 지역이 바로 새鳥 토템을 숭배했던 동이東夷와 사슴鹿 토템을 숭배했던 동호東胡가 서로 교류하면서 활동하던 지역이라는 사실이다. 그리고『북산경지수北山經之首』와『북차이경北次二經』에서 언급한 지역은 녹석鹿石이 집중적으로 분포되어 있는 지역으로서 몽고로부터 바이칼호, 알타이산에 이르는 노선과 영하寧夏 하란산賀蘭山(녹석이 발견된 지점, 신강新疆의 천산북쪽의 알타이녹석이 발견된 지점) 서쪽까지를 말한다.

녹석의 분포 노선을 근거로 봐도 진秦 선조의 이주 궤적을 알 수 있으며, 이것은 또한 어째서 원래 남시베리아의 유럽인종이 이때 카라수크문화를 일으킨 장성일대의 중국인종에 의해 대체되었는지 설명할 수 있으며, 또한 어째서『사기·진본기』에서 진秦 민족이 진 양공襄公 이전에 "혹은 이적夷狄의 땅에 살거나, 혹은 중원에 살았다."고 한 당시의 상황을 이해할 수 있을 것이다.

이 시점에서 녹석의 분포와 발견된 상황을 놓고 볼 때, 한 가지 의문이 드는데, 그것은 바로 녹석이 이미 진족秦族 선조의 문화적 창조물이라고 인정했음에도 불구하고, 어째서 진족의 활동이 빈번했던 진晋과 협서 지역에서는 이러한 문물이 발견되지 않고 있는가? 하는 점이다.

필자가 생각하기에 이것은 아마 몇 가지 원인이 있어 보인다. 첫째는 현재 고고학적으로 새로운 발견(예를 들어, 최근 영하寧夏, 신강新疆에서 모두 녹석 혹은 녹석 풍격의 암각화가 발견되었다)이 요구되어 진다는 점이고, 두 번째는 중원 지역은 역대로 정권의 교체와 빈번한 전란으로 문물의 파손이

심해 쉽게 전해질 수 없었다는 점이다. 세 번째는 진秦 민족이 그 역사적 발전 과정 중에 특수한 상황에 처해 있었다는 점이다. 아마도 이러한 점들이 이와 같은 상황을 만든 주요 원인으로 작용했을 것으로 미루어 짐작해 볼 수 있다.

우리가 알다시피 후에 진나라를 건립한 진秦족은 바로 상말商末 주周에 의해 죽임을 당했던 오래(惡來는 비렴飛廉의 아들이다)의 후예, 그리고 주공周公이 동정東征할 때 포로로 사로잡았던 사람들이다. 이 역사적 사실은『사기』를 통해 증명되고 있다. 즉 비렴蜚廉飛廉은 "아들 오래惡來와 함께 주紂를 섬겼는데, 주周의 무왕이 그를 죽였으며, 후에 진秦이 되었다."(『사기·조세가趙世家』)고 한다.

이 일족의 진秦인이 바로 비렴과 오래의 후예로써, 후에 다시 동방에서 주周에 반란을 일으켜 "목숨을 잃고, 나라가 망하는" 엄중한 처벌과 함께 영성嬴姓, 진씨秦氏를 사용하지 못하고 봉토封土가 취소되었다. 그 결과 "여방女防, 방고旁皐, 태기太幾, 태락大駱 등 4대가 영嬴을 성씨로 사용하지 못하고 조부족造父族의 성씨인 조씨趙氏를 따라야 했으며, 자신의 조상에게 제사도 지내지 못하게 되었다."(하청곡何淸谷,『영진족서천고嬴秦族西遷考』,『고고여문물考古與文物』, 1991년 제5기).

이와 같이 조상에게 제사도 지낼 수 없는 노예의 처지가 된 진족秦族이 조상토템으로 숭배할 수 있는 기념물을 만든다는 것은 당연히 불가능한 일이었을 것이다. 그렇기 때문에 오직 중원에서 멀리 떨어져 있던 이적夷狄의 지역에서 활동하던 또 다른 진의 일족에 의해 남겨진 유적 가운데 녹석鹿石이 전해져 지금까지 전해 오고 있다고 볼 수 있다. 그러나 이 일족 역시 얼마 가지 않아 소리 없이 자취를 감추고 말았는데, 이러한 상황은 녹석이 우담화처럼 잠깐 나타났다 사라진 역사적 사실이 암시해 주고 있다.

녹석에 함축된 의미에 관해서는 우리가 이미 앞에서 언급하였다. 그렇지만 우리는 여기서 사람의 이목을 집중시키는 두 가지 중요한 문제에 대해 토론해 보고자 한다. 하나는 몽고에서 발견된 녹석과 기타 일반 녹석이 다른 점은 조수녹신鳥首鹿身의 신수神獸뿐만 아니라, 인물상과 함께 병기가 등장한다는 사실이다(<그림 107>).

이러한 풍격의 녹석에 대해 구소련 학자 M・A 다프리에트Davlet는 『유목로상적암화游牧路上的巖畵』 중에서 "녹석은 기념하는 성격을 지닌 석비石碑와 석주石柱로써, 그 위에는 특정한 풍격의 사슴鹿이 가득 그려져 있고, …… 녹석은 사람, 즉 전쟁 영웅의 화신이다. …… 녹석을 구성하고 있는 기본적인 의미는 사람의 형상을 표현한 것이다."고 설명하였다.

필자는 상술한 판단이 기본적으로 옳다고 생각된다. 다만 그 사람이 어떤 민족의 전쟁 영웅을 가리키는 것인지 확실하게 알 수 없을 뿐이다. 따라서 우리가 앞의 분석을 근거로 대담하게 이 인물상이 진秦 민족의 선조 가운데 한 일족이 집단적으로 창작한 조상토템이나, 혹은 민족의 영웅을 기리는 기념비였다고 주장해 본다면, 그 인물상은 진秦 민족의 신화 속에 등장하는 영웅적 인물이나, 혹은 풍신風神 비렴飛廉을 기념하는 것으로 진秦 민족을 보호하는 수호신의 성격과 전신戰神이었다고 볼 수도 있을 것이다. 그 이유는 "천문天問" 가운데 "여인이 백이와 숙제가 고사리 캐는 것조차 경고하니, 사슴이 어떻게 도왔는가?"라는 구절에서 보이는 사슴, 즉 "녹鹿"은 당연히 비렴 풍신의 형상이나 혹은 그와 사돈관계인 녹족鹿族의 토템신을 가리킨다고 볼 수 있기 때문이다.

한 가지 더 주목할 만 한 것은 어떤 녹석鹿石 중에는 사슴鹿이 위쪽의 태양을 향하고 있다는 점이다. 태양이 동이東夷 태호太昊, 혹은 전욱신顓頊神

을 상징한다는 사실은 앞에서 우리가 이미 논술했기 때문에 더 이상의 언급은 피하고자 한다. 다만 여기서 설명하고자 하는 점은 일부 사슴鹿 가운데 머리는 있으나 몸이 없거나, 혹은 몸은 있으나 머리가 없는 형상이 나타난다는 사실이다. 이러한 현상은 영하寧夏의 녹석 암각화 중에서도 찾아볼 수 있으며, 몽고의 녹석 중에서는 더욱 명확하게 나타나고 있다<그림 111>.

　분명 이것은 몸과 머리가 잘려나가는 전쟁의 참혹한 살육 현장을 민족의 토템에 의탁해 표현한 것으로 볼 수 있다. 앞에서 언급된 시대적 상황과 여러 가지 정황을 근거로 분석해 볼 때, 이러한 현상은 오직 상말商末 주초周初 주周 무왕이 상商을 멸망시킬 때 일어났던 대규모 전쟁을 가리킨다고 볼 수 있으며, 이와 동시에 진족의 선조를 포함한 중국 북방민족의 대이주라는 역사적 사건을 야기시켰던 역사적 상황을 반영한 것으로 볼 수 있다.

　그 전쟁 속에서 진족秦族의 선조였던 비렴과 그의 아들 오래惡來가 살해되었으며, 그 재앙이 친족에게까지 미쳤다고 추측해 볼 수 있다.『일주서逸周書·극은克殷』에서 당시 상황에 대해 "무왕이 사방을 정복해 99개의 나라를 멸망시키고, 사람의 왼쪽 귀 17만 7천 7백 79개를 자르고, 포로 31만 230명을 사로잡고, 652개의 나라를 복속시켰다."고 밝히고 있다. 비록 숫자가 과장된 면은 있지만 그 규모와 잔혹함의 한 단면을 엿볼 수 있다. 상商인 이외에 처음 주周와 충돌한 민족이 바로 상商 왕실에 충성을 받쳤던 비렴 부자가 이끄는 진족秦族 영성嬴姓씨의 백성들이었다. 그렇기 때문에 그들이 민족의 대재난을 구하고자 노력했던 민족의 영웅을 기념하기 위해 녹석에 기사 방식으로 당시의 일을 기록하는 것은 아주 자연스러운 일이었을 것이다. 즉 머리와 몸이 잘려나간 녹신鹿身과 조수鳥首는 바로 이

전쟁 속에서 진족秦族의 군민軍民이 당해야만 했던 잔혹한 참상을 사실적으로 묘사한 것으로 볼 수 있다. 이러한 표현 방법은 또한 중화민족의 오래된 전통이 남아있는 인디언에 의해 상용되어져 왔으며, 사실과 지극히 유사해 이른바 그림문자식의 기념비라고 일컬어지고 있다.

여기에서 우리는 진秦 민족과 녹석의 관계를 개략적으로 서술해 보면, 진秦 민족이 상고시대 지금 산동의 동이東夷 소호계少昊系 영성嬴姓 씨족 부락에서 서쪽으로 이주해 처음에 하남에 거주하였다가 후에 다시 동북의 서부와 산서의 북부 지역으로 이주하였는데, 당시 이 지역에서 활동하던 사슴鹿을 토템으로 숭배하던 동호족東胡族과 혼인관계를 맺으면서 진秦의 선조 비렴飛廉蜚廉, 즉 그 후예가 조수녹신鳥首鹿身의 형상으로 변모하였고, 이와 동시에 풍신風神으로써 사람들의 존중과 추앙을 받게 되었다. 비렴은 지금의 진남晉南에서 상商나라를 위해 서수西陲를 지켰으나, 주의 무왕에 의해 상商이 멸망한 후 비렴 부자 역시 주살되었다. 그 일족 가운데 일부가 동쪽으로, 혹은 일부가 북쪽과 서쪽으로 도망을 쳤으며, 그 중에서 북쪽으로 도망친 일족이 주류를 이루었던 까닭에 지금 몽고에 500여 개의 녹석이 집중적으로 나타나게 되었던 것이다. 그리고 일부 부족은 계속 북쪽으로 이주해 알타이 투와Tuva 지역에 30여 개의 녹석을 남겼으며, 또 다른 일부가 서쪽 영하寧夏와 신강新疆 아륵태(阿勒泰) 지역으로 이주해 이곳에 10여 개의 녹석과 녹석 풍격의 암각화를 남겨 놓았던 것이다. 이와 같이 서쪽으로 갈수록 녹석이 점차 적어지는 상황을 고려해 볼 때, 녹석의 기원이 서쪽이 아니고 동쪽에 있다는 사실이 증명된다. 즉 녹석과 녹석 풍격의 암각화가 주로 몽고를 중심으로 집중되는 현상을 보이는데, 이곳은 장성과 황하로부터 가장 가까운 곳으로 녹석문화가 진秦 선조의 창조물이지 스키타이인들이 남긴 문화 유적이 아니라는 사실이 더욱 명백해진다.

진남晉南 현지에 남겨진 비렴의 후예들은 후에 협서성 경수涇水와 위수渭水 유역으로 이주해 주왕周王을 위해 말을 길렀으며, 후에 다시 감숙성의 농동隴東 견구犬丘로 이주하면서 점차 강융羌戎 중에서 강성한 민족으로 성장하였다. 그리고 끝으로 다시 중원中原으로 이주하면서 마침내 진秦 제국을 건설하게 되었던 것이다.

진秦인은 동이東夷에서 기원하여 서융西戎에서 흥하였으며, 마지막으로 중원에서 번영을 이루었다. 이로써 동시에 역사적 논쟁을 해결하게 되었는데, 즉 서수西陲의 진秦이 어떻게 천리 밖에 거주하고 있는 동이東夷 소호少昊의 신으로 편입하게 되었는지 이제 그 수수께끼의 답을 풀게 되었다.

6. 암각예술과 동서문화의 교류

중국 북방의 광활한 초원지역에 분포되어 있는 암각화 예술 가운데 우리가 조금만 주의를 기울여도 매우 흥미있는 예술형식을 발견할 수 있다. 그것은 바로 쌍마雙馬, 혹은 쌍양雙羊과 같은 문양의 도안으로, 이들 문양이 의도적인 대칭 구조로 이루어져 있어 다른 암각화와 비교해 유달리 우리의 흥미를 끄는 것이 사실이다. 이 점이 바로 우리가 그림을 그린 주인공에게 호기심을 느끼는 이유라고 할 수 있다. 또한 이들 암각화가 겉모습처럼 그렇게 단순하지 않고, 대단히 풍부한 문화적 의미를 내포하고 있어 우리 인식이 점점 깊어질수록 이들의 가치 또한 더욱 더 중시되고 있다.

우리가 처음 이러한 예술형식을 보았을 때, 대체로 사람들은 일종의 "어디서 본 듯한" 인상을 받는데, 만일 우리가 조금만 주의를 기울인다면 어렵지 않게 이 문제를 해결할 수 있을 것이다. 원래 오르도스鄂爾多斯식 청동기 동물 문양 가운데 이와 대단히 유사한 형태의 조형물이 자주 등장할 뿐만 아니라, 예술수법 역시 매우 유사하다는 것을 발견할 수 있다. 다만 그 수법에 있어서 "문야지분文野之分"과 동물자세에 있어서 "와립지별臥立之別"의 구분만 있을 뿐이다.

예를 들어, 그림113, 114 중의 오르도스 청동기 동패銅牌 장식 위에 보이는 "대마對馬"와 "대양對羊"문양을 음산陰山과 우란차부烏蘭察布 암각화 보이는 "쌍마雙馬"와 "쌍양雙羊"의 그림(<그림 115, 116>)과 비교해 보면, 예술적 측면에서 거의 같은 풍격을 보여주고 있다는 사실을 발견할 수 있다. 그렇다면 양자가 어떤 문화적인 연원 관계를 가지고 있는 것은 아닐까? 혹은 이들의 작품이 동일한 부족에 의해서 탄생한 것은 아닐까?

만일 이와 같다면 매우 흥미로운 문제이기 때문에 우리가 깊이 생각해

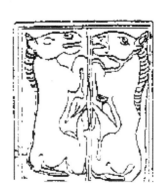

〈그림 114〉 두 마리 말이 마주보고 있는 동패(銅牌) 문양. 내몽고 오르도스(鄂爾多斯) 청동기.

〈그림 115〉 쌍마(雙馬) 문양. 내몽고 음산 암각화.

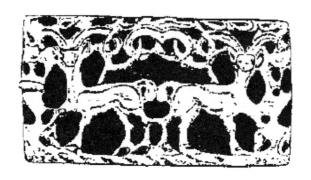

〈그림 116〉 쌍양(雙羊) 무늬 동패 장식. 내몽고 오르도스(鄂爾多斯) 청동기.

보지 않을 수 없다. 이것이 바로 우리가 아래에서 토론해 보고자 하는 문제이다.

우리가 알다시피 일찍이 역사상 각기 다른 종족에 속하는 유목민족들이 세대를 거치며 이 광활한 지역에서 활동하였다. 그 중에서 춘추시대부터 양한兩漢시기에는 주로 흉노족이 활동하였는데, 위에서 우리가 언급

〈그림 117〉 쌍양(雙羊) 문양. 몽고 오란차포(烏蘭察布) 암각화.

한 동패銅牌 장식의 문양 역시 주로 흉노인들의 손에서 나온 것이다. 이것은 흉노인들의 대구혁대 버클와 장식으로 사용되었는데, 당시 한인漢人들은 이것을 "식비飾比"라는 명칭으로 불렀다. 초원 위에서 가축을 방목하며 유목생활을 했던 흉노인들은 당시 야만적인 문명에서 벗어나지 못하고 신의 힘과 주술을 믿으며, 천신天神과 산신山神을 숭배하였다. 그래서 그들은 수렵에 성공하거나, 혹은 전쟁에서 승리하기 위해 "신장神場"이나 "신산神山"앞에 달려가 무릎을 꿇고 신의 영험과 비호를 기원하였다. 지금까지도 서북 일대의 유목민들에게는 산신이 모셔져 있는 아오빠오敖包를 찾아 가서 기도를 드리는 습속이 남아있다. 흉노인들은 암각화에 그려진 말과 양이 실제 생활 속의 실체와 조금도 다르지 않다고 여겼다. 이러한 "신비함의 일치"는 항상 그들로 하여금 허리띠의 장식문양, 즉 맹수의 문양이 그들을 용감한 영웅으로 변하게 해준다고 생각하였다. 그래서 "말馬"도 그들이 싸움을 잘 할 수 있도록 보호해 주며, "양羊"은 그들에게 가축의 번성과 풍요를 가져다준다고 여겼다. …… 고대 희랍의 호머Homer

사시史詩 『오디세이Odyssey』 중에서 강력한 힘을 가진 헤라클레스의 황금대구버클가 보이는데, 그 위에는 야수野獸의 문양이 새겨져 있다. 흉노의 동패銅牌 장식에서도 서방의 기마민족에 기원을 두고 있는 오래된 습속을 선명하게 엿볼 수 있다.

그 자체로써 기사騎士와 사냥꾼이라는 이중적 신분을 가지고 있었다고 상상해 볼 때, 만일 그들이 좋아하는 동패 장식과 동일한 문양을 신장神場이나 신산神山 암석 위에 새겨놓았다고 해도 전혀 이상할 것도 없고, 이치에 어긋나지도 않는다고 말할 수 있다. 더욱이 풍부한 종교적 색채를 지니고 있는 관념을 의탁하기 위해서는 적당한 형식을 찾아야 할 필요성이 요구되었는데, "쌍마雙馬" 혹은 "쌍양雙羊" 같은 대칭적 표현이야말로 적당한 선택이었다고 생각된다. 그림을 그린 주인공은 "이를 빌려 형상의 통일성과 힘을 강화시킬 수 있어 개별적인 생명력과 감화력의 암시가 필요하지 않다. 더욱이 이것과 형상의 종교적 기능이 서로 저촉되기 때문에 이러한 형상은 개성적인 종교 신앙의 상징이나 화신과도 관련이 없다." (조지 산타야나(George Santayana), 『미감美感』) 그래서 이들(쌍마문양, 쌍양문양)은 다른 암각화에 흩어져 있는 자유형식의 그림에서는 찾아볼 수 없는 상징적 효과를 거둘 수 있게 되었던 것이다. 이는 바로 고대 이집트 예술 중에서 대칭되는 형식들과 마찬가지로 신비한 효과를 나타냄으로써 일종의 강렬한 우상숭배라는 종교적 색채를 띠게 되었던 것이다. 이것이야말로 바로 "암각화 예술가"가 심리적 측면에서 추구하고자 했던 바라고 볼 수 있다.

그렇지만 여기서 우리가 강조하고자 하는 점은 바로 이러한 "대수문對獸紋"의 종교적 효과를 통해 옛사람들이 집착하고 추구했던 종교적 이념과 무술巫術적 신앙, 즉 생식숭배生殖崇拜와 생식무술生殖巫術에 대한 예술적 부호이다. 본서 처음 부분에서 우리가 이미 언급한 바와 같이 원시예술 가운데 "대수對獸" 형식의 문양은 어떤 의미에서 생식과 번영, 그리고 무술巫術적 의도를 가지고 있다고 볼 수 있다. 이것은 아마 수컷의 생식능력을 높여 주거나(<그림 115>) 혹은 자웅(雌雄 : 남녀)의 결합을 통해 자손의 번영을 기원하는 무술巫術적 관념을 반영한 것이라고 볼 수 있다(<그림 118>). 이러한 의미에서 볼 때, 이와 같은 예술형식이 암각화 가운데 표현하고자 했던 것은 바로 일종의 무술巫術적 힘을 가진 예술부호였다고 볼 수 있다.

그 다음, 이러한 형식이 그들로부터 사랑을 받았던 까닭은 또한 미학적인 원인 때문이었다.

"대칭의 규칙"은 대체로 사람 자신의 신체구조나 혹은 동물의 신체구조에서 찾을 수 있지만, 불구자나 기형적인 신체를 가진 사람은 대칭이 되지 않기 때문에 아름다워 보이지 않는다. 원시인들은 대부분 수렵을 하는 사냥꾼이었기 때문에 동물 제재가 예술 장식의 주도적 위치를 차지할 수밖에 없었다. 그렇기 때문에 원시 예술가들은 자연히 대칭의 법칙에 대해 많은 주의를 기울일 수밖에 없었다고 보여지며, 특히 그들은 장식 과정에서 수직적인 대칭을 횡적인 대칭보다 더 중시하였다(프리에하노프Plekhanov, 『논예술論藝術』). 확실히 북방 암각화 중에서도 대칭이 모두 좌우 형식을 취하고 있음을 볼 수 있다. 사람의 시각적 측면에서 볼 때, "우리는 양쪽의 대칭을 원한다. 왜냐하면 눈과 두뇌가 사물을 관찰할 때 위에서 아래로 보는 것보다 왼쪽에서 오른쪽으로 보는 것이 편리하기 때문이다. 하나의 대상을 앞에 놓고 볼 때 위아래 비율이 맞지 않는다 해도 좌우의 비율이 서로 달라서 생기는 움직임이나 마음의 번거로움보다는 못하기 때문이다. 더욱이 눈가의 근육이 평행을 이루고 있어 보기에 편할 뿐만 아니라, 힘도 적게 들기 때문에 모종의 상황아래에서 대칭이 가치의 근원이 된다."(조지 산타야나George Santayana, 『미감美感』)

　그러나 문제는 결코 여기에서 끝나지 않는다는 점이다. 사실 이러한 "대수문對獸紋"의 형식 역시 오르도스에서 태어나고 자란 흉노인들이 처음 창조한 것은 아니다. 만일 그 역사적 연원은 더 멀리까지 소급해 볼 수 있을 것이다. 비록 지금 존재하고 있는 오르도스 청동기는 "외래설外來說"과 "본지설本地說"로 이견을 보이고 있지만, 이점에 대해서 우리는 잠시 제쳐두고 언급을 피하고자 한다. 하지만 두 가지 점이 우리의 주의를 끄는데, 하나는 동패銅牌 장식 중에 보이는 "비마문飛馬紋"이고, 또 하나는 동패 장식 중에 보이는 "대수문對獸紋"이다. 이 가운데 전자는 희랍의 영향을 받았다는 사실이 명확한데, 그 이유는 날개의 형식이 동방에서 볼 수 있는 문양이 아니기 때문이다. 그리고 후자는 필자가 생각하기에 이란 고원의 페르시아Persia에 기원을 두고 있다고 여겨진다. 이렇게 말한다고 해서 결코 독단적인 판단에 의한 것은 아니다. 일찍이 이란의 로리스탄이라는 지역에서 고대 아리안Aryan인들의 유물이 대량으로 발견되었는데, 그들은 "기마민족"으로서 기원전 1500년부터 1000년 사이에 시베리아에서 유럽 중부, 그리고 이란에서 이스켄데룬Iskenderun 일대에 이르는 광범위한 지역에서 활동하였다. 그들의 청동기는 전형적인 "수형풍격獸形風格"으로 유명하며, 그 가운데 또한 독특한 특색을 지닌 "대수對獸"형식이 포함되어 있다. <그림 117>은 로리스탄에서 발견된 청동기로써 역시 대수對獸의 형식을 채용하고 있다. 두 마리 사자가 한 쌍의 야생 동물을 습격하는 장면이 풍부한 율동감과 미적 감각으로 표현되어 있는데, 중국의 북방 암각화 쌍수문雙獸紋 형식 중에서도 그 그림자를 찾아볼 수 있다(<그림 118>).

후에 스키타이인 역시 이란으로 이주하였다. 그들은 로리스탄인에게 청동기 제작을 배웠다. 이와 동시에 전국시대 말기 중국의 북방 초원민족, 특히 흉노부락연맹이 흥기한 후 그들은 스키타이 예술을 토대로 더욱 발전시켜 나갔는데, 이때 그들의 심미적 관심은 어쩔 수 없이 그들 관념상의 필요에 따라 암각화 가운데 반영시켜 나갈 수밖에 없었을 것이다.

〈그림 118〉 누리스탄(Nuristan) 동물 청동기. 브리튼(Britain)박물관
기원전 900-700년.

지금 볼 때, 이러한 "대수문對獸紋"의 예술형식은 매우 강한 생명력과 왕성한 성장력을 보여주고 있는데, 후에 다리우스Darius 페르시아 왕조 역시 로리스탄인들의 이러한 풍격을 계승하였다. 예를 들어, 페르세 폴리스 Perse polis 왕궁의 석주石柱에도 "대수對獸"의 형식(<그림 119>)이 채용되었다.

〈그림 119〉 쌍양도(雙羊圖). 내몽고 음산 암각화.

〈그림 120〉 쌍우도(雙牛圖). 페르세폴리스궁전(Palaus of Persepolis) 돌기둥.
기원전 500년 테헤란(Tehran)박물관.

　　"이러한 조각의 구상이 비록 아시아예술에 기원을 두고 있지만, 동물
을 대칭으로 배치한 것은 바로 이란의 문화유산인 페르시아의 풍격을 계
승한 것으로, 우리가 앞에서 언급한 로리스탄 지역에서 출토된 청동상과
완전히 일치하는 모습을 보여주고 있다."(아마로트Amarote · 이스마엘Ishmael · 아
라무Arame, 『중동예술사中東藝術史』)

후에 페르시아 사산왕조는 이러한 예술형식을 더욱 발전시켜 이른바 "연주대수문聯珠對獸紋"을 탄생시켰으며, 이러한 양식은 중국에도 커다란 영향을 끼쳤다. 특히 당대唐代에 이르러 거의 국제적으로 유행하는 양식이 되었다.

이 모든 것은 중국의 북방 암각화에서 "대수문對獸紋"양식의 연원이 오래되었다는 사실을 설명해 주는 것이라 하겠다. 기마민족의 편리한 교통조건은 자연히 문화교류의 소통을 촉진시켜 주었다. 더욱이 유럽과 아시아 초원을 연결하는 통로인 오르도스와 음산陰山 부근의 막남漠南초원은 바로 이 길목을 연결하는 중요한 갈림길이었다. 이 통로의 동쪽 끝에 있는 암각화에서 서쪽 끝의 예술적 풍격이 출현한다는 것은 불가사의한 일이라기 보다 오히려 의미심장한 일이라 하겠다. 그것은 예술적 영향을 받은 푸른 샘물이 어디를 향해 흘러가던지 장차 도중에 만나는 민족에 의해 흡수되거나 혹은 민족의 수요에 부응하여 영향을 주게 된다는 사실을 설명해 주기 때문이다.

〈그림 119〉 당(唐)대 연주대수(聯珠對獸) 문양. 동패, 암각화와 비교. 투루판 아스타나(阿斯塔那) 출토.

사람들은 항상 사람의 일생은 모두 어린 시절의 꿈으로 인해 곤혹스러워 한다고 말한다. 보기에 이 말이 전혀 이치에 맞지 않은 것은 아닌 것 같다.

나는 어린 시절에 두 가지 꿈이 있었다. 그 하나는 탐험을 하는 것이고, 또 다른 하나는 미술을 공부하는 것이었다. 탐험은 영국의 작가 대니얼 디포가 저술한 『로빈손 표류기』에 대해 깊이 사로잡혀 꾸었던 꿈이다. 첫 번째 꿈이 깨지게 된 원인은 중앙미술학원에 다니게 됨으로써 꿈을 이루지 못하게 되었기 때문이다. 그러나 그래도 두 번째 꿈은 실현했다고 볼 수 있다. 하지만 이 길도 그렇게 순탄한 것만은 아니어서 또 얼마나 많은 세월을 헛되이 보냈는지 모른다.

중앙민족대학 문학예술연구소와 중국암각화연구센터에서 암각화와 원시예술에 대해 연수를 받게 되면서 비로소 어린 시절의 첫 번째 꿈으로 돌아가 상고시대의 문화탐험을 시작할 수 있게 되었다.

상고시대의 신비와 불가사의는 순식간에 나를 스스로 억제할 수 없는 충동에 빠뜨려 탐색의 욕망을 부풀어 오르게 하였다. 지금은 사람이 사라져 버린 황하 발원지에서 매번 수확을 얻을 때마다 복받쳐 올랐던 희열과 감정을 잊을 수 없다. 10여 년 동안 한 방울 한 방울 물방울이 고여 가는 물줄기를 이루어 가듯이 바야흐로 책으로 엮어 내게 되었다. 하지만 혹시 누락되었거나 오류가 있지 않을까하는 생각에 마음속으로는 항상 불안감을 떨쳐 버리지 못한다. 독자 여러분의 귀중한 비평과 의견을 바란다.

필자는 여러 해 동안 중국암각화연구센터 주석 진조복陳兆復 교수와 센터의 비서장 장진명蔣振明 부교수로부터 여러 가지 많은 도움과 격려를 받았으며, 특히 진조복 교수는 바쁜 일정 속에서도 본서의 서문을 지어 주는 수고를 아끼지 않았다. 이 자리를 빌어서 진심으로 감사의 말을 전하고자 한다.

이외에 공전부龔田夫 선생, 탕기연湯其燕 여사는 본서의 출판을 위해 심혈을 기울여 많은 도움을 주었다. 특히 책임편집을 맡았던 한목寒木 여사는 본서의 교열에 수고를 아끼지 않았다. 이 자리를 빌어서 이분들에게 충심으로 감사의 말을 전한다.

　본서의 출판은 중앙민족대학 학술위원회의 추천을 받아 중앙민족대학 출판사에서 본서 출판에 커다란 도움을 주었다. 필자는 이 자리를 빌어서 진심으로 감사의 마음을 표하고자 한다.

　마지막으로 저명한 예술가인 장수의張守義 선생이 특별히 본서의 표지를 디자인 해 준 것에 대해서도 충심으로 감사의 마음을 전한다.

1997년 연말 서파하西坡河가에서

손 신 주

저 자

손신주(孫新周)

1937년 遼寧省 錦州에서 태어났으며, 1962년 중앙미술학원 조소학과 졸업 후 중앙민족대학의 교수
와 연구원, 그리고 연구생 지도교수를 역임하였다. 주요 작품으로『毛主席胸像』과『壯士像』,『東
方欲曉』등이 있으며, 논문으로『北國岩畵随想三篇』,『内蒙岩畵所見東夷文化遺存辯析』,『内蒙人
面像岩畵藝術符號的文化破譯』,『岩畵與彝民族尋根』,『天馬與中西文化』등 20여 편이 있다.

역 자

임진호

현재 초당대학교 국제교류교육원장과 국제학과 교수로 재직하고 있으며,『神話로 읽는 中國의 文化』,
『文化文字學』,『先秦時代 數學과 諸子哲學』,『近代文化概論』등 다수의 저역서와 논문이 있다.

중국 원시예술 부호의 문화해석

2019년 12월 25일 초판 인쇄
2019년 12월 30일 초판 발행

지 은 이   손 신 주(孫新周)
옮 긴 이   임 진 호
펴 낸 이   한 신 규
표지디자인 이 미 옥
본문디자인 김 영 이
펴 낸 곳   **문현**출판
주   소   05827 서울특별시 송파구 동남로 11길 19(가락동)
전   화   Tel.02-433-0211   Fax.02-443-0212
E-mail   mun2009@naver.com
등   록   2009년 2월 24일(제2009-000014호)

ⓒ 임진호, 2019
ⓒ 문현출판, 2019, printed in Korea

ISBN   979-11-87505-37-2   93820   **정가**   28,000원

* 저자와 출판사의 허락 없이 책의 전부 또는 일부 내용을 사용할 수 없습니다.
* 잘못된 책은 교환해 드립니다.